Alma

AUDREY CARLAN

TRINITY LIVRO 3

Tradução
Lilia Loman

2ª edição
Rio de Janeiro-RJ / Campinas-SP, 2018

VERUS
EDITORA

Editora
Raïssa Castro

Coordenadora editorial
Ana Paula Gomes

Copidesque
Lígia Alves

Revisão
Raquel de Sena Rodrigues Tersı

Capa, projeto gráfico e diagramação
André S. Tavares da Silva

Título original
Soul

ISBN: 978-85-7686-622-0

Copyright © Waterhouse Press, 2015
Todos os direitos reservados.
Edição publicada mediante acordo com Waterhouse Press LLC.

Tradução © Verus Editora, 2017
Direitos reservados em língua portuguesa, no Brasil, por Verus Editora. Nenhuma parte desta obra pode ser reproduzida ou transmitida por qualquer forma e/ou quaisquer meios (eletrônico ou mecânico, incluindo fotocópia e gravação) ou arquivada em qualquer sistema ou banco de dados sem permissão escrita da editora.

Verus Editora Ltda.
Rua Benedicto Aristides Ribeiro, 41, Jd. Santa Genebra II, Campinas/SP, 13084-753
Fone/Fax: (19) 3249-0001 | www.veruseditora.com.br

CIP-BRASIL. CATALOGAÇÃO NA FONTE
SINDICATO NACIONAL DOS EDITORES DE LIVROS, RJ

C278a

Carlan, Audrey
   Alma / Audrey Carlan ; tradução Lilia Loman. - 2. ed. - Campinas, SP : Verus, 2018.
   23 cm.   (Trinity ; 3)

Tradução de: Soul
Sequência de: Mente
ISBN 978-85-7686-622-0

1. Romance americano. I. Loman, Lilia. II. Título. III. Série.

17-44828
                    CDD: 813
                    CDU: 821.111(73)-3

Revisado conforme o novo acordo ortográfico

Seja um leitor preferencial Record.
Cadastre-se no site www.record.com.br e receba
informações sobre nossos lançamentos e nossas promoções.

Atendimento e venda direta ao leitor:
mdireto@record.com.br ou (21) 2585-2002

Para meu marido, Eric.
Você é meu passado, presente e futuro.
Minha verdadeira alma gêmea.
Eu lhe dou meu corpo, minha mente e minha alma.
Para sempre.

1

CHASE

Ela se foi, mas eu ainda a sinto. Minha alma anseia por estar com minha outra metade. Se Gillian estivesse morta, eu saberia, pois também deixaria de existir. Não é possível viver com apenas metade da alma. Estou muito cansado, mas não consigo dormir. Não com ela ainda por aí. Já se passaram três dias e só temos algumas pistas. Austin ainda está inconsciente. Ele quase não sobreviveu à dose de etorfina injetada em seu pescoço, e ainda não acordou. Cada dia que passa é mais um em que o meu amor está em poder de um louco.

De tanto que insisti, o hotel fez um isolamento forçado. Todos os hóspedes receberam uma diária grátis pela inconveniência, mas tiveram que responder a perguntas. Um casal deu a pista mais importante. Mais ou menos no horário em que Gillian foi sequestrada, eles estavam atrás do quarto da noiva. Disseram que viram um homem de uniforme empurrando um carrinho da lavanderia. Os funcionários confirmaram que o serviço de lavanderia é muito mais discreto e não usa uniforme cinza. Eles usam o uniforme padrão preto e branco, o mesmo do serviço de quarto. E os funcionários sabiam que o serviço de lavanderia não deveria estar no local do casamento naquela hora sem que minha assistente, Dana, tivesse solicitado.

O casal só lembrava que o sujeito era um homem branco grande, o que significa que é gordo ou musculoso. Eles não conseguiram se lembrar de nenhuma outra característica, exceto que ele era muito alto, próximo de um metro e noventa. Infelizmente, isso não ajudou muito. Estamos completamente paralisados até Austin acordar. Ele foi a única pessoa que viu o sequestrador cara a cara, mas está inconsciente em uma cama de hospital em Cancún, no México. A cidade onde eu iria me casar com a única mulher que existe para mim. Também o lugar onde minha mãe respirou pela última vez.

Uma dor profunda me rasga, me torcendo e contorcendo. Pela enésima vez, engulo em seco e aperto convulsivamente o estômago. Não posso perder o controle. Me manter forte é a única coisa que posso dar a Gillian. Não consigo comer nada, e o café é a minha única salvação. Por reflexo, cerro os punhos, olho para Austin sem vê-lo realmente e fecho os olhos. Mais uma vez ela me vem à mente.

Os cabelos vermelhos caem sobre a pele de porcelana. A toalha está na cintura enquanto ela mergulha um dedo do pé na água quente. Meu olhar acaricia a pele do ombro arredondado, a leve curva da coluna onde suas costas arqueiam e a cintura se afina. As covinhas no fim de suas costas se iluminam e eu salivo, querendo apertar os lábios naquelas partes macias, talvez mordê-la até ela ronronar.

Com uma mão, ela joga os cachos de fogo em cima do ombro, expondo as costas nuas inteiras para mim. Elas me chamam com um farol. Um halo de luz brilha à sua volta enquanto ela vira levemente a cabeça. Consigo agora ver a forma de cisne do seu pescoço, só que algo não está certo. Meu olhar se desvia e minha atenção muda quando ela derruba a toalha. Sua bunda em formato de coração é sublime. Meu amor vira o rosto de lado, seus olhos estão escuros, ocos, torturados. Não têm mais o verde impressionante da mais perfeita esmeralda.

Engulo em seco e não consigo me mover em sua direção, mas ainda a observo enquanto alguma coisa vermelha escorre em suas costas macias, como tinta pingando em uma tela. Sua cabeça cai para trás, e um buraco negro rugoso se estica até a parte frontal de seu pescoço. Enquanto eu a observo girar a cabeça completamente, hematomas roxos gigantes marcam toda a superfície do seu rosto. Ele está inchado, duro, manchado com sangue seco, cor de ferrugem.

— Não! Gillian! — grito, mas minha voz não sai.

Seus olhos se fecham, e, quando ela vira completamente, seu corpo pode ser visto em toda a sua terrível glória. Hematomas pretos e azuis cobrem seus seios, suas costelas e a barriga, enquanto o sangue jorra do grande buraco cavernoso na garganta.

Dou um berro e luto contra meus membros paralisados, tentando desesperadamente chegar até ela, mas não posso me mover.

Com tudo o que tenho e por pura força de vontade, eu lhe envio amor. Tudo o que tenho para dar, a dor, a tristeza, o sofrimento de não estar com ela. Eu preciso estar com ela.

Abro os olhos e ela finalmente diz:

— Acorde, Chase.

O corpo do meu amor cintila e desaparece enquanto uma luz branca atravessa meus olhos e uma mão está no meu peito.

— Chase! — Dana me chacoalha e eu a empurro com força, me levanto da poltrona com um salto e me afasto até bater na parede, ainda preso nas garras do sonho doentio e perturbador. Três pares de olhos estão cravados em mim. Dana, Jack e Austin.

— Você estava sonhando. Está tudo bem — Dana sussurra, os olhos cheios de lágrimas.

Respiro fundo e agarro o braço de Austin.

— Você consegue falar? — Engulo a bile presa na garganta.

Ele pisca e lambe os lábios secos. Dana corre para buscar um copo com um canudo. Austin o leva aos lábios e suga a água. Mal posso respirar enquanto o observo tomar um, dois, três goles antes de olhar para mim novamente.

Seus olhos se enchem de lágrimas.

— Ele pegou a Gillian — ele diz, com a voz rouca.

Fecho os olhos e inspiro lentamente, contendo o desejo de chacoalhá-lo, gritar ou socar todas as superfícies em um raio de um quilômetro. Em vez disso, assinto.

— Eu já vi aquele cara antes.

Jack se aproxima do outro lado da cama.

— Onde?

Austin engole em seco e sua voz sai dolorosa.

— Fotos. Você tem. — Ele inspira de novo, range os dentes e depois fecha os olhos. — Ela conhece o cara.

Jack tira o celular do bolso.

— As fotos que eu te mostrei? — pergunta, com a voz tensa, mas controlada.

Austin balança a cabeça.

— Na cobertura. As coisas dela que trouxemos. — O tom se transforma em um desenrolar arrastado de palavras. Dana lhe traz mais água e ele toma alguns goles. Depois a afasta, claramente frustrado, e tenta se sentar. — Tenho que ir lá. Ele está nas fotos, nas coisas dela. Loiro, olhos azuis. Um cara grande. Enorme.

Eu o empurro contra a cama de hospital com ambas as mãos enquanto Jack agarra seu pulso, antes que ele arranque os medicamentos vitais que estão sendo injetados em suas veias. O médico disse que, quando acordasse, Austin ficaria no hospital por um tempo e que a medicação está ajudando a estabilizar seus sinais vitais.

Alarmes disparam no quarto, vindos dos diversos aparelhos.

— Eu tenho que encontrá-la! — ele ruge. — Foi minha culpa. Ele vai machucá-la! — Os olhos de Austin parecem selvagens, completamente negros, um homem prestes a perder o controle.

Várias pessoas entram correndo, uma delas segurando uma seringa.

— Todos para fora!

— Não, não! Ele sabe quem levou a Gillian! Precisamos dele acordado! — Empurro os médicos e as enfermeiras, tentando me aproximar de Austin. Consigo chegar à sua cama enquanto vários braços tentam me deter.

Austin segura meu braço.

— Cicatriz. Ele tem uma cicatriz na mão, tipo uma queimadura — diz, ofegante, um instante antes de os médicos enfiarem uma agulha em seu cateter.

Caio de joelhos. As lágrimas finalmente chegam e escorrem em meu rosto. Puxo o cabelo com as duas mãos.

Braços pesados me levantam e me arrastam para fora do quarto, em seguida me jogam contra a parede.

— Chase, se controle! Nós temos uma pista agora! — Jack me segura contra a parede branca do corredor do hospital em frente ao quarto de Austin. Seus olhos estão concentrados, sua boca cerrada. — Temos que ir atrás disso, ligar para as meninas. Ver se elas conhecem esse cara.

Uma calma instantânea se derrete em meu corpo como se saísse de uma banheira quente. Tiro o celular do bolso e ligo para Maria.

— Chase? — Sua voz é tensa ao atender. Elas estão todas loucas de preocupação, à espera de qualquer informação sobre Gillian.

— Maria, a Gillian conhece um homem loiro, de olhos azuis, grande? — Ela engole em seco e eu seguro o telefone com força na orelha. — Com uma cicatriz na mão, tipo uma queimadura.

— *Dios mio*. Pode ser o Danny.

Mordo o lábio com tanta força que sinto gosto de sangue enquanto uma sensação de formigamento desce pela minha coluna. O aviso de que estamos perto.

— Danny de quê?

Ouço ruídos na linha.

— Danny Mc... humm... Mc alguma coisa. Bree, Kat? Qual é o sobrenome do Danny?

Ao mesmo tempo em que Maria diz "McBride", Jack, que já está pegando seu celular, faz o mesmo.

— Daniel McBride. Todos para lá agora! O trabalho dele, a casa, a academia! Agora! — ele ruge ao telefone. — Quero tudo o que vocês tiverem sobre ele. Quero saber quem são os pais dele, os amigos de infância, que porra ele comeu no café hoje de manhã! Agora! Todos os homens nisso.

Pela primeira vez, consigo respirar. Temos uma pista. Uma pista sólida. Ela está mais perto. Tem que estar. Sinto sua presença agora, mais do que antes.

— Daniel McBride — diz Dana, com a voz rouca, o rosto pálido. Ela se apoia na parede enquanto lágrimas correm pelo seu rosto. — Não. Não pode ser! — sussurra.

— Eu ligo daqui a pouco — digo ao telefone e o jogo no bolso, dando alguns passos em direção a Dana e tocando seu rosto. — Você o conhece?

Seus olhos piscam e seu rosto se contorce em uma expressão de dor.

— Ele é... meu namorado.

GILLIAN

Três dias. Faz três dias que ele me prendeu neste quarto sem luz, sem calor e sem saída. Uma caixa de concreto sem janelas e terrivelmente gelada. O frio intenso me faz pensar que deve ser subterrâneo, possivelmente um porão. Ele me mantém em um estado semiconsciente desde que me pegou. Tudo o que sei com certeza é que viajamos de carro por muito tempo antes de eu acordar aqui. Ele admitiu na noite passada que estamos de volta aos Estados Unidos. Até riu quando contou que me fez de noiva adormecida no carro quando cruzamos a fronteira. Fez mais sentido, assim, o fato de ele estar de smoking quando acordei na primeira noite. Naquele momento isso não me ocorreu, eu estava completamente dopada. Então Danny disse que vai usar aquele smoking para o nosso casamento quando for a hora certa. Ele até contou que Austin provavelmente está morto por causa da dose cavalar de tranquilizante que recebeu, e que a mãe de Chase com certeza morreu. Disso eu me lembro. Vejo a cena inúmeras vezes, como um filme em minha mente. Danny até se desculpou pelo entusiasmo ao deixar aquele presente para Chase encontrar no momento em que descobrisse que a noiva estava desaparecida.

A maçaneta se mexe e em seguida a porta se abre. Eu me encolho no canto, onde um colchão está jogado no chão. Ele passou de cordas para correntes e um sistema de polias. Agora posso andar até o penico que ele deixou no canto para eu usar como privada.

— Já são três dias, princesa. Está pronta para ser boazinha? — Danny abre um sorriso largo, os cantos do lábio se curvando de modo sádico. Seu cabelo loiro está cortado rente ao couro cabeludo; as mechas longas que ele tinha ontem se foram. Talvez seja uma tentativa de disfarçar a aparência caso Chase e seus homens descubram quem me sequestrou. Meu Deus, espero que eles já tenham descoberto.

Em vez de responder, fico quieta. No primeiro dia eu falei. Desde então estou em silêncio, sem saber o que fazer. Meu estômago ronca violentamente. Não comi nada nos últimos três dias.

— Dá para ouvir que você está com fome. — Ele coloca uma bandeja com um sanduíche, uma maçã e o que parece um copo de leite na mesa solitária ao lado do colchão. — Se você comer, eu vou te recompensar. Vou te dar um cobertor. O que acha? — oferece.

Estremeço. Meu vestido de noiva revelador é a única coisa que estou vestindo. Sem sapatos, sem sutiã, somente uma combinação de renda e o vestido. As costas nuas são adoráveis, e a cobertura transparente nas mangas é linda, mas não foram feitas para aquecer. Levo um momento para perceber que vou precisar de comida se quiser sobreviver até Chase me encontrar, e estou morrendo de frio. Meus dentes estão batendo sem parar desde que Danny me jogou nada gentilmente neste quarto de concreto. Ele aponta para a comida, vou até ela e me sento no colchão. As correntes rangem e batem enquanto me movimento como uma idosa. Meus membros e juntas não têm mais a mesma mobilidade.

Danny espera, apoiado na parede oposta. Ele observa enquanto levanto a maçã e dou uma mordida, pensando que deve ser o item menos provável de conter mais drogas. O tempo todo em que estive aqui, me senti letárgica, o estômago doendo e a cabeça zonza. Ou estou resfriada, ou algum filho da puta louco está me drogando. Tenho total certeza de que se trata da última alternativa.

— Boa menina — ele diz, condescendente. — Agora, vamos direto ao assunto. Eu vou te manter aqui até acreditar que você pensou nos seus erros, esqueceu aquele ricaço imbecil e está pronta para admitir que nós fomos feitos um para o outro.

A maçã começa a torcer e girar como ácido em meu estômago, pronta para jorrar da minha garganta em uma explosão de vômito.

— Isso não vai acontecer e você não pode me manter presa para sempre, Danny. Isso é loucura. V-v-você matou uma mulher! — Finalmente permito que o medo saia, rasgando meus pulmões.

Ele passa a mão no cabelo loiro curto. Na época em que namorávamos, eu adorava suas madeixas loiras e longas. Eram tão macias e brilhantes, especialmente para um homem. Muitas mulheres matariam por um cabelo daqueles. Agora, porém, só desejo correr os dedos pelos fios escuros e grossos de Chase. Meu Deus, ele deve estar tão preocupado. A dor e a necessidade de estar com ele são devastadoras. Seguro um soluço, sem querer mostrar a Danny como estou amedrontada.

Ele aperta os lábios.

— Matar a sra. Davis não foi nada. Estou ficando realmente bom nisso, embora recentemente eu tenha descoberto que a sua amiga imbecil está viva. Tenho que te dizer, princesa: aquele foi um truque traiçoeiro. Colocar uma impostora no lugar dela. A garota era um clone da Bree. Bem — ele ri —, agora ela está morta. — Ele dá de ombros, sem qualquer remorso ou respeito pela vida humana.

— Quem é você? — sussurro.

Com dois passos, ele está diante de mim, a mão na minha garganta, apertando forte, cortando o fluxo de ar.

— Sou o pior pesadelo que você já teve, se não acordar logo pra vida e começar a fazer o que eu digo, porra! — ele grita no meu rosto, gotas de saliva caindo nas minhas bochechas.

Encolhendo-me, tento distanciar o rosto do dele. Ele agarra meu pescoço, puxa para a frente e bate minha cabeça no concreto com força. Luzes piscam em meus olhos e eu despenco, deslizando pela parede até o colchão. Ele senta em cima de mim, os joelhos apertando meus bíceps, mantendo meus braços imóveis.

— Viu? Eu posso fazer o que quiser com você. Por quê? — Ele desliza um dedo entre meus seios e os segura rudemente. — Porque. Você. É. Minha. Entendeu agora? — Agarra a parte de cima do meu vestido de noiva e rasga o tecido até meus seios estarem expostos. — Você sempre teve peitos fantásticos. — Então se inclina e beija meu pescoço, depois desce entre meus seios. Lágrimas caem pelas laterais do meu rosto, molhando o colchão. Paro de lutar e olho para o teto, onde imagino o rosto de Chase, seus olhos azuis profundos.

Antes de eu entender o que está acontecendo, sou levantada e recebo um tapa forte no rosto. O corte no meu lábio de quando ele me deu um soco no quarto da noiva abre novamente, e o gosto metálico de sangue preenche minha boca.

— Que merda você está fazendo? Você acha que pode fechar os olhos e pensar em outra pessoa enquanto eu amo você? — Danny me esbofeteia de novo. Dessa vez, meu olho esquerdo começa a latejar com o golpe. — Sua vagabunda idiota! Você sussurrou o nome *dele*!

Danny fica de pé e anda de um lado para o outro, falando sozinho e puxando o cabelo. O espaço é pequeno, deve ter três por três metros, então ele não vai longe. Levanto a mão e tateio em torno do meu olho para ver se tenho mais um ferimento. Não. Danny só fez piorar os hematomas que já estavam lá. Lambo o lábio e coloco o dedo no corte, esperando estancar o sangue, enquanto, com o outro braço, seguro o tecido da frente do vestido. Pelo menos ele não tirou minha roupa. Temo que, se ele fizer isso, vai ser o fim. Ele vai me estuprar.

Finalmente, após alguns minutos com Danny remoendo o que aconteceu e eu encolhida no canto, ele para e vira para mim.

— Você vai aprender. Você vai esquecer aquele cara. — Aponta para mim e eu balanço a cabeça. Movimento errado. Ele ruge e corre até mim, agarra minha cabeça e a bate nos blocos de concreto repetidamente, até o mundo ficar escuro.

DANIEL

Por que, por que, por que ela não pode simplesmente me escutar, porra? Meu Deus, o filho da puta fez uma lavagem cerebral nela. Que merda aconteceu com a minha princesa perfeita? Bato a porta de sua cela, coloco a trava e tranco, jogando a chave no bolso. Em seguida, subo metade dos degraus de concreto íngremes e sento no chão frio.

— Merda!

Ok. Pense, Danny, pense. Eu a quis desde que ela me deixou, há mais de um ano. Desde então, passei bastante tempo pensando em como as coisas seriam diferentes quando eu a tivesse de volta. Ela quer ser comida feito uma vagabunda. Eu vou fazer isso por ela, e logo. Eu já comi a mulherada de todos os jeitos imagináveis, mas não a minha Gillian. Minha princesa perfeita. Ela merecia algo melhor. Até o dia em que ela se virou, nua, e apresentou aquela bunda perfeita enquanto ficava de quatro. Aconteceu alguma coisa dentro de mim, e a fúria que eu vinha contendo aflorou. Me fez lembrar de todas as vadias que eu já tinha pegado. As devassas prontas para aceitar qualquer pau sem ver o rosto do cara que as está fodendo.

A minha Gillian, não. Eu nunca quis desonrá-la como aquelas putas. Ela era diferente, perfeita e fragilizada quando nos encontramos. Finalmente consegui que ela me contasse o que aquele canalha fez com ela. E passei a maior parte daquele ano fazendo-a minha. Tratando-a como a rainha que eu queria que ela fosse. Vê-la naquele quarto, com o vestido de noiva, trouxe à tona todo tipo de ideia. Minha princesa com seu vestido de noiva branco, pronta para se casar comigo.

Bom, se ela acha que vai sair daqui e voltar para *ele*, está muito enganada. Eu vou quebrá-la — de novo. Não importa quanto tempo leve. Ela foi quebrada antes pelo Justin. Eu só vou arrancar algumas páginas de anotações do seu livro de pancadas. No fim, ela vai ceder. Não há outra opção, pois, se eu não puder tê-la, ninguém a terá.

De pé, penso que é hora de pegar gaze e outras merdas do tipo para tratar a cabeça e os lábios dela. Vadia burra. Se ela começasse a me ouvir, eu não teria que socá-la para enfiar um pouco de sensatez na sua cabeça. Chegando ao topo da escada, viro a tranca da porta de madeira podre e a abro para o céu azul da Califórnia. As árvores em torno da propriedade são densas. Meus pais não gostavam de ter muitos vizinhos. Provavelmente porque me batiam o tempo todo, e pessoas normais não aceitam que os pais espanquem seus filhos.

No limite da propriedade, porém, no fundo do quintal da minha infância, encontrei o esconderijo perfeito. Meus pais idiotas nem sabiam que ele existia. A casa foi construída há pelo menos cem anos, e com ela um velho abrigo antibombas. Um quarto construído no subsolo que provavelmente resistiria a um ataque nuclear. Essas coisas não são comuns na Califórnia, mas fico feliz que o construtor da propriedade tenha pensado nisso. Com o passar dos anos, virou um esconderijo genial. Há um armário junto à escada onde guardo minhas armas, explosivos adicionais, um cofre com meus documentos — basicamente, tudo o que é importante para mim.

A casa original se foi, é claro, desde que a queimei quando tinha catorze anos com o corpo dos meus pais lá dentro, mas no lugar coloquei um trailer que comprei barato. Não parece grande coisa, mas é o suficiente. Paguei para ligá-lo à tubulação de água, mas uso um gerador para todas as outras coisas. Embora minha velha casa não esteja mais aqui, posso me deitar à noite e ainda ouvir os fantasmas de quando matei meus pais biológicos. Temos que sair daqui logo. Quando eu conseguir fazer Gillian enxergar as coisas com clareza, vamos nos mudar para algum lugar bonito. Guardei a maior parte do dinheiro que recebi do seguro de vida dos meus pais quando fiz dezoito anos e todo o dinheiro que ganhei para servir meu país. Quando não tem casa, você não tem contas, então eu embolsei tudo. Mesmo agora, trabalhando como contador em San Francisco, eu ganho bem, mas vivo modestamente. Tudo para chegar a este momento — quando eu encontrasse a garota perfeita. Eu sabia, quando namorávamos, que ela era minha cara-metade. Mesmo que ela nunca tenha dito que me amava, eu sabia que era por causa de Justin e do que ele fizera com ela. Vai demorar, mas eu tenho muito tempo — o resto da vida — para fazê-la enxergar como vai ser bom ficarmos juntos.

Ainda assim, algo me fez voltar para este buraco, e fico feliz por ter voltado. Ninguém pode ouvir minha garota gritar, e ninguém vai encontrá-la enquanto trabalho para fazê-la minha novamente. Ela está deitada no quarto, ainda com seu vestido pomposo de noiva. Fico excitado ao ver a sujeira, a imundície e o sangue por todo o tecido.

O vestido manchado me faz lembrar que eu provavelmente devia trazer algumas roupas para ela. É claro que a ideia leva meus pensamentos a tirar seu vestido. Segurar seus seios fartos e beijar sua pele deixou o meu pau dolorosamente duro agora há pouco. Eu tenho que estar dentro da minha mulher logo. É questão de tempo. Sentir seu perfume de baunilha e cereja, o gosto salgado da sua pele... É como voltar para casa. E agora estou em casa, no lugar onde cresci.

Em breve ela vai sentir o mesmo amor e afeição. Vou cuidar para que isso aconteça. Por enquanto, preciso pegar algumas coisas para limpá-la. Não vou foder uma boceta suja. Vou providenciar lenços umedecidos até poder confiar nela para vir ao trailer e tomar um banho decente. Sim, eu vou cuidar da minha garota. Lentamente, vou tirar cada centímetro de roupa e limpá-la. Deixá-la pronta para mim. Então, quando eu terminar de acariciar sua pele do jeito que lembro que ela gosta, ela vai implorar para ser comida. Não há como ela não se lembrar de como nós éramos. Como era bom estar comigo enterrado dentro dela. Essa é a única hora para mim em que tudo desaparece. Os gritos na minha cabeça, os demônios sobre meus ombros me mandando fazer coisas, machucar pessoas, pegá-la de volta. Tudo isso desaparece.

Eu só preciso fazer amor com a minha princesa e todo o mal, a fúria, a raiva vão desaparecer. Desde que eu a tenha, posso ser o que realmente sou. É por isso que preciso tê-la de volta. A calmaria antes da tempestade. Gillian sempre foi isso para mim, desde o dia em que nos conhecemos na academia. Havia alguma coisa diferente nela, algo especial. Ver aquela menininha despedaçada por dentro... acho que aquilo se conectou com o menino despedaçado dentro de mim. Quando estávamos juntos, tudo parecia certo. Minha mente se acalmava. Eu podia dormir, trabalhar, tomar banho e não lembrar. Não pensar no que meus pais me fizeram passar, como todos ignoraram os sinais, os hematomas, a dor que devem ter visto por trás dos meus olhos. Então, depois que os matei, seus corpos desapareceram, assim como os punhos, mas nunca suas vozes. Eu sempre as ouço. Me xingando, gritando comigo, me humilhando, dizendo que sou feio, um mau filho, uma pessoa horrível.

Toda essa merda desaparecia quando eu estava com a minha garota. Era por isso que eu precisava dela. Ela era minha salvação e, quando eu possuí-la, vai lembrar que eu era dela. Que fui eu que consegui uma ordem de restrição contra Justin e o mantive longe dela por tanto tempo. Até o merda tocá-la de novo. Então, é claro, não foi nada difícil invadir a casa dos pais dele enquanto ele estava cumprindo prisão domiciliar e estrangulá-lo sem nenhuma resistência enquanto dormia. Aí eu simplesmente arrumei tudo para parecer suicídio. Muito fácil, porque eu o estrangulei com seu próprio cinto. As únicas impressões digitais eram de Justin. Foi mole enganchar dois cintos, passar um deles sobre a viga que atravessava o teto e o outro em volta do seu pescoço. Então coloquei seu corpo sem vida no cinto, medi a distância da cadeira para ter certeza de que tinha feito tudo na medida certa e chutei suavemente a cadeira. Saí do quarto com o corpo dele ainda balançando. Até tirei uma foto com meu celular para compartilhá-la com Gillian. Eu queria dar de presente a ela. Talvez quando estivermos na nossa vida tranquila em uma praia distante, muito distante.

2

CHASE

Sonho com ela de novo. Só que dessa vez ela está viva, gloriosa em sua beleza. O cabelo avermelhado macio como seda desliza por entre meus dedos e se espalha em uma explosão de cor pelos lençóis brancos. "Baby", balbucio, e então abro os olhos, assustado. O perfume de baunilha preenche o ar, e olho em volta, em pânico, procurando por ela. A comissária de bordo oferece uma bebida a Jack e passa por mim. A baunilha adere ao ar em torno dela. Gillian tem cheiro de baunilha. O perfume está nela como uma segunda pele. Só que dessa vez não é ela. Mais um sonho. Sempre um maldito sonho. Ou ela está sendo torturada e seu corpo está cheio de feridas abertas, ou ela está adorável e eu estou sendo torturado com a dádiva da sua imagem. Prefiro desse jeito. Prefiro vê-la perfeita e inteira a machucada e morrendo.

 Jack alertou o dr. Madison sobre o que aconteceu com Gillian e solicitou a prescrição de um remédio para dormir. Ele me conhece bem. Ainda assim, o único momento em que consigo engolir aquelas duas pilulazinhas é quando me sento em um dos meus aviões. Estamos indo para casa. Parece a coisa certa a fazer. San Francisco é onde precisamos estar. Pode não ser o lugar aonde Daniel McBride levou Gillian, mas é o local ideal para juntar todas as forças. O FBI está envolvido agora, pois o sequestro atravessa fronteiras de estado e internacionais. Thomas Redding, o namorado de Maria, ainda é um dos líderes no caso, embora tenha sido necessário muita influência com caras importantes em Washington para a manobra. Que seja. Eu faço uma doação para qualquer campanha que aqueles parasitas queiram para ter minha noiva de volta.

Merda. Minha noiva. Ela deveria ser minha *esposa* agora. Sra. Gillian Davis. Quatro dias atrás, nós íamos nos casar, até aquele filho da puta a levar e cortar a garganta da minha mãe. O nó nas minhas entranhas aperta dolorosamente e eu me inclino, segurando o estômago.

— Você está bem? — Jack pergunta, o tom exprimindo preocupação enquanto ele segura meu ombro.

Afasto seu braço.

— Sim. O que você descobriu? Alguma coisa?

— Chase, foram só algumas horas. Estamos prestes a aterrissar em San Francisco. Vou saber mais quando estivermos em terra.

Ele vai saber mais. Essas palavras não fazem passar a angústia constante que permeia cada célula do meu corpo. Onde ela está? Isso gira repetidamente no meu cérebro exausto. Ela *não* está morta. Aquele filho da puta sádico a escondeu em algum lugar, e estou decidido a encontrá-la inteira, viva.

Saímos do avião e um carro nos espera na pista.

— Me leve para o quartel-general do FBI — ordeno a Jack.

Seu maxilar fica tenso.

— Senhor, nós vamos encontrar o detetive Redding e o agente Brennen em um lugar seguro aqui perto. Caso tenhamos que decolar novamente, imaginei que você fosse preferir estar por perto — ele responde.

— Sim, obrigado, Jack. Bem pensado. — Mais uma vez, graças a Deus alguém está pensando direito. Minha mente é uma massa confusa de emoções. Algo que só notei recentemente. Gillian trouxe à tona novas facetas em mim, e a emocional é a mais desconfortável. Antes dela, eu não me preocupava com o que as pessoas pensavam, como eu gastava o meu dinheiro, o que a mídia dizia, e com certeza não dava a mínima para fazer amizades. A influência dela me mostrou quanto minha vida era superficial e vazia até Gillian preenchê-la com luz e amor. Ela me faz *querer* ser o tipo de homem de quem ela pode se sentir orgulhosa.

Neste momento, entretanto, estou prestes a me tornar o homem de negócios impiedoso, o bilionário exigente e controlador que não tem o mínimo escrúpulo ao jogar com o dinheiro para conseguir o que quer. Desde que o resultado seja Gillian de volta aos meus braços e à minha cama, fazendo minha vida completa, vou queimar todas as pontes, acabar com qualquer um que atrapalhe a investigação e usar quanto dinheiro e influência forem necessários. Meu olho está no prêmio, que é uma ruiva cheia de curvas a quem meu corpo, mente e alma pertencem.

Jack nos leva a um hotel próximo do aeroporto. No momento em que entramos, o gerente nos acompanha direto para o elevador.

— Sr. Davis, obrigado por visitar o nosso estabelecimento. Quando o seu representante nos ligou hoje, cuidamos para que tudo estivesse em ordem, como especificado. — Franzo a testa, sem saber nada sobre especificações. Os olhos do homem passam por Jack e depois voltam para mim. — Hum, os computadores, as conexões seguras de internet e o acesso liberado vinte e quatro horas para o detetive Thomas Redding e o agente Brennen à suíte da cobertura.

Anuo e olho para o painel luminoso. Quando chegamos ao andar trinta e cinco, o elevador para. As portas se abrem para um pequeno corredor. À esquerda há portas duplas; à direita, outras.

— Reservamos os dois quartos, como solicitado. Vocês não serão incomodados. Aqui estão os seus cartões, senhor. — Ele me entrega ambos depois de abrir uma das portas.

O quarto é grande e tem uma vista espetacular. Mas eu não me dou o trabalho de olhar para fora. *Gillian pode ver o que há fora da cela onde está? Ela está trancada em uma torre acima das nuvens, ou em uma masmorra imunda sem luz?* Arrepios descem por minha coluna enquanto jogo o paletó na poltrona e vou para o bar, onde coloco dois dedos de uísque em um copo, viro em um gole só e imediatamente sirvo outra dose em um segundo copo. Olho para Jack e faço um gesto em direção à bebida. Ele vem até mim, pega o uísque e toma de uma vez. Inspira fundo e me devolve o copo.

— Mais um? — pergunto, sabendo que vou precisar de muitas doses para passar a noite. Jack balança a cabeça. Para ser honesto, fiquei surpreso que ele tenha aceitado o primeiro. Ele normalmente não bebe quando está trabalhando, mas, no momento, está preso comigo até ela ser encontrada. Conheço Jack muito bem, e ele não vai sair do meu lado até Gillian estar a salvo. Ele é meu segurança e motorista, mas eu conheço o homem desde que era criança.

Três batidas na porta e Jack deixa a sala. Instantes depois, Thomas, Maria e o indivíduo que imagino ser o agente Brennen entram. O agente é um tipo comum, vestindo um terno cinza-amarronzado que parece pendurado em seu corpo, em vez de se ajustar a ele. O bigode branco e a barba que cobre metade do rosto o fazem parecer mais com o coronel Sanders do que com um agente federal sério, com anos de experiência militar. Fecho os olhos e rezo para que ele tenha a mente de um guerreiro samurai escondida por trás da cara de vovô.

Maria passa apressada pelos dois homens e me abraça. Eu permito, mas não consigo retribuir. Me sinto morto por dentro. Não há nenhuma mulher que eu confortaria agora além da minha.

Ela se afasta e seu olhar azul-gelo paira sobre o meu.

— Ela está viva — diz, tão baixo que apenas eu posso ouvir.

— Eu sei.

Ela anui e respira fundo. Jack franze a testa para a espoleta ítalo-espanhola.

— Por que ela está aqui?

Ele faz exatamente a pergunta que estou me fazendo.

Maria vira, joga o quadril para o lado e coloca a mão na cintura. Seu cabelo preto voa ao redor como se sofresse uma descarga elétrica.

— Aquele ali é o meu namorado. — Ela aponta para Thomas. — E ele — aponta para mim — é o noivo da minha melhor amiga, que está desaparecida. Eu tenho todo o direito de estar aqui. Você tem sorte que eu consegui escapar sem as outras duas saberem. Agora *cállate*. Nós temos notícias. — Ela se senta, se inclina para a frente e junta as mãos. — Vá em frente, Tommy.

Thomas expira longamente.

— Chase Davis, este é o agente David Brennen.

Cumprimento o homem e percebo que ele tem um aperto de mão firme. Homem forte, mente forte... assim espero.

— Sentem-se. Vamos repassar as informações. — Nós quatro nos sentamos nos dois sofás, um de frente para o outro, com uma mesa entre eles. Jack fica de pé atrás do sofá, mas à vista, um hábito que ele adquiriu no exército. Diz que gosta de ser capaz de se mover a qualquer momento. O homem viu diversos ataques surpresa quando serviu no Iraque durante a Operação Tempestade no Deserto, então não o questiono.

— Com as informações que você nos passou hoje de manhã, conseguimos descobrir que Daniel McBride é, na verdade, Daniel Humphrey. — O agente Brennen fala alto, com clareza e precisão. Tudo o que seu guarda-roupa e seus atributos físicos contradizem. — Ele foi adotado na adolescência, depois que os pais morreram em um incêndio na casa deles.

— E ele escapou? — pergunto. O modo como ele falou dá a impressão de que há algo mais a ser contado.

Ele faz um sinal afirmativo com a cabeça.

— Sim, o único sobrevivente. Na época, a polícia local considerou um acidente. O fogão a lenha foi deixado aberto, uma faísca se soltou, pegou no tapete e por aí foi. O menino, Daniel Humphrey, o suspeito Daniel McBride, escapou por pouco pulando a janela do quarto. É assim que ele afirma ter conseguido a queimadura na mão. Nos depoimentos, ele repetiu várias vezes que agarrou a maçaneta da porta do quarto e queimou a mão. Mas olhe esta foto. — Ele mostra a imagem de uma mão pálida e suja. — Olhe a queimadura.

Eu me concentro na mão. A mesma que cortou a garganta da minha mãe e raptou Gillian.

— A queimadura é em cima.

O agente Brennen abre um sorriso largo, como se houvesse ganhado na loteria.

— Exatamente. Se ele tivesse segurado a maçaneta, a queimadura teria sido apenas na palma. Mas a marca cobre predominantemente o dorso da mão, como se ele estivesse segurando alguma coisa muito quente que tivesse queimado a mão toda.

— O que você está dizendo? — Não estou no humor para charadas. — Vá direto ao ponto, agente Brennen. A minha futura esposa está nas mãos desse homem enquanto conversamos.

— Eu acho que ele conseguiu a cicatriz quando colocou fogo na casa e o que ele estava segurando, uma tocha ou algo assim, queimou a mão dele no processo.

— Você acha que ele matou os pais? — Maria diz, engasgando, os olhos arregalados.

O agente Brennen assente.

— Sim. Eu acho que ele matou os dois, da mesma forma que matou aquela pobre garota no estúdio de ioga, a sua mãe e tentou matar o sr. Parks. Esse homem é habilidoso, extremamente inteligente e muito paciente. Segundo o nosso especialista em psicologia criminal, é provável que ele tenha algum tipo de obsessão pela Gillian. — Praguejo em voz baixa. — Não, sr. Davis, isso pode ser bom para ela. O fato de ele acreditar que ela pertence a ele significa que se apegou profundamente a ela e provavelmente acha que a ama. As chances estão a favor dela, pois ele não vai matá-la de imediato por causa disso.

— Então você acha que ela está segura por enquanto.

Seus olhos castanhos se estreitam.

— Não, não acho. A não ser que ela corresponda a essa obsessão ou amor, ele vai machucá-la. Ele vai tentar quebrar a conexão dela com você e com o mundo exterior, para que todos os caminhos levem a ele.

Fecho os olhos, respiro fundo, fico de pé e começo a andar de um lado para o outro.

— Quais são os nossos próximos passos? — A energia à minha volta parece carregada. É a mesma sensação que tenho quando estou prestes a adquirir uma empresa em falência. A caçada começou. Nós vamos encontrá-la.

Thomas mexe em um dos laptops que Jack tinha posto na mesa de centro.

— Bem, já checamos o apartamento dele. — Olho em seus olhos. — Ele não estava lá. Não havia muita coisa, embora tenhamos encontrado todo o material usado para a explosão na academia. — Faço um gesto com a mão para que ele acelere. — Ele deixou o trabalho há mais de uma semana e eles não o viram mais. O chefe informou que ele tirou licença de um mês. Destino... — Ele fecha o punho. — México.

É claro. *Meu maldito casamento.*

— Bem, nós já sabíamos disso. O que nós não sabíamos? — Meu tom é duro, incansável.

— O lugar onde ele foi criado. Ele ainda é proprietário do terreno. Segundo o Google Earth, não há casas na propriedade. Parece abandonada.

— Onde é?

— San Diego.

Eu me viro para Jack, mas ele já está se mexendo. Calmamente, caminho até meu paletó e o coloco.

— O que você está fazendo? — Thomas pergunta.

Eu o encaro como se ele fosse ignorante e insignificante. Nesse momento eu me odeio, mas me apego a essa versão de mim. Aquela que não chora por causa da noiva sequestrada ou da mãe assassinada. O homem que faz o que for necessário para conseguir o que precisa e quer.

Jack grita no celular enquanto todos se movem para nos seguir para fora da suíte.

— Quero o avião abastecido e planos de voo para uma rota sem paradas até o Aeroporto Internacional de San Diego. Dois carros esperando na pista. Estaremos no hangar em quinze minutos.

— Vamos com você — diz Thomas, a raiva fazendo sua voz parecer porosa.

— Eu esperava que sim.

— É um terreno vazio. Podemos não encontrar nada. Vamos para lá logo de manhã.

Sei que ele quer que eu veja que está fazendo todos os esforços, e eu reconheço isso. Porém agora não é hora para tapinhas nas costas. É hora de ação, e só a vontade incansável vai encontrar a tempo o que eles estão procurando.

— A Gillian pode estar morta amanhã cedo.

GILLIAN

— *Chase! Chase, sou eu!* — grito. O vento carrega minha voz até o homem parado em um penhasco sobre o horizonte. Ele veste um smoking preto elegante, os cabelos escuros voando na brisa enquanto as ondas batem contra as pedras. — Chase! — chamo novamente, mas ele não me ouve. A areia é grossa e lamacenta enquanto corro descalça, arrastando os pés a cada passo. Meu vestido de noiva arrasta areia, pedras e conchas, me fazendo ir mais devagar. Puxo o vestido e pedaços caem das costas. Faixas de cetim são levadas pelo vento e flutuam em uma nuvem, girando magicamente.

Eu acelero, mas ele começa a ir embora. Sua cabeça está baixa, os ombros caídos.

— Chase! — grito o mais alto que posso. Meu homem para, finalmente se vira e me vê. Ele me *vê*. Mesmo a essa distância, seu sorriso é esplêndido.

O maldito vestido me prende pela cintura agora, a cauda cheia de lama e sujeira. Rasgo o corpete, tentando arrancá-lo, puxando o cetim. O som do tecido rasgando — não, sendo cortado — entra em meu subconsciente. A praia treme e eu luto para não perder o equilíbrio. Os braços de Chase estão esticados. Estou mais perto, mas ainda não o suficiente. O vestido me puxa para trás e eu caio na areia... mas não é só areia. É mais macio, elástico. Com toda a força que tenho, eu me ergo, mas dessa vez parece que estou me levantando contra o vento, que me empurra para baixo. Eu me apoio no chão e dou impulso, tentando ficar de pé. Chase está parado ao longe. Ele não vem até mim. Está perto o bastante para me ver lutando, mas não vem.

Estico os braços, tentando mais uma vez puxar o vestido. Finalmente, me livro dele. Meus olhos se abrem e eu não estou mais na praia. O cheiro de umidade e mofo misturado com suor toca meus sentidos, demolindo o ar do oceano e a praia onde Chase estava em meu sonho. O som da minha respiração é alto contra o pescoço escorregadio de um homem. Não um homem qualquer. Meu sequestrador.

— Graças a Deus você recobrou a consciência — Daniel diz contra meu pescoço, beijando-o.

A náusea se revolve em minha barriga.

— O quê? — Eu me debato contra ele, percebendo que a parte de cima do vestido foi cortada e rasgada. Danny está segurando uma tesoura, cuja lâmina reflete a lâmpada solitária acima da minha cabeça. Como um animal assustado, eu me encolho, o sistema de roldanas rangendo enquanto o metal raspa no metal. Minhas costas tocam o concreto frio. Instintivamente, cruzo os braços sobre o peito. O frio do quarto se infiltra em meus ossos. Com a metade de cima do vestido aberta, meus seios estão expostos.

Os olhos de Daniel percorrem meu peito. Engulo em seco, tentando empurrar o vômito de volta. Se ele me tocar, sou capaz de vomitar em cima dele.

— Você sempre foi linda, princesa, mas ver o seu corpo assim, nu para mim, me faz lembrar tantos momentos bons. Lembra como eu te amava?

Meneio a cabeça.

— Danny, não. Você não quer fazer isso. — Ouço o pânico em minha voz traindo o medo e a rejeição.

Ele abre um sorriso largo.

— É claro que eu quero. Mas você está muito suja. Eu trouxe isto aqui. — Ele coloca um pacote de lenços umedecidos, uma regata branca e um short curto sobre a cama. Quase podem ser classificados como lingerie. — Eu quero que você tire esse vestido de merda, passe esses lenços no corpo inteiro, até *lá* — ele olha para a área entre minhas pernas —, e fique limpinha para mim. Se você for boazinha, talvez eu te leve para o meu trailer e faça amor com você em uma cama de verdade, e não neste colchão.

Engulo em seco e controlo a respiração, tentando não parecer ofendida.

— Quando, Danny?

— Você não vê a hora de voltar para os lençóis comigo, não é? — Ele abre um sorriso largo e bajulador.

É um sorriso que eu não me lembro de ter visto nele antes. Este não é o homem com quem tive um relacionamento por quase um ano. Este cara é frio, assustador, calculista. O Danny que eu conheci era meigo, gentil e me tratava como um bem frágil e inestimável.

— Danny, por que você está fazendo isso?

Sua testa se enruga e seus lábios se espremem na forma de um arco.

— Você sabe por quê. — Seu olhar é um fogo ardente, pronto para queimar através da carne. Minha carne. — Obviamente, aquele ricaço filho da puta te manipulou e te cegou. Você tinha diamantes nos olhos e esqueceu como é um homem de verdade. Como é ter alguém que te ama e cuida de você do jeito que deve ser. — Ele dá alguns passos e me puxa contra o peito. — Você vai lembrar. Não importa quanto tempo leve. Você vai lembrar como somos bons juntos. Como é perfeito quando estamos só nós dois.

Ele puxa minha cabeça, e seus lábios estão sobre os meus. Quando tenta enfiar a língua na minha boca, eu mordo com força.

— Vadia filha da puta! — ele grita e me bate. Eu caio sobre o colchão, o rosto latejando novamente. — Se limpe, tire esse vestido e arranque da pele cada grama da sua antiga vida. Essa é a última vez que você a vê. Se você não aprender rápido, Gillian, eu vou ficar com raiva e vou ser forçado a te dar uma lição. Entendeu? — Um de seus joelhos bate no colchão enquanto ele puxa meu queixo para cima para que eu olhe em seus olhos. A gentileza que conheci quando namorávamos se foi. O ódio me encara. Os dedos de Daniel se afundam dolorosamente na pele machucada do meu maxilar. — E então?

— Está bem, está bem, entendi. Obrigada, Danny. Eu vou me limpar — digo, com a voz rouca.

— Boa menina. E coma essa porra de comida! — ele fala, cuspindo, e me empurra de novo para o colchão.

Ele caminha para a porta com passos duros, abre e bate, fechando-a. Ouço a trava sendo passada. Esse som pode muito bem ser uma sentença de morte. A dor escorre por cada parte do meu rosto e peito. Eu a ignoro o máximo que posso e olho para um cobertor de flanela fino próximo às roupas. Eu o agarro, coloco a blusa para cobrir meu peito nu e envolvo meu corpo no calor do cobertor. Não é muito. Curvando-me em uma bola, deixo o medo e o choque me engolirem inteira.

Amanhã, Daniel vai me estuprar. Eu sei disso, da mesma forma que sei que Chase está fazendo tudo o que pode para me encontrar. Acreditar que ele vai conseguir a tempo é inútil. Hoje é o quarto dia. Daniel não parece nem um pouco assustado ou preocupado em ser encontrado. De fato, ele está bem confiante. Ele acredita sem sombra de dúvida que vai conseguir que eu lhe obedeça. Que eu me torne uma representação etérea de um relacionamento que só existe dentro de sua mente.

A situação é desoladora. Estou lidando com um louco que não só quer que eu o ame como quer que eu seja essa visão perfeita que ele construiu sobre mim. Mas eu não sei o que é essa visão. Tento raciocinar. O que o dr. Madison diria? É possível que ele dissesse que eu devo encontrar um modo de me conectar com o Danny que conheci e o Daniel que ele se tornou? Tentar fazê-lo lembrar como nos divertíamos quando estávamos juntos? Talvez lembrá-lo de que o que ele está fazendo comigo agora vai contra o relacionamento que tivemos há mais de um ano? Pode funcionar. O que mais? Acalmando a respiração, fecho os olhos e me deixo divagar.

Tentar descobrir por que ele se tornou esse monstro provavelmente causaria a minha morte. Entrar no jogo dele, tentando ser a mulher perfeita que ele acredita em sua visão distorcida da realidade, talvez seja o melhor meio de sobreviver. É claro que essa opção também vai causar os efeitos negativos mais duradouros. Não há como deixar, por vontade própria, esse homem colocar qualquer parte do corpo dele dentro de mim. Agora que eu sei o que ele é, quem ele é, a simples ideia de ter suas mãos sobre mim faz a náusea no meu estômago vir à tona.

Minha barriga estremece, um terremoto dentro de mim. É demais. Mal consigo me virar para a lateral do colchão antes de vomitar no concreto. É basicamente bile e água, e arde como se eu tivesse engolido giletes. Tosses violentas chacoalham meu corpo. Gradualmente, consigo voltar a respirar, trazendo a pulsação para algo perto do normal. Ainda sinto o gosto horroroso do ácido estomacal na língua.

Quando fecho os olhos, pequenos resquícios do sonho que tive vêm com velocidade à superfície da minha mente. Chase está de novo em um penhasco, de smoking. Quando estico os braços para ele durante o sonho, ele não vem até mim.

Chase não vem até mim.

Esse grão de dúvida faz as lágrimas caírem pelas laterais do meu rosto machucado. O sal queima as escoriações na minha pele. Ele vai vir até mim. Se há uma coisa que eu sei com certeza neste mundo, é que Chase me ama. Nós formamos um elo que ninguém pode destruir. Além disso, Chase me lembra repetidamente, quando enfrentamos algo desafiador ou quando sinto necessidade de fugir, que ele sempre vai correr atrás de mim, que vai me encontrar e me trazer para casa. Ele me prometeu isso infinitas vezes no último ano.

Deixo os pensamentos sobre Chase e como vai ser nossa vida quando ele me encontrar amainarem o medo e permitirem que eu tenha um momento de fuga do inferno imundo em que estou. Com os lábios secos e rachados, sussurro minha oração novamente.
— *Chase, por favor me encontre. Por favor me encontre.*

3

CHASE

O voo para San Diego leva pouco mais de uma hora. Outra hora sem Gillian. Sessenta minutos a mais em que ela está presa com um psicopata. Tanto o agente Brennen quanto Thomas tentam me oferecer uma conversa trivial. Na maior parte do tempo, eu os ignoro. Jack nem tenta. O que ele faz é cuidar para que eu tenha um copo cheio do licor âmbar dos deuses. O uísque desce suavemente, mas gira e retorce minhas entranhas. Em certo momento, provavelmente quando estou olhando pela janela, um sanduíche de peru é colocado diante de mim.

A Gillian está sendo alimentada?

— Se o assediador diz que ama a Gillian... — pronuncio as palavras para a cabine, mas meus olhos pousam diretamente no agente Brennen. — Ele vai dar comida a ela, certo?

O agente junta as mãos e se reclina no assento.

— Sim, eu acredito que sim. Ele vai querer que ela fique viva. A não ser, é claro, que ela lute contra ele.

Sem responder, olho fixamente pela janela de novo. *A não ser que ela lute contra ele.* Sorrio, pensando em minha ruiva briguenta chutando, gritando e dando socos a todo momento que pode. Ela certamente vai lutar contra ele. O momento minúsculo de entusiasmo passa quando processo o que ele disse.

— O que vai acontecer se ela lutar contra ele?

O agente lambe os lábios. Aguardo pacientemente, a temperatura do meu corpo me aquecendo de dentro para fora enquanto o medo invade meus ossos.

— Me conte — digo entredentes.

— Ele vai machucá-la. Vai tentar forçá-la a obedecer.

Fecho os olhos e encosto a cabeça no couro macio. *Estou indo te buscar, Gillian. Vou te encontrar e te trazer para casa.*

O avião aterrissa, e nós quatro entramos em dois veículos. Podíamos ter ido no mesmo carro, mas preciso de espaço. Com Jack, posso ser eu mesmo. Ele não julga ou diz o que está pensando, a não ser que seja perguntado. Passamos por muita coisa juntos ao longo dos anos, formando um vínculo forte que vai além da relação de trabalho. Ele é o único homem em quem confio para proteger a minha vida e aquele cuja opinião eu levo em conta acima de todas as outras. Eu posso sempre contar com uma resposta honesta e direta, independentemente da circunstância.

— Você acha que ela está viva? — pergunto do banco traseiro do SUV.

Os olhos de Jack encontram os meus no espelho retrovisor.

— Não tenho como responder. Seria mera especulação.

— Estou perguntando se você *acha* que ela está viva. Não se você tem certeza disso. — Meu tom é duro, frio.

— Chase... — ele alerta.

— Por que você não gosta dela?

Os ombros e o maxilar de Jack ficam tensos enquanto ele dirige para a periferia onde a propriedade de Daniel McBride está localizada. Eu espero, observando a nuance sutil do homem que vim a conhecer melhor que qualquer outro. Meu único confidente, além de Gillian. Ele está pensando em como responder, e algo nisso me deixa com raiva. Uma fúria cega.

— Você está enrolando. Por quê? — pergunto, finalmente.

Ele limpa a garganta.

— Porque você está encantado por ela.

— De novo, você está fugindo da pergunta. Eu já fiquei encantado com pessoas e coisas antes.

Seus olhos encontram os meus no espelho e ele balança a cabeça.

— Não desse jeito.

— Que inferno, Jack. Responda. Por que você não gosta da Gillian? — Estou irritado e pronto para brigar. Meu sangue está correndo rápido nas veias, o coração disparado, e eu me sinto melhor do que nos últimos quatro dias. Vivo. Eu me sinto vivo.

A testa de Jack fica enrugada.

— Não é que eu não goste dela.

— Então o que é? Merda! Admita. Ela sentiu isso desde o primeiro dia. Você evitou qualquer conversa relativa a ela durante o ano passado inteiro. E, quando eu te contei que ia casar com ela, você não me deu parabéns. Não se deu o trabalho de me dar um aperto de mãos. Aliás, você nunca disse nada de positivo sobre ela. Então, que porra é essa com a Gillian...?

Ele me interrompe. Seu tom é tenso, firme e carregado de frustração. A única vez em que o vi quebrar seu exterior de titânio foi quando Megan ferrou comigo na véspera do nosso casamento.

— A Gillian é perfeita para você. — As palavras soam amargas e rancorosas. — Bonita, inteligente, determinada e o tipo de mulher que todo homem com meio cérebro faria qualquer coisa para manter ao lado.

Vou perder a cabeça se ele não for direto ao ponto.

— Então, qual é a porra de problema com ela, se ela é tão perfeita? — Eu me inclino para a frente e agarro a parte de trás do banco do passageiro, enfiando as unhas no couro preto macio.

— Não é *ela*. É o que ela faz com você que me incomoda. — Sua voz é um rosnado grave quando ele termina a frase. — Chase, aquela mulher te deixa fraco.

Depois dessa revelação, eu me reclino e observo a paisagem passar em faixas de preto e azul-escuro, manchadas pelas luzes piscantes da rua. É tarde, e por este caminho não avistamos uma alma sequer.

— Aonde estamos indo? — Olho para o relógio e percebo que estamos no carro há uma hora. Sessenta minutos a mais em que ela está com ele. Mordo a língua e seguro o desejo de gritar, rugir e destruir tudo num raio de dez quilômetros.

Jack olha rapidamente pelo retrovisor.

— O terreno fica no limite com as montanhas Cuyamaca. O lugar ideal para se esconder, se você quer saber. — Faço um sinal com a cabeça. — Devemos estar lá em dez minutos. — Jack mexe no telefone do carro e liga para alguém.

O toque do telefone invade o silêncio, seguido por "agente Brennen" no sistema de som do carro.

— Agente Brennen, como você quer agir?

A estática estala pela linha enquanto o agente nos informa o plano. Vamos estacionar a cerca de um quilômetro da propriedade e caminhar até lá. Se ele vir qualquer atividade, vai ligar pedindo reforços antes de entrar. Tudo tem que seguir conforme o planejado. Felizmente ele não está no carro conosco. Quero atravessar a linha e estrangulá-lo. Como planejado uma ova. Se eu vir qualquer coisa suspeita, atiro primeiro e pergunto depois.

Jack encerra a ligação e leva o SUV para uma área coberta.

— Estamos perto. O terreno deve ser no fim deste caminho. — Ele aponta pela janela.

— Você está com a sua arma? — pergunto.

— Armas? Sim. — Ele se vira e me passa uma nove milímetros. É o mesmo tipo de arma com a qual já atirei umas cem vezes antes. Jack me treinou bem com este revólver em particular, e, nesse momento, nunca estive tão agradecida.

— Vamos, então — digo, enquanto enfio o revólver na parte de trás do meu jeans. Jogo o blazer no banco e Jack me dá um moletom preto com zíper e um colete à prova de balas. Não são os meus trajes finos habituais, mas vão servir. Um atirador ex-militar sabe exatamente o que é necessário.

Encontramos o agente Brennen e Thomas subindo pela beira do bosque. Finalmente, chegamos a uma clareira. É enorme, com árvores cercando o espaço aberto. Há um trailer no meio do grande espaço. Não há luzes lá dentro.

— Vocês dois, fiquem aqui. Eu e o detetive Redding vamos primeiro. Nos deem cobertura daqui. Fiquem escondidos naquelas árvores. Vamos acenar quando chegar a hora. — O agente Brennen é eficiente e tático. Acaba de ganhar um pouco mais de respeito de mim.

Jack e eu esperamos, com as armas em riste, e observamos os dois homens entrarem na propriedade. A lua está alta e brilha forte sobre eles. Um vento suave faz as árvores balançarem e canta uma leve melodia. Tanto Jack quanto eu procuramos sinais de movimento. Thomas e o agente Brennen circundam o trailer, e tudo que eu quero é invadir a porra do veículo e espancar o filho da puta que roubou a minha mulher, mas não posso. A adrenalina ruge pelas minhas veias, me deixando hiperalerta a todo som e nuance sutil do bosque que nos cerca. O som de um graveto aqui, o ruído de um animal ali, todos se juntam em centenas de zumbidos, fazendo tremer o dedo no gatilho.

O agente Brennen abre a porta do trailer e entra, Thomas logo atrás. Nada se move, Jack e eu estamos completamente imóveis esperando alguma coisa — qualquer coisa — acontecer. Acaricio o gatilho do revólver e o levanto, apontando na direção da porta do trailer. Uma figura emerge. Meu coração parece um martelo pneumático saindo do peito, até a forma entrar na luz da lua. Thomas. Sua arma está abaixada e ele meneia a cabeça. Eu me recosto contra a árvore mais próxima e respiro fundo algumas vezes. Jack já está se movendo, correndo pela grama crescida.

Quando encontro com eles, os ombros de Thomas estão caídos e ele está passando a mão trêmula pelos cabelos.

— Ele não está aqui, mas parece que esteve recentemente. Há comida em um isopor que ainda está com gelo. Alguém com certeza esteve aqui e pode voltar. Temos que sair, esquadrinhar o perímetro. Pode ser qualquer um. Um invasor ou alguém que esteja alugando o terreno.

— Isso não estaria registrado? — pergunto.

— Não se ele receber o pagamento em dinheiro. Temos que investigar isso, notificar as autoridades da área, descobrir se o trailer está no nome dele. — O agente Brennen acrescenta: — Caralho, e o resto de vocês precisa dormir.

— É, cara, quando foi a última vez que você fechou os olhos? — pergunta Thomas.

— Não é da sua conta. Jack, vamos arranjar um hotel. Voltamos quando o sol raiar para vasculhar o lugar.

Jack levanta o queixo e me segue para fora do bosque.

O hotel mais próximo é uma espelunca, mas imagino que seja cem vezes melhor que o lugar em que Gillian pode estar. Jack insiste em pegarmos quartos conectados. Diz que está com um mau pressentimento, e eu aprendi a não questionar esse tipo de coisa.

Ele entra no quarto e coloca duas pílulas no criado-mudo, com uma garrafa de água e um sanduíche embrulhado em filme plástico. Parece o mesmo que não comi no avião.

— Não estou com fome — digo, embora meu estômago ronque alto.

Ele franze a testa.

— Você precisa comer, tomar água e dormir.

— Já te falei, Jack. Não estou com fome, porra.

Ele agarra meus ombros com força e traz seu rosto próximo ao meu, mais próximo do que nunca.

— Olha, você sabe que normalmente eu não sou do tipo que diz o que você deve fazer. — Sua boca se retorce e seus lábios ficam brancos. — Mas, se você tem alguma esperança de trazer a Gillian para casa, precisa se cuidar. Coma, tome essa porra de remédio e durma. Assim que o sol nascer, vamos voltar àquele terreno e encontrar quem quer que esteja ficando naquele trailer.

Entendeu? — Ele chacoalha meus ombros, como se estivesse colocando um pouco de sensatez em mim.

Ranjo os dentes e encaro seus olhos. São buracos negros de raiva, não comigo, mas por mim. Anuo, tenso, pego as pílulas e tomo a água. No que parece um minuto, acabo com o sanduíche, sem sentir o gosto.

DANIEL

É melhor que ela esteja vestida e limpa para mim. Não vejo a hora de queimar aquele vestido de noiva nojento. Hoje vou fazer uma fogueira, acorrentá-la e fazê-la assistir enquanto ele vira fumaça, assim como a lembrança daquele ricaço filho da puta. Então, vou trazê-la para o trailer e provar como senti falta do seu corpo debaixo do meu. Vai ser perfeito. Vou beijar cada hematoma, corte e arranhão, mostrando a ela que posso adorá-la novamente. Talvez eu até lhe conte o meu nome verdadeiro. Ela iria gostar disso. Uma coisa que ninguém mais sabe.

Beijá-la ontem foi quase perfeito, até ela me morder. Claro que isso aconteceu porque ela estava tomada de desejo. Fazia bem mais de um ano que eu não tocava seus lábios rosados e bonitos. E o perfume... Caralho, a baunilha persiste mesmo depois de quatro dias. Talvez ela simplesmente seja doce, seu corpo criando naturalmente o néctar que me deixa louco.

Caminho pesadamente pela parte de trás do bosque em minha propriedade. Escondi o carro em um celeiro decrépito no terreno abandonado ao lado do meu. Seguro morreu de velho. Agora que ela está desaparecida por quatro dias inteiros, tenho certeza de que todos os recursos estão sendo usados para encontrá-la. Sorrio para mim mesmo, sabendo que isso nunca vai acontecer. Se eles não conseguiram descobrir quem eu era antes do casamento, certamente não vão descobrir agora.

Enquanto caminho pelo bosque, a umidade do sereno do início da manhã é borrifada em meu rosto, me mantendo fresco. As árvores dão ao ar um aroma rico, natural e amadeirado. Tudo isso me faz lembrar as partes boas da minha infância. Correr entre as árvores e subir nelas, me escondendo do meu pai. As lembranças dele estão sempre sob a superfície, e estar aqui não me ajuda a esquecê-las.

Meu pai e eu costumávamos atirar com armas de paintball neste bosque. Aos sete anos, eu já era um profissional. Meu pai era melhor e impiedoso.

Ele não permitia que eu usasse nenhum tipo de proteção. Dizia que eu tinha que aprender a ser um homem *de verdade*. Depois de uma sessão de paintball no bosque, eu mal conseguia me arrastar para casa. Minha mãe não ajudava muito. Ela me limpava, é claro, senão acabaria apanhando, mas não ligava de ver o filho todo machucado. Eu ficava lá, nu, envergonhado, o corpo inteiro coberto de hematomas, vergões e feridas abertas. Meu pai gostava de usar as balas mais fortes e alta velocidade para terminar o nosso jogo. Atirar no filho de sete anos com centenas de bolas de paintball era um jogo para ele. Um jogo que eu sempre perdia, mas sem deixar de acertar vários dos meus próprios tiros.

Quando fiz dez anos, paramos de jogar. Eu me tornara tão bom quanto ele, e ele acabava recebendo tantos tiros quanto eu. Um dos melhores dias da minha vida foi quando vi meu pai caminhando para casa como um aleijado. Só que minha mãe não terminou tão bem naquela noite. Ele bateu muito nela, e ela descontou em mim no dia seguinte. Naquela época, eu jamais bateria em uma mulher. Agora eu sei o que as mulheres são. Buracos inúteis para foder, para jorrar o meu esperma quantas vezes uma boceta molhada aguentar. Mas não a minha princesa. A pele dela é alva como a de um anjo. Sua xoxota é macia, cor-de-rosa e acolhedora. Eu tremo de desejo, me lembrando da última vez em que estive dentro daquela fenda apertada.

Pensar na minha princesa me faz lembrar da mochila em minhas costas. Gillian vai adorar as coisas que eu trouxe para ela. Frutas frescas — ela pareceu gostar da maçã ontem —, pão, manteiga e uma sobremesa bem calórica. Eu lembro que ela adora terminar as refeições com um doce. Finalmente vou tê-la de volta, me querendo, fazendo amor comigo por vontade própria. Mas esta noite vou possuí-la mesmo que tenha de amarrá-la e fazer amor com o seu corpo se debatendo. Se ela gritar, eu a amordaço. Se levar a noite toda, vou gostar mais ainda. Vou fazê-la ter muito prazer, até ela esquecer qualquer outro homem que tenha vindo antes de mim.

A corda que está na mochila vai servir bem. Meu pau se mexe dentro da calça, me lembrando de que não como uma mulher há alguns dias. Aquela puta da Dana era um buraco bom, um rosto bonito o suficiente quando eu abria os olhos. Na maior parte das vezes em que trepamos, ela estava com a cara apertada no colchão e a bunda no ar. Do jeito que Gillian queria que eu a fodesse daquele vez. Não. Eu não vou comer a minha garota perfeita como uma vadia. Só os buracos vazios de mulheres sem rosto podem ser comidos assim. Gillian merece mais, e esta noite ela vai ter. De uma forma ou de outra, ela vai ficar com as pernas bem abertas, os braços esticados em um convite e o corpo nu para mim. Só para mim.

Chego perto de casa e ouço vozes. Silenciosamente, abaixo a bolsa pesada, apoiando-a contra uma árvore. Aproximando-me, posso ver aquele porco do Thomas Redding e um homem de cabelo branco verificando o terreno em volta do meu trailer.

Merda, merda, merda!

Estico a mão até a parte de trás da calça e tiro uma arma. Posso matar um a um sem ninguém nem perceber o que está acontecendo. No momento em que tenho a cabeça de Thomas na mira e meu dedo apertando levemente o gatilho, escuto uma voz. Olhando para o lugar exato aonde não quero que ninguém vá, vejo Jack Porter. Ele está a pelo menos cinquenta metros de mim, mas sei que encontrou. O abrigo. Observo, com um tiro letal apontado para sua cabeça, enquanto ele acena. Então a desgraça da porra da minha existência está correndo na direção dele. Chase Filho da Puta Davis.

Droga!

Como foi que eles encontraram este lugar? Uma fúria incontrolada atravessa o meu corpo e me rasga. Ranjo os dentes enquanto vejo Jack Porter espalhar as folhas que usei para esconder a entrada do abrigo. Eles vão encontrá-la. Um tiro ecoa, a trava provavelmente estourada em pedaços. Observo com uma fascinação doentia enquanto eles abrem a trava e o corpo de Jack, seguido pelo de Chase, desaparece pelas escadas. Vendo Thomas e o cara de cabelo branco correr pela clareira, corro de volta para o lado oposto da montanha.

GILLIAN

O som de um tiro atravessa o silêncio da minha cela minúscula.
Acordo assustada, puxo os joelhos para o peito e me aperto ao máximo contra o cimento frio. Não há outro lugar para ir.

— Fique longe da porta. Estamos entrando — a voz abafada de um homem soa através da madeira. Depois, outro tiro.

Eu grito e me encolho no canto, as algemas cortando dolorosamente meus pulsos e tornozelos. Posso ouvir sons na escuridão até a luz brilhar como o sol dentro do quarto. Fecho os olhos e escondo o rosto.

— Baby! Ah, meu Deus, Gillian! — A voz é de Chase, mas eu não acredito. Ele não veio até mim. É um truque. Minha mente está me enganando. Vou jogar os braços em torno dele e acordar e vai ser Danny mais uma vez, me agarrando, me tocando, me beijando. Soluços violentos abalam meu corpo enquanto abraço os joelhos.

Mãos puxam o cobertor ao meu redor, depois pegam as minhas.

— Não, não encoste em mim! — grito com todas as minhas forças. *Por favor, meu Deus, alguém me ouça. Tire-o de cima de mim.* — Chase! — berro o mais alto que posso, esperando que alguém escute.

— Sou eu, Gillian. Baby, é o Chase. — Dedos estão no meu rosto, em leves carícias, muito mais suaves do que quando Daniel me tocou. — Estou aqui. Nós encontramos você. — Ele aperta a testa contra a minha e o perfume cítrico e de sândalo invade minhas narinas. Abro os olhos e encaro os globos azul-caribe mais lindos. Lágrimas enchem suas órbitas e caem pelas laterais do rosto.

— Chase — digo, rouca, meu olhar catalogando cada traço, cada nuance. — Você veio — sussurro, as lágrimas jorrando. Suas mãos seguram gentilmente meu rosto espancado, os polegares passando pelas minhas bochechas.

— O que ele fez com você? — Sua voz é grave, cheia de emoção.

Meneio a cabeça e observo enquanto ele me examina. Seus polegares acariciam meus lábios cortados, os hematomas por todo o meu rosto. Com base no modo como seu maxilar está tenso, eu sei que é ruim. Nem sinto mais a dor, devido ao frio, e sei que estou em estado de choque.

Um homem que não reconheço vem até mim.

— Eu sou o agente Brennen, sra. Davis. — *Sra. Davis.* Ele me chamou de sra. Davis. Mais lágrimas escorrem pelo meu rosto. — Chamei um helicóptero de resgate, que está a caminho. Precisamos tirá-la dessas correntes. Você consegue ficar em pé?

Chase se aproxima, me ajudando a levantar. As correntes rangem pelo sistema de polias.

— Que merda é essa? — Ele segue as correntes grossas e enferrujadas presas aos meus pulsos e tornozelos. Fico de pé sobre o vômito pastoso, que não secou completamente desde a noite passada, mas não dou a mínima. Ele está aqui. Chase me encontrou. — Quero tirá-la daqui agora. — Seu tom é um rugido protetor.

Jack vem e coloca a mão em meu ombro. Eu me encolho de encontro a Chase.

— Me deixe ver o seu pulso. — Chase agarra minha mão e a expõe. — Encontrei isso naquele armário no topo da escada. — Ele empurra uma chave de metal de aparência pesada na trava em meu braço e gira. A corrente cai com um estrondo. Dou um pulo com o barulho, mas deixo Chase mexer na minha outra mão para tirar a algema. Jack afasta o tule da parte de baixo do meu vestido e solta as outras algemas. Eu me encolho enquanto cada uma delas é removida.

O grande guarda-costas respira fundo.

— Ela está sangrando nos tornozelos e nos pulsos. Os ferimentos nos tornozelos mostram sinais avançados de infecção — ele diz, e eu mal posso ouvi-lo. — Tire-a daqui.

Instantaneamente, o mundo vira de cabeça para baixo. Luzes e sons se movem em um redemoinho vertiginoso. A luz fica mais forte enquanto sou carregada pelo que acredito ser uma escada. O ar gelado toca meus braços nus e eu tremo, meus dentes batendo. O zunido fica cada vez mais alto e sou jogada para cima e para baixo. Seguro firme em Chase, me concentro em seu aroma, nas batidas do seu coração e em seu calor. Nada pode me atingir se estou com ele. Cercada pelo seu amor.

Percebo vagamente que estou sendo deitada e uma mulher e um homem estão gritando ordens. O zunido é tão alto, e eu estou congelando. Tão frio. Apenas um ponto do meu corpo está quente: a minha mão, porque Chase a segura com força, sem nunca me soltar.

— Você me encontrou — digo, tentando fazer meus olhos pararem de girar.

— Eu sempre vou te encontrar e te trazer de volta para mim — ele promete, os lábios se apertando nos meus, rachados, com um toque levíssimo. Pela primeira vez em quatro dias, fecho os olhos e me sinto abençoada por estar livre. Chase me tem, e eu sei que ele não vai me deixar ir embora.

4

GILLIAN

Bipe, bipe, bipe.
— Chase, baby, desligue o alarme — balbucio. Virando a cabeça, sinto o linho áspero contra a pele dolorida do meu rosto. — Ai, está ardendo. — Viro a cabeça para o outro lado e sinto o mesmo tecido áspero, mas desta vez há também uma pontada de dor que me faz abrir os olhos. O quarto está embaçado, enevoado, conforme tento me localizar. Branco. Tudo é branco. Olho para o ambiente enquanto abro e fecho os olhos. O processo requer muito esforço, porque minhas pálpebras parecem ter pequenas correntes, tornando quase impossível mantê-las abertas.

Por fim, viro a cabeça totalmente para a direita e encontro o rosto mais lindo da raça humana. Um sorriso lento e doloroso atravessa meu rosto enquanto absorvo cada traço. Seu cabelo grosso cor de café está uma bagunça de camadas caindo por suas têmporas e testa — um testemunho de quantas vezes ele passou os dedos pelos fios ou deu uma boa puxada. Isso o faz parecer desalinhado e perigoso. Eu gosto. Em vez do tique sempre presente no maxilar, ele está exibindo um enorme sorriso, mostrando os dentes.

Leva mais um momento, mas percebo que estou segurando sua mão. A felicidade que vejo em seus olhos e a força com que ele aperta minha mão me dizem tudo o que preciso saber. Estou a salvo e em casa.

— Como se sente? — ele pergunta e apoia o quadril na cama. Enquanto checo meu corpo, ele enche a palma da minha mão de beijos. Fecha os olhos, apertando minha mão no seu rosto. Eu aprecio a carícia suave.

Estico os dedos dos pés, e uma sensação de ardor sobe por minhas pernas. Sugando o ar, deixo-o fluir entre os dentes até a dor diminuir. Apertando as mãos fechadas, percebo que mal posso levantar os braços. É como se eu estivesse deitada em areia movediça, meu corpo sucumbindo completamente à pressão e à dor dentro dos ossos.

— Eu vou ficar bem. Ver você deixa tudo melhor. — Sua testa se franze, mas eu olho para o outro lado. Analisando o quarto, vejo todas as flores e cartões. Três buquês de margaridas brancas perfeitas estão na janela, provando que minhas irmãs de alma estiveram aqui.

Ver as flores traz tudo de volta à minha mente.

— Ah, meu Deus. As meninas estão bem? Ele machucou alguma delas?

Chase balança a cabeça e se inclina para a frente, tocando meu rosto tão suavemente que quase não sinto.

— Não, baby, não. Elas estão bem. O Phillip também.

Seus olhos vasculham os meus. Então, eu percebo. Lágrimas escorrem pelo meu rosto.

— O que foi, Gillian? Você está sentindo dor? — Seu rosto se contorce em uma careta. — Vou chamar o médico. — Ele faz menção de levantar, mas eu o seguro no lugar.

— Chase, a sua mãe. Eu sinto muito... — Engasgo o resto do que preciso dizer. — Foi m-minha c-culpa. — Estremeço enquanto as lágrimas caem, transbordando meu pesar.

— Não, não, não, não, não. Nem comece com isso. Você não fez nada de errado. Foi aquele filho da puta demente que fez tudo isso. — Chase beija minha testa e sussurra contra ela: — Você não fez nada de errado. Estou tão agradecido, tão feliz por ter você de volta, Gillian. Meu Deus... eu não sou nada sem você.

Seguro suas bochechas enquanto ele beija todo o meu rosto. Eu sei que está machucado, mas os remédios estão mascarando qualquer dor mais forte.

— Eu pensei que nunca mais te veria — admito, a angústia e o medo residual emergindo para enfiar garras devoradoras na minha psique.

— Baby, nada poderia me manter longe de você. Você entende isso agora?

Sorrio e ele enxuga minhas lágrimas. Eu sei disso, de fato. Ele provou mais de uma vez que faz qualquer coisa, paga qualquer preço para cuidar de mim. Mas nenhum de nós estava preparado para saber que o assediador é o meu ex-namorado Daniel McBride. Nunca me ocorreu que ele poderia ter um lado nefasto e demente. Durante nosso relacionamento, ele sempre foi gentil, generoso e doce. Me tratava como uma rainha. Sempre. Até me ajudou a conseguir a ordem de restrição contra Justin.

Justin. Mais um peão no jogo de Danny. Eu me pergunto se ele teve alguma coisa a ver com a morte de Justin. Aposto que sim. Justin não era o tipo de homem que acabaria com a própria vida, especialmente sem deixar algum manifesto ou legado para trás. Além disso, a polícia não encontrou nenhum bilhete.

— Por quanto tempo eu fiquei inconsciente? — Empurro o colchão e tento me sentar. Meus músculos doem e travam em protesto.

— Dois dias. — A voz de Chase é pesada, como se ele estivesse carregando um fardo durante os últimos dias.

Fecho os olhos e tento fazer com que isso não destrua o sentimento acolhedor que tenho aqui, segura e com o homem que amo. O homem que estou destinada a amar.

— Você ficou preocupado. — É uma afirmação retórica. Dá para ver as sombras debaixo dos olhos dele, o tom acinzentado em sua pele normalmente bronzeada e o peso que ele perdeu. Pelo menos cinco quilos na última semana. Embora eu tenha certeza absoluta de que não estou nada melhor. Antes do casamento, perdi bastante peso me preocupando com Phillip, depois com Bree, com o ataque de Justin e planejando o casamento. Inclua o sequestro nessa lista e você terá uma mulher que normalmente usa número quarenta e agora deve estar usando trinta e quatro.

— Só estou feliz demais porque você está de volta, acordada e a caminho da recuperação.

Eu me espremo o máximo que posso para o lado, embora meus músculos protestem agressivamente, enviando pontadas afiadas de dor através do meu corpo. Cerrando os dentes, me movo para o lado.

— Deite aqui comigo. Meus olhos estão ficando pesados, e você parece estar morrendo em pé.

— Não. Você precisa de espaço para descansar.

— Não, eu preciso de você. Acredite em mim, vou descansar muito melhor com você me abraçando. — Ergo as sobrancelhas, mas a medicação me faz arrastar as palavras. Estou apagando rápido. Chase chuta os sapatos com muito cuidado e se coloca no centro do espaço que lhe ofereci. — Eu queria que você estivesse sem camisa — digo em sua camiseta polo.

Ele ri e corre os dedos pelo meu cabelo. É o céu. Com movimentos medidos, massageia meu couro cabeludo, evitando os galos que com certeza estão lá, então tira lentamente as mãos, deixando que os cachos caiam através de seus dedos. Chase faz isso repetidamente. O perfume cítrico e de sândalo preenche minhas narinas, me lembrando do lugar mais seguro no mundo. Os braços de Chase. Aninho meu rosto a ele e solto um suspiro profundo.

— Eu te amo, Chase — sussurro.

— Eu te amo mais — ele diz as palavras que costumo usar, e sei que vou ficar bem.

CHASE

Ela é tão linda, mesmo com os olhos roxos e as bochechas inchadas. Quase perco a respiração olhando para ela. Pequenos sopros de ar saem de seus lábios partidos, e eu quero tanto beijá-la, devorá-la, provar que ela é minha. O homem das cavernas dentro de mim, aquele que eu tento conter por ela, está rugindo com a necessidade de marcar e possuir. Porém minhas marcas não iriam precisar de curativos ou medicação. Aquele bosta colocou as mãos nela. O peito dela está cheio de hematomas... mais uma vez por causa de um agressor. Ele a violentou?

A equipe fez um exame de estupro quando ela estava inconsciente e não encontrou sêmen ou ferimentos, então espero que o abuso não tenha ido tão longe. Seu corpo, porém, está coberto de hematomas. As algemas em seus tornozelos e pulsos cortaram sulcos profundos na carne delicada. O dr. Dutera prescreveu uma batelada de antibióticos, antifúngicos e uma série de outros medicamentos. É um milagre que ela não tenha ossos quebrados. Estou muito grato que não tenha se machucado mais. Ela vai ficar boa, e, se ele não a violentou, o processo de cura vai ser mais fácil.

Levanto o cobertor e olho seu corpo da cabeça aos pés. Além dos hematomas, cortes e arranhões, ela está magra. Terrivelmente magra. Posso sentir cada costela ao segurá-la mais de perto. A Gillian que eu conheci no bar do meu hotel era cheia de curvas. Ela vai precisar de um novo guarda-roupa, embora não por muito tempo. Vou enchê-la de comida. É óbvio que, a julgar pelo peso que perdeu, ela não comeu muito enquanto estava no cárcere. Provavelmente estava com medo de comer. Não posso culpá-la, eu também não comeria. Um arrepio me atravessa e eu puxo o cobertor para mais perto de nós, permitindo que seu calor irradie em mim. Gillian está de volta. Ela está aqui e eu a tenho em meus braços. Nada nem ninguém vai nos separar de novo. Vou contratar um time de guarda-costas para protegê-la. Isso se eu um dia deixá-la sair da minha vista.

Preciso ligar para Dana, pedir que ela deixe o vice-presidente do Grupo Davis preparado para o futuro próximo. Faço uma anotação mental para ligar para ela mais tarde. Neste momento, estou completamente satisfeito por abraçar minha garota, sentir sua respiração no meu peito, o calor de seu corpo contra o meu.

Se alguém me falasse há um ano que eu encontraria a mulher com quem estou destinado a passar o resto da vida, eu teria rido na cara da pessoa. Depois que Megan trepou com Coop na véspera do nosso casamento, há mais de dez anos, nunca acreditei que teria essa segunda chance. Não, segunda chance não é bem o termo. Talvez encontrar Gillian fosse o que deveria acontecer desde o começo. Certamente parece ser assim. Quando estou com ela, posso ser eu. Ela não espera nada além do meu tempo. A única coisa que ela já quis de mim sou *eu*. E eu quero lhe dar tudo em troca. É por isso que aquele filho da puta é obcecado por ela. Eu posso entender. Ele teve um vislumbre de como é ser amado por esta mulher. Justin também. Mas esses tipos inúteis destruíram qualquer futuro que ela poderia ter tido com eles. E quem ganhou fui eu.

Meu império foi construído sobre perdas devastadoras e ganhos extraordinários. O mundo é assim. E nesse caso também eu lucrei, tendo o maior retorno possível para o investimento. Eu ganhei a Gillian. Ela é minha. Eu daria minha vida por ela de bom grado, e suspeito de que ela faria o mesmo por mim. Acima de tudo, é dela que eu preciso. Não preciso de dinheiro ou de coisas materiais, nem do poder que advém do que eu faço... somente dela. Eu daria tudo para assegurar a nossa felicidade. A verdade é que eu tenho poder e riqueza consideráveis, que vou usar para garantir que nada aconteça com ela novamente. Fecho os olhos e solto o ar, me acalmando, puxando Gillian para mais perto do meu peito, enterrando os lábios em seus cabelos.

Entro correndo no quarto da noiva e paro quando vejo minha mãe de costas. Seu cabelo está bem preso em um coque, mas ela não está se movendo. Suas mãos estão caídas nas laterais da cadeira de rodas. Sangue escorre por suas mãos. Gotas caem dos dedos indicadores em uma poça no chão.

Não. Meu Deus, não.

O quarto foi revirado, a cama está uma bagunça de lençóis, sem a colcha. Cadeiras estão caídas no chão — maquiagem, acessórios de cabelo, joias, tudo espalhado sobre o tapete ornamentado. Houve uma grande luta. Gillian não está aqui. Passo a passo, olho para o corpo imóvel de minha mãe. Nenhum movimento, nem mesmo um espasmo, um gemido, um grunhido, somente o silêncio. Ausência de som. Um silêncio ensurdecedor.

Engulo a bile enquanto o cheiro metálico do sangue invade minhas narinas. O sangue da minha mãe. É como se o tempo parasse. Ouço o sangue pingando no chão. E é então que a vejo. Sua boca está aberta em um grito, os olhos revirados para trás. Um buraco aberto em seu pescoço deixa ver o fundo da garganta. Seu vestido está tingido de escarlate, como um babador repugnante de sangue na frente de seu corpo.

Ela está morta, e Gillian se foi.

— Baby, acorda. — Sinto uma mão em meu esterno. Dou um pulo, me sentando, segurando seu corpo junto ao meu. Gillian fica tensa enquanto volto para o aqui e agora. — Foi um sonho. Você estava sonhando. — Seu cabelo vermelho entra em foco, depois seus olhos esmeralda. Deus, como senti falta desse olhar. Sem pensar, grudo a boca na dela e a beijo longamente. Se ela está sentindo dor, não diz nada nem se afasta. Ao contrário, ela está se apertando mais, levando o beijo mais adiante, lambendo meus lábios. Eu os abro para ela. Sempre para ela.

A língua de Gillian entra em minha boca e eu gemo. Seguro sua cabeça com uma mão, inclino-a de lado e assumo. Minha mulher, porra. Seus lábios são para mim, só para mim. Ela geme na minha boca e aperta mais o corpo em meu peito. Posso sentir seus mamilos duros se esfregando em minha pele, e meu pau ganha vida. Ele estava mole e insensível fazia dias. Com um toque dos lábios, ela desperta meu membro como se ele estivesse dando um cochilo de uma semana.

Esfregando os lábios nos dela, eu partilho tudo. O medo, a angústia, a necessidade avassaladora de tê-la em minha vida. O fato de ter passado quatro dias sem ela, uma parte de mim morrendo a cada segundo em que ela estava longe. Ela recebe tudo e devolve alegria, amor e um futuro brilhante para se deleitar. E eu me deleito em tudo o que ela é enquanto seus lábios controlam os meus. Com cada toque de sua boca, ela partilha seu passado. Com cada sussurro de sua respiração, ela reivindica o presente. Com cada grama de seu ser, ela me dá o seu futuro. Tudo isso em um beijo.

Eu me afasto, ofegante, quando o gosto metálico de sangue surge.

— Merda, eu estourei o seu lábio. — Aperto o polegar contra a pele inchada. O arrependimento é duro, um balde de água fria.

— Valeu a pena. — Ela lambe meu polegar e mexe as sobrancelhas.

— Sua raposinha atrevida. — Esfrego a testa na dela, tentando exprimir o que não posso com palavras.

— Quando vou para casa? — ela pergunta, suspirando.

— Não vamos para casa. Vamos para a mansão da minha família quando você sair daqui, mas acho que isso vai ser daqui a mais alguns dias. — Se eu tiver qualquer coisa a dizer sobre isso, vou dizer. Tenho dois guardas armados na porta do quarto dela e outros quatro patrulhando o prédio e os estacionamentos, procurando por atividades suspeitas. McBride ainda está por aí. A única coisa que encontramos quando vasculhamos a área em torno do abrigo foi uma mochila marrom com provisões.

Seus olhos assumem o tom verde-folha mais escuro.

— Não sei você, mas eu vou dormir na nossa cama na cobertura. Eu fiquei presa em uma maldita cela por uma semana. — Sua voz treme e faz meu humor pegar fogo. — Eu preciso estar em casa. Com você. Onde me sinto mais confortável.

Respiro fundo e tento controlar a raiva. É revoltante ter que me preocupar com o lugar onde minha noiva vai ficar mais segura depois do que ela passou.

— Nós vamos pensar em alguma coisa.

— E eu estou tentando entender como foi que você pensou que seria uma boa ideia deitar na cama com a minha paciente, sr. Davis — uma voz reclama à porta. O dr. Dutera entra, os óculos sem aro apoiados no nariz grande.

Mesmo o médico sendo educado, não vou lhe dar uma resposta. Gillian é minha mulher. Eu vou aonde ela vai. Ponto-final. E, depois de enfrentar o sequestro dela durante os últimos dias, qualquer um que ficar no meu caminho paga caro.

— Eu durmo melhor ao lado do meu noivo, doutor. — Gillian olha para a aliança na mão esquerda do médico. — Imagino que a sua esposa sinta o mesmo.

Um sorriso lento cobre o rosto do médico. Como qualquer homem, sua mulher é o caminho para o seu coração. Não o estômago, como o clichê sugere. Apenas o amor de uma mulher especial. É claro que a minha mulher perceberia isso. Gillian sempre soube como lidar com as pessoas. Normalmente eu desejo que ela não soubesse. Eu preferiria tê-la só para mim.

— Sim. Bem, precisamos checar os seus sinais vitais e os ferimentos — ele diz, virando as páginas do prontuário.

Saio lentamente da cama.

— Eu só vou falar com o segurança e pegar um café... — Mal coloco a mão na maçaneta quando Gillian grita.

— Chase, não! Não me deixe! — ela pede com a voz aguda. Em menos de um segundo, estou a seu lado e ela está em meus braços. Lágrimas escorrem pelo seu rosto e encharcam minha camisa quando ela o esfrega contra meu esterno. — Por favor, não me deixe. — Ela segura um soluço e funga, enxugando a bochecha em minha roupa. Eu não me importo com o que o doutor pensa. A resposta violenta de Gillian a minha saída é o suficiente para mim.

— Eu não vou a lugar nenhum. Shhh, está tudo bem. Estou aqui. — Eu a abraço até seus soluços diminuírem contra meu peito. Quando olho para cima, a boca do médico está formando uma linha dura.

— Vamos ter que chamar um psiquiatra... — ele começa, mas eu o interrompo.

— Não fale mais nada. *Nada.* Ela está bem. Só abalada, o que é compreensível depois de tudo o que passou. — Acaricio o cabelo de Gillian e ela estremece. As ondas emocionais rasgam minhas próprias defesas e o leão emerge, garras expostas e dentes prontos para rasgar a carne. — Temos um ótimo psicólogo chamado dr. Madison, que eu gostaria de chamar. Vou dar a ele um breve resumo da situação, e tenho certeza de que ele vai ficar feliz em cuidar da saúde mental da Gillian. Estou sendo claro, dr. Dutera? — Meu tom não deixa espaço para argumentação. Se ele reclamar, teremos outro médico dentro de uma hora.

O doutor suspira e sua boca fica tensa.

— Eu entendo — diz e passa a checar a lista enorme de ferimentos que Gillian sofreu. De maneira geral, os pulsos, tornozelos e rosto sofreram os maiores danos. Tudo vai sarar a contento enquanto continuamos com os antibióticos e diminuímos a medicação para dor. — De acordo com o seu prontuário, você perdeu onze quilos desde a sua primeira consulta comigo, quando tirou os pontos de outros ferimentos, há pouco menos de um ano. É muito peso para uma mulher pequena. Eu gostaria que você recuperasse pelo menos cinco — ele sugere.

Ela assente, mas não move o rosto da posição em meu peito. Mais uma vez, não posso reclamar. Ela precisa de mim. Que esta mulher *precise* de mim é tudo o que eu sempre quis. Eu só não queria isso nessas circunstâncias.

Acomodo Gillian na cama, mas me apoio na lateral de seu corpo. Ela pega minha mão, levando-a para seus lábios, e a segura. Simplesmente segura minha mão contra os arranhões em seu queixo e sua boca, como se fosse um bichinho de pelúcia. Nesse momento, percebo que precisamos do dr. Madison muito mais do que eu imaginava.

DANIEL

Aquele filho da puta está com a minha princesa já faz dois dias agora. O hospital para onde eles a levaram está cheio de agentes federais e seguranças. Aposto que todos eles têm minha foto também. Bando de imbecis. Nada que um pouco de tintura de cabelo castanha, um par de lentes de contato coloridas e um pouco de barba não consertem.

As paredes brancas do corredor do hospital me fazem lembrar uma ala psiquiátrica. Lá adiante, vejo um dos seguranças. O teste perfeito. Ele vai passar por mim, mas eu o detenho.

— Com licença, você tem horas? — pergunto, olhando diretamente para ele. Algo que percebo que os seguranças fazem. De alguma forma eles acreditam que isso os torna mais poderosos. Como se tivessem que passar por qualquer treino de verdade para carregar um cassetete e um walkie-talkie. Faço um esforço para não revirar os olhos.

Olho em volta e vejo o uniforme de outro tira.

— Então, por que toda essa segurança? Tem alguém famoso aqui? — pergunto em voz baixa, me assegurando de usar um bom tom de voz e tocar seu ombro como se fôssemos colegas de escola.

Ele vasculha o espaço por um momento, coloca as mãos no cinto e se inclina para a frente.

— Você não ouviu isso de mim, mas sim. Tem um bilionário aqui, a esposa dele está em tratamento. Ela foi raptada.

Esposa. Caralho, não é possível. Ranjo os dentes e tento não corrigir o homem.

— Sério? Ela está bem?

Ele faz um gesto afirmativo com a cabeça.

— Machucada pra caramba. O cara que a pegou é um completo demente, entende?

Minha cabeça cai para trás com a ofensa.

— Não, não entendo. Me conte! — Minha voz fica dura e sua testa se franze. — Quer dizer, o que ele fez de tão ruim, cara?

— Eu não sei de tudo, mas, pelo que ouvi dizer, ele a acorrentou como uma escrava. E a sequestrou no dia do casamento dela. Ela ainda estava com o vestido de noiva quando chegou de helicóptero, quase morta.

— Quase morta? — pergunto, alto demais.

— Você é surdo? Sim, o cara quase a matou. Bom, tenho que fazer a minha ronda. Fique de olho nesse cara. — Ele mostra uma foto minha. É uma que Gillian tinha de nós dois juntos, só que alguém a cortou.

Eles acham que podem me cortar da vida dela? Que eu vou embora tão fácil?
Estudo a foto por mais um momento.

— Bem, espero que encontrem o cara.

— É, seria ótimo se eu o pegasse. Seria um verdadeiro favor para a raça humana. — O homem me dá um tapinha nas costas. Cerro os punhos para conter a inclinação natural de colocar as mãos naquela cabeça gorducha e torcer seu pescoço até os ossos estalarem.

Ele sai para terminar sua ronda e eu passo a fazer o mesmo. Só que faço questão de passar na frente de cada segurança. Faço alguma pergunta ou dou um encontrão neles. Nenhum me reconhece. Idiotas. A esta hora amanhã, vou ter a minha garota de volta.

5

GILLIAN

Algo faz cócegas em meu nariz e eu abro os olhos. Maria. Seu sorriso é enorme.

— *Cara bonita*, você é um colírio para os olhos. — Ela se senta em uma cadeira ao meu lado, segura minha mão e a puxa para sua bochecha. Sua pele cor de oliva faz um contraste intenso com a palidez e os hematomas da minha. Um suspiro longo escapa de seus lábios. Duas lágrimas caem pelo seu rosto.

— Não. — Faço um sinal negativo com a cabeça. — Estou bem, de verdade.

Seus lábios carnudos se levantam ligeiramente, mas ela não parece conseguir manter o sorriso.

— Gigi, nós quase te perdemos. Eu não posso perder você. Você, as meninas, vocês são tudo o que eu tenho.

Franzo a testa.

— Isso não é verdade. Você também tem o Tommy, o Phil e o Chase.

Ela ri. Seus olhos azul-gelo pairam sobre os meus, e ela chega muito perto. Seu nariz toca o meu, ela mexe nele e depois coloca a testa contra a minha.

— Não é a mesma coisa, e você sabe disso, *cara bonita*.

Eu sei. Não importa quantos homens vêm e vão na nossa vida, nós quatro — Maria, Bree, Kat e eu — temos algo que ninguém mais tem. É incondicional, enviado dos céus. Simplesmente é. Perder uma delas seria como perder um membro ou um pedaço de mim. Completamente insuportável.

Em vez de responder, anuo e corro a mão pelo seu cabelo. As ondas escuras e sedosas são macias e brilhantes. Ela tem cheiro de coco e de um dia de verão. Maria traz isso para minha vida. O sol — quente, enriquecedor, mantendo a escuridão sob controle.

A porta se abre, e Bree e Kat entram, cada uma segurando dois copos de isopor. Bree abaixa os copos e corre para o meu lado.

— Graças a Deus, Gigi. — Lágrimas caem em seu rosto bonito enquanto ela tenta me abraçar, mas ao mesmo tempo se mantém afastada, os braços tremendo com o esforço. — Tenho medo de te machucar.

Eu lhe dou um abraço forte. Ela cai em cima de mim, retribuindo.

— Você nunca poderia me machucar com um abraço. — Suas lágrimas molham o ombro de minha bata hospitalar. Acaricio seu cabelo e enxugo suas bochechas. — Estou melhorando. Vou estar novinha em folha em algumas semanas — digo, olhando para os olhos de Kat e depois para os de Maria.

Kat agarra o braço de Bree e a afasta da cama de hospital.

— Aprenda a dividir, garota! — Ela olha feio para Bree e toma seu lugar, os braços à minha volta como um cobertor quente em um dia frio. Eu me aninho e ela corre as mãos para cima e para baixo em minhas costas. — Não tenho nem palavras para dizer como estamos felizes por ter você de volta, e bem. Aqueles dias foram uma tortura. Não saber... — Ela engasga e eu a abraço mais forte. — Estamos tão felizes que você esteja de volta... — Ela se afasta. Seu lábio está tremendo, e os olhos cor de caramelo se enchem de lágrimas. Ela olha para cima e aperta o canto de cada olho, balança a cabeça e então sorri, como se acabasse de se recompor. Kat sempre foi uma das mulheres mais fortes que conheço. De nós quatro, ela normalmente é a mais capaz de se manter sob controle em situações difíceis. Seguro sua mão e a de Maria. Bree se senta ao pé da cama e coloca a mão em meu tornozelo. Eu me encolho, respirando fundo. Ela tira a mão rapidamente.

— Ah, desculpa. Eu não quis te machucar. Não sabia que o seu tornozelo... — Seu rosto se enruga em uma máscara de preocupação e confusão.

Maria franze a testa.

— O que tem de errado com seus *tobillos*? — Ela pega o cobertor entre os dedos e o puxa. Bree engasga com um soluço e cobre a boca com a mão. Kat olha para o outro lado, as lágrimas finalmente caindo. Olho para baixo e vejo que as faixas em volta de cada tornozelo estão encharcadas de sangue. Parece que está na hora de a enfermeira trocá-las. O maxilar de Maria fica tenso e ela fala entredentes: — Por que eles estão assim?

É surpreendente que elas ajam como se não tivessem sido informadas sobre os meus ferimentos. Mas, pensando bem, Chase as pouparia.

— Ah, o Danny... Ele me acorrentou pelos tornozelos e pulsos. Eu estava ligada a um sistema de polias, mas as algemas eram apertadas demais e enferrujadas. Quando eu me debatia, elas penetravam na carne. Na hora eu não percebi. De verdade. E os ferimentos infeccionaram, então eles estão me dando antibióticos orais e tópicos. O médico disse que eu vou ficar bem. Em algumas semanas tudo vai estar como se nada tivesse acontecido.

É nesse minuto que Maria começa a andar de um lado para o outro, balbuciando obscenidades em voz baixa. Entendo algumas palavras. Algo sobre *cerdo asqueroso*, que lembro que significa "porco nojento", e depois ela diz *matarlo*, que tenho certeza de que significa "matá-lo" em espanhol.

Kat balança a cabeça, segura minha mão e sorri.

— Bom, com a gente por perto o tempo todo, você com certeza vai sarar rápido. Não é verdade, meninas?

Enrugo o rosto, mas esse movimento dói. Muito. Fecho os olhos e respiro através das pontadas de dor que se espalham da cabeça para minhas entranhas, onde a náusea borbulha.

Eu não vou vomitar. Eu não vou vomitar. Respire, Gigi. Você já fez isso um milhão de vezes.

Quando a dor diminui e a náusea se acalma, finjo sorrir. Kat e Maria não acreditam, a preocupação pesada no olhar. Bree mexe em sua bolsa gigante de retalhos e tira uma garrafinha marrom com etiqueta roxa.

— Aqui, cheire isso. É Valor, um óleo essencial. Ele vai te dar força e alguma coisa para pensar além da dor.

Inalo profundamente e me lembro da ioga. Fazer aulas com as meninas, Bree dando as orientações em seu tom sereno. Um lugar feliz. Assim que eu puder me mexer sem dor, vou voltar a praticar.

— Me lembra o I Am Yoga — digo, com uma melancolia que sei que ela pode sentir. Ela inclina a cabeça e acaricia a lateral do meu rosto.

— Bons tempos — concorda.

— Os melhores. Mal posso esperar para voltar. O que vai acontecer com o estúdio?

Os ombros de Bree ficam tensos e ela torce os lábios, segurando sua barriga de quatro meses e meio. Levanto a mão e ela a segura sobre seu estômago. Quase posso sentir o bebê. Pelo menos eu sou capaz de me convencer disso.

— Eu ainda não sei. Mas o Chase encontrou um novo lugar. Ele disse que é meu se eu quiser.

Apoio as mãos no colchão, tentando me sentar mais reta.

— É mesmo? Onde?

Uma de suas sobrancelhas se levanta.

— No seu prédio — ela diz. Balanço a cabeça. As qualidades protetoras do meu homem não conhecem limites. — Como se você não soubesse.

Abro e fecho a boca.

— Eu não sabia! Juro por Deus!

Sua cabeça se levanta.

— Hum. Bem, quando eu contei para o Phil, ele me apoiou completamente. Nós estaríamos separados só por alguns andares. E veja só... — Ela ri e eu observo seu rosto bonito enquanto a alegria domina seus traços. — O Chase transformou o décimo andar inteiro em um estúdio de ioga, uma pequena academia e... quer saber mais? — Maria, Kat e eu nos inclinamos para mais perto dela. — Uma creche!

— Mentira. — Uma creche? Chase? Reflito. — Ele *não* mencionou isso para mim. Quer dizer, eu o ouvi dizendo algo para a Dana sobre mudar a empresa do décimo andar para um prédio maior do outro lado da rua, mas foi só isso. Uma creche? Sério?

Bree assente vigorosamente.

— Ele disse que quer oferecer mais benefícios para os funcionários. A academia, o estúdio de ioga e a creche vão ser benefícios. À noite, a creche pode ser usada pelos alunos do estúdio que não têm onde deixar os filhos. Eles podem pagar a mensalidade junto com as aulas. Mas a academia só vai ser usada pelos funcionários e famílias. Ele disse que eu posso tocar o negócio como sempre, só que ele vai me pagar por funcionário e por sessão, a um valor bem menor.

Franzo a testa.

— Por que bem menor? — Isso é atípico para Chase. Normalmente ele daria o estúdio para ela, simples assim.

— Porque eu não vou pagar aluguel nem as contas, o que é um gasto enorme. Vou triplicar ou até quadruplicar a minha renda.

Agora sim é o meu Chase. Sorrio. Ele deu à minha irmã de alma um novo espaço para o seu estúdio e uma creche não só para o seu bebê, que vai nascer daqui a alguns meses, mas também para Anabelle. E eu sei qual é o motivo subliminar. Ele sabe que eu vou ficar feliz em ter a minha amiga tão perto. Ter o estúdio de ioga da Bree e a creche no mesmo prédio da cobertura? Perfeito. Eu vou recompensar o meu homem, se vou. Assim que escapar desta prisão.

— Então qual é o problema? — pergunta Kat. — Me parece um sonho. Você tem um espaço maior, um local seguro, creche de graça para o bebê e a Anabelle e vai ficar perto do Phil e da Gigi. Não consigo ver o motivo para preocupação.

Bree oscila de um pé a outro.

— Eu só não quero parecer aproveitadora, sabe? Gigi, o Chase vai ser seu marido, mas, só porque ele tem mais dinheiro que todas nós juntas, não significa que devemos abusar disso. Eu quero que ele saiba que somos da família agora, não umas mendigas.

— Você está me chamando de mendiga, *señorita*? Eu moro do outro lado da rua em um prédio com câmeras e porteiro, sem pagar aluguel. No início fiquei incomodada, mas depois percebi que o Chase não fez isso por mim.

— Claro que fez! — digo, as palavras saindo com irritação clara.

Ela franze a testa enquanto nega com a cabeça.

— *Mierda!* Ele fez isso porque sabe que *você* iria ficar preocupada com a minha segurança. O que é *ridículo*, por sinal. Eu posso me defender. Embora não possa negar que ter dinheiro sobrando para comprar um bom vinho e alguns trajes de dança a mais tem sido bom. — Ela sorri e eu dou um empurrão em seu ombro.

— Então vocês acham que eu devo aceitar a oferta do Chase e mudar o estúdio?

Três pares de olhos pairam sobre Bree. Um "Sim!" simultâneo ecoa pelo quarto. Ela levanta as mãos, se rendendo.

— Tudo bem, tudo bem. Vamos conversar quando ele voltar.

Quando ele voltar?

Olho ao redor do quarto. Ele não está lá. Não há nada no ambiente que mostre que ele esteve aqui. Meu coração acelera, batendo poderosamente no peito. O bipe da máquina fica vermelho e um pequeno alarme toca. Posso ver minha pressão arterial subindo. Gotas de suor cobrem minha testa.

Onde ele está? Ele não pode ter ido embora.

— Ele não pode ter ido embora. Onde ele está? — O tom da minha voz não é meu. É irreconhecível até para mim. Os olhos de Maria ficam escuros. Seu rosto se contorce em uma careta. Aperto sua mão e ranjo os dentes.

— Gigi, qual é o problema? Você está machucando a minha mão, *chica*. — Ela tenta se soltar.

— Gigi, está tudo bem. Nós estamos aqui — diz Kat, mas as palavras não são processadas.

Fecho os olhos e depois os abro. Chase. Ele não está aqui.

— Cadê ele? — berro, o som reverberando nas paredes do pequeno quarto branco. Meu corpo inteiro está quente, e minha visão vem e vai. Balanço a cabeça, mas, em vez de enxergar claramente, vejo cores. Um arco-íris por todo o lugar me força a piscar furiosamente. — Ele se foi! Ele não está aqui!

CHASE

Caminho pelo corredor, assobiando. O mundo não é perfeito, mas ter Gillian de volta ajuda muito a chegar perto, me deixando respirar com um pouco mais de facilidade. Vamos encontrar o filho da puta que fez isso com ela e eu vou acabar com ele. De uma forma ou de outra, ele vai pagar pelo que fez com Gillian e as amigas dela.

Dana está ao meu lado, lendo uma lista de coisas que precisam ser providenciadas no trabalho. Quando Gillian adormeceu, liguei para as meninas e falei que elas podiam vir vê-la quando ela acordasse. Assim que chegaram, escapei para meu encontro com o vice-presidente do Grupo Davis. Saber que ela tem dois guarda-costas na porta e uma equipe nas redondezas alivia um pouco o estresse de deixá-la. Além disso, ela tem as três amigas loucas para lhe fazerem companhia. Sinto alívio pela primeira vez em dias... até ouvir um grito de arrepiar os cabelos.

— Ele se foi! Ele não está aqui! — Gillian está gritando na cara de uma enfermeira que entrou momentos antes de mim.

— Baby, meu Deus! — Corro até ela e a puxo para meus braços.

Ela soluça em meu peito.

— Você não estava aqui. Você me deixou. Você prometeu que não iria me deixar, porra! — Lágrimas escorrem pelo seu rosto machucado. Seu nariz está escorrendo, mas não é isso que me chama a atenção. São seus olhos. Seus lindos olhos esmeralda mostram tudo. Medo, raiva, traição, três coisas que eu nunca quero ver quando ela está olhando para mim. — Como você pôde? — Sua voz se parte de emoção.

Eu me sento na cama e ela se arrasta para meu colo como um animal assustado. Entoa repetidamente "você prometeu, você prometeu, você prometeu". Toda vez que pronuncia essas palavras, minha alma se estilhaça um pouco mais.

Com o máximo de coragem que consigo juntar, puxo sua cabeça da caverna de meu peito e a encaro mais uma vez.

— Eu não te deixei. Eu não fui embora. Eu estava no saguão falando com um colega de trabalho e a Dana. — Olho para a porta. Dana está de pé, segurando o MacBook contra o peito como se ela também precisasse confortar algo. Maria, Bree e Kathleen estão imóveis, olhando fixamente para sua amiga, sem acreditar. Esta mulher... é a Gillian, mas não a Gigi que elas conhecem. — Olha. — Faço um gesto em direção à porta. — A Dana está bem ali. Ela veio me encontrar e ver você. — Tento usar meu tom mais calmo.

Dana limpa a garganta e Gillian olha para ela. Então seus olhos seguem para os olhares preocupados de suas amigas. Seu rosto se despedaça e as lágrimas correm. Ela soluça em meu peito.

— O que há de errado comigo, porra?

Essa é a pergunta do século, e temo que apenas o dr. Madison possa responder.

Quando acalmo Gillian, a enfermeira lhe dá uma dose de medicação para dor e um sedativo, e logo ela adormece novamente. Deixando a porta aberta o suficiente para que ela possa me ver se acordar, vou até suas amigas.

— Meninas, sinto muito pelo que acabou de acontecer.

O rosto de Maria se contorce de preocupação e muda para raiva instantaneamente. Combina com sua herança fogosa italiana e espanhola. Tenho muitas pessoas que trabalham para mim, de ascendência semelhante, que podem passar de tranquilos a enfurecidos em questão de segundos. São os funcionários mais envolvidos, leais e dedicados que tenho, mas também aqueles que podem me causar problemas.

Maria aponta para o quarto de Gillian.

— Que. Porra. Foi. Essa? — Suas palavras têm um ritmo curto.

Meneio a cabeça e solto o ar que estive segurando.

— Aconteceu mais cedo, quando eu ia sair do lado dela. A mente da Gillian parece estar se prendendo a alguma coisa que nunca aconteceu. Algo relativo a ser deixada, ou a eu ir embora. Acho que eu só preciso trabalhar duro para fazê-la entender que estou com ela. Para sempre. E não vou a lugar nenhum.

Kathleen morde o lábio e Bree fica parada, em silêncio, segurando sua barriga protuberante. Maria, por sua vez, não vê problema algum em dar sua opinião.

— Não, não. O que eu vi lá foi medo. Absoluto, total desespero. Ela estava bem, Chase. Nós rimos, choramos, falamos como estávamos felizes por tê-la de volta, e foi muito bom. Muito bom.

— E depois, o que aconteceu? — digo, me perguntando como ela estava com suas amigas, mulheres que ela conhece e em quem confia há anos, e de repente virou uma confusão de gritos e terror.

— Nós estávamos conversando sobre o novo estúdio da Bree no prédio do Grupo Davis. E então uma de nós mencionou alguma coisa sobre falar com você quando você voltasse, e ela perdeu a cabeça. A pressão subiu e um ataque de pânico completo a dominou. E não foi um ataque normal. *Escucha esto* — ela diz. — Eu já vi a Gillian ter muitos ataques de pânico durante os anos em que lidava com as lembranças da situação com o Justin, mas nada assim. O que eu vi lá dentro foi uma mulher literalmente destruída com a ideia de que *você* tinha ido embora. — Ela aponta um dedo acusador para meu peito.

Meus ombros caem e Kathleen me puxa para um abraço.

— Vai ficar tudo bem. Ela vai superar isso.

Eu me afasto e encaro seus olhos castanhos. Gentis. Tão gentis. Eu entendo por que Gillian é tão apegada a ela. A todas elas. Embora eu não esteja acostumado a dividir meu espaço, e o desejo de trancar Gillian em algum lugar comigo pelos próximos anos seja tentador, sei que essas mulheres fazem bem para ela. Elas lhe dão algo que eu não posso dar. Essa ideia em si envia uma faísca de irritação para o meu cérebro. As três, e também Phillip, amam Gillian como um membro da família. Eles fariam qualquer coisa por ela, e, por causa disso, eu vou cuidar da segurança de todos. Por ela.

— Isso me lembra que eu preciso de vocês três. E do Phillip. — Pairo o olhar sobre Bree.

— Qualquer coisa — ela diz, segurando minha mão. Olha para suas amigas e elas fazem um sinal positivo com a cabeça. — O que for.

— Vocês sabem que Daniel McBride ainda está solto. — As mãos de Maria se fecham em punhos. Tenho que admitir que adoro o jeito dela, ao mesmo tempo protetor e intenso. — Eu preciso que todos vocês se mudem de volta para a mansão da minha família. — As três respondem com reações completamente opostas.

Kat encolhe os ombros e diz que tudo bem. Bree grunhe e assente, mas seus ombros caem. Maria franze a testa e coloca a mão no quadril.

— Você realmente acha que isso é necessário? Eu acabei de me acomodar no meu apartamento. Aquele que tem segurança e porteiro, além do fato de que nós três ainda temos guarda-costas. — Ela aponta para o corredor, onde os três homens gigantes estão apoiados na parede.

— E vocês vão ficar com esses homens pelo tempo que levarmos para encontrar o McBride. Ele é perigoso. Muito perigoso. E agora ele quer sangue. De todos nós. Se alguma coisa acontecer com vocês, a Gillian vai ficar devastada. No momento, ela está por um fio.

— Vamos, Maria! O que são duas ou três semanas? O Tommy está trabalhando com o FBI, e o Chase tem um monte de detetives particulares e caçadores de recompensa atrás dele. Eles vão pegar o cara muito rápido, mas, se isso fizer a Gillian se sentir melhor, mais em paz para se curar, temos que estar ao lado dela — diz Kat. Eu mesmo não poderia ter feito um discurso melhor.

Maria revira os olhos, mas assente. Paro o olhar sobre os olhos preocupados de Bree.

— Bree, por favor, fale com o Phillip sobre o plano. Eu quero que ele e a filha estejam na mansão hoje à noite.

— Tudo bem. — Ela olha para Gillian, deitada tranquilamente em sua cama. — Você acha que ela vai ficar bem?

Olho para a mulher que amo mais que tudo, aquela por quem eu daria a minha vida.

— Nós vamos cuidar disso. Certo, meninas?

— Tudo bem, *chicas*, vamos fazer as malas. — Maria se vira e assobia para o seu guarda-costas. — Ei, gostosão, vamos nessa.

Não posso deixar de rir. A mulher é incorrigível.

— Sabe, o Tommy não ia gostar de ouvir você chamar o seu guarda-costas de "gostosão" — Bree comenta enquanto acena para o viking de um metro e noventa que a protege.

Maria faz um som que parece um pneu perdendo o ar rapidamente.

— Eu mantenho o meu homem em alerta. — E dá uma risadinha.

Kathleen se afasta e depois se vira para mim mais uma vez.

— O que você está fazendo... — Ela engole em seco e começa novamente. — O jeito como você ama a Gigi... é especial. Muito bonito. Fico feliz que ela tenha encontrado você. — Depois, antes que eu possa responder, ela me tem nos braços mais uma vez. Dessa vez eu a puxo contra mim e a abraço forte. Ela se afasta e beija minha bochecha. — Vai ficar tudo bem. Logo mais. Eu sinto isso.

— Espero que você esteja certa, Kathleen.

— Pode me chamar de Kat, sabia?

— Seu nome é lindo do jeito que é.

— Seu conquistador. Agora eu entendo por que ela se apaixonou tão rápido. Não foi o aspecto físico, embora, já que estou transando com um membro da sua família, eu possa garantir que esse é um fator. — Dou risada. — É o seu charme e a sua crença de que ela é destinada apenas a você.

Encaro uma das melhores amigas do meu amor.

— Eu nunca acreditei em almas gêmeas até encontrá-la. Agora sinto pena dos caras por aí que não encontram a cara-metade. Você acha que encontrou a sua alma gêmea no meu primo?

Kathleen sorri e pisca um olho antes de se virar e ir embora, sem responder a pergunta.

Com os pés pesados, volto para o quarto de Gillian. Ela está balbuciando enquanto dorme. De tempos em tempos diz o meu nome, mas não com felicidade. Ela o diz com desespero. Fechando a porta, chuto os sapatos, tiro a calça e a camisa. Então, aperto o botão para deixar a cama reta, na horizontal. Há uma cadeira reclinável perto da cama, mas não posso ficar longe dela esta noite. Não esta noite. Ela tem que saber que estou aqui, mesmo dormindo.

Entro cuidadosamente. Antes de me deitar, ela já está se aninhando em meu peito. O sono sedado não impede que seu corpo conheça o meu. Almas gêmeas. Eu fui sincero no que eu disse a Kathleen há pouco. Encontrar Gillian há quase um ano no bar do hotel foi como se o universo se abrisse e me entregasse um pedaço dos céus. É algo novo, de que eu nunca quis ou precisei, mas estava lá. E eu a tomei e a fiz minha. E vou continuar protegendo o que é meu até o último suspiro.

Abraçando seu corpo quente, fecho os olhos, desfrutando da sensação de sua respiração em meu peito. Dias demais se passaram sem que estivéssemos pele com pele.

Ela respira pesadamente e diz, na voz mais serena:

— Chase... meu Chase.

Engulo a emoção, precisando ser forte por ela. As próximas semanas, talvez até meses, não vão ser fáceis. Não temos absolutamente nenhuma pista sobre McBride. A única coisa que todos os investigadores e meus homens concordam é que ele vai atacar novamente. Ele vai vir atrás de Gillian ou de suas amigas, de uma forma ou de outra. Roubamos algo que ele acredita ser dele, de *sua* propriedade. Para um psicopata como Daniel McBride, isso merece pena de morte.

Os pensamentos sobre ele, sobre o que ele fez com ela, como a manteve trancada, impedem que eu relaxe e durma. Finalmente, penso no casamento que nunca tivemos e na lua de mel de que não estamos desfrutando. Nesse instante, tomo uma decisão. Nós vamos nos casar e vai ser logo. Não posso deixar um maluco impedir que eu ou Gillian façamos algo que significa mais para nós do que qualquer outra coisa em nosso relacionamento. Assim que ela estiver melhor, vou levá-la embora. Para longe de tudo. Apenas nós dois.

6

GILLIAN

A geada da manhã é moída sob meus sapatos, e a ponta dos meus saltos baixos afunda no chão gelado enquanto subimos a rampa. Meus tornozelos em recuperação resistem, e eu abafo qualquer dor residual. Apertar o maxilar e ranger os dentes funciona bem. Saí do hospital há uma semana, e se passaram duas desde o dia do nosso casamento. O dia que nunca aconteceu.

É um mar de preto por todos os lados quando chegamos ao nosso destino. Centenas de pessoas estão ali como formigas, esperando para adorar sua rainha, só que a rainha está morta. Colleen Davis vai ser sepultada hoje. Chase adiou o funeral até eu ser encontrada e receber alta do hospital. Agora, ele finalmente está lidando com sua perda, embora eu não esteja certa de que "lidando" seja o termo certo. "Evitando completamente" seria mais correto.

Seguro a mão de Chase e olho para seu perfil. Ele está estoico. Faz uma hora que não sorri nem move um músculo sequer do rosto esculpido. É um dia frio quando o mundo não é abençoado com um de seus sorrisos. Por um tempo, me acostumei tanto a vê-los que se tornaram um elemento permanente e bem-vindo em minha vida. Ultimamente, só temos testas franzidas. Hoje não é diferente.

Andamos sobriamente pelo grupo de pessoas. Muitos o param com palavras gentis, um tapinha no ombro ou nas costas, pessoas que nunca vi oferecendo pequenas expressões de conforto no momento difícil de Chase. Exceto eu. Não tenho nada a dizer. Não há nada que eu possa dizer que leve embora essa dor. Porque a mulher que Chase ama é a razão pela qual sua mãe está morta. A mulher em quem ele confiava acima de todos se foi, e é minha culpa.

Sou uma pessoa realista. Eu entendo que não fui eu que assassinei Colleen a sangue-frio, mas fui o catalisador para que Daniel estivesse lá naquele dia. Eu vi a mãe de Chase respirar pela última vez. Não importa quanto doa, é o assunto sobre o qual estávamos brigando antes de Daniel entrar no quarto da noiva que atormenta cada minuto da minha vida. Ela nunca acreditou que eu fosse a mulher certa para seu filho. Esses pensamentos e sentimentos foram os últimos que ela teve neste mundo.

Não pude falar com Chase sobre isso. Como eu poderia? *Ah, sim, baby, sua mãe me odiava, e no dia do nosso casamento ela estava deixando claro quanto eu sou errada para você. Cinco minutos mais tarde, o pescoço dela estava sendo cortado pelo meu ex-namorado. Perdão.*

Solto um suspiro profundo, Chase me puxa mais para o seu lado e planta um beijo quente em minha cabeça. Estamos aqui para enterrar sua mãe, e ele está me confortando. As coisas estão um caos. Quando chegamos às cadeiras junto ao túmulo, vejo seis de minhas pessoas favoritas, além de Chase, todas sentadas juntas, como minhas líderes de torcida pessoais. Tommy está ao lado de Maria, que está ao lado de Bree, que está ao lado de Phil, que está ao lado de Kat, que está com Carson. Todos os nossos amigos estão de preto, carregando expressões igualmente sóbrias. Chase me leva a eles.

Carson se levanta primeiro.

— Oi, cara, eu... há... — Ele limpa a garganta e tenta novamente. — Isso deve ser difícil, depois do que aconteceu com a sua namorada e tudo o mais. — Carson olha para mim e mais uma vez para Chase. — A tia Colleen te amava mais que qualquer outra coisa no mundo. Todo mundo sabe disso. — Ele puxa Chase para um abraço de macho e, surpreendentemente, meu namorado aceita, embora sua expressão seja de pedra.

Maria segura a mão de Chase, olha em seus olhos e diz:

— *Voy a rezar por el alma de su madre para estar en paz.*

Ele anui e dá a Ria um sorriso com a boca fechada. Eu entendo um pouco, algo sobre a alma de sua mãe descansar, mas não muito mais.

Bree levanta e sua barriga de grávida bate nele. Chase estica ambas as mãos para evitar que ela perca o equilíbrio, mas acaba segurando a barriga. Ele engasga e seus olhos ficam vidrados. A primeira indicação de emoção real que vi desde o hospital. Ela põe as mãos sobre as dele.

— Ela gosta de você. Está sentindo?

Ela. Bree disse *ela.* Os olhos de Chase brilham pela primeira vez em uma eternidade. Sua mão toca um ponto específico na barriga da minha amiga.

— Estou. O chute. Sua filha é muito forte — ele diz e ela assente, fungando e esfregando o nariz no lenço.

Os olhos de Kat e Bree se enchem de lágrimas, que acabam caindo.

— Descobrimos ontem, mas, com tudo que está acontecendo — ela olha para os lados e Phil coloca o braço em seus ombros, confortando-a —, não pareceu importante.

Maria fecha os olhos e balança a cabeça. Tommy a puxa para seu lado de modo protetor. Cubro a boca com a mão para abafar um soluço. Bree não sentiu que fosse importante por causa de tudo o que está acontecendo. Minha melhor amiga vai ter uma menininha e, em vez de sair gritando como qualquer uma de nós faria na mesma circunstância, ficou quieta e tentou não causar muita comoção com a notícia. Ela não sabe que notícias como essa podem nos curar? Que o seu bebê, a vida dentro dela, dá esperança a todos nós?

— Parabéns. — Chase toca sua mão e passa para apertar a de Phil e a de Tommy. — Gillian, quer ficar com os seus amigos enquanto eu verifico com a Dana o que foi planejado?

— Ah, tudo bem. Se é isso que você quer.

Ele dá outro sorriso sem abrir a boca, aquele que já o vi usar em reuniões de negócios, quando as coisas não estão indo bem. Nunca comigo. E não sei ao certo como encarar isso. Deixar pra lá é tudo o que posso fazer agora.

Maria me dá um abraço apertado.

— Amiga, como você está? — ela pergunta, ajeitando uma mecha que saiu do meu coque.

Balanço a cabeça.

— Não importa. Estou bem.

— Você não parece bem. Você parece... não sei, diferente.

— Bom, estamos em um funeral. Você sabe, um dia triste e tudo o mais — eu a lembro, meu tom soando um pouco maldoso.

Ela torce os lábios.

— Você já passou pelo dr. Madison?

— Não. — Olho para o nada e mordo o lábio. — Eu vou logo. Daqui a alguns dias. O Chase está me pressionando.

Seus olhos gelados assumem um tom de azul mais quente.

— Você sabe tão bem quanto eu que, depois de tudo o que passou, não fazer terapia seria burrice. Esta não é a sua primeira vez lidando com experiências traumáticas.

— Você está certa. Não é. — Dou um longo suspiro para limpar a alma. — Não sei por que estou evitando. De qualquer forma, vou na quarta-feira.

— O Chase também?

Só a ideia de Chase estar em qualquer lugar sem mim envia um arrepio de pânico pela minha coluna. Arrumo a postura e olho para todos os lados, tentando encontrá-lo. E então vejo Megan "a vagabunda" O'Brian segurando o braço dele e chegando perto... muito perto.

— A cara de pau daquela mulher — resmungo em voz baixa.

A cabeça de Maria se vira para onde estou olhando. Kat e Bree ficam de pé e me ladeiam, ambas tendo me ouvido.

— A ex? A *puta*? — Ria dispara.

Em vez de responder, foco a atenção em enviar adagas visuais na direção de Megan. Quando ela puxa Chase, o abraça forte e ele não se afasta instantaneamente, perco o equilíbrio. Bree e Kat me seguram.

— Calma — diz Kat, sua voz um sussurro reconfortante.

Maria olha para mim, se solta de seu homem e vai batendo os pés até Chase e Megan. Não consigo me mover ou ir atrás dela. Simplesmente não consigo me defender ou defender meu homem. Sou uma estátua oca que um dia foi feita de pedra maciça. Estou tão fraca por dentro que mal posso impedir que o exterior se parta e estilhace com o dilúvio de emoções que forçam todos os lados.

Observo com uma fascinação doentia enquanto Maria interrompe o festival de amor que é meu homem abraçando sua ex-noiva. Ele deixa a vagabunda para trás imediatamente e vem em nossa direção. Seus olhos estão frios, seu rosto duro como granito. O sobretudo preto que ele usa esvoaça, fazendo parecer que acabou de sair de uma propaganda da London Fog. Maria não o segue. Parece que minha irmã de alma está tendo uma palavrinha com a sereia ruiva. Mal posso juntar energias para me importar.

Chase chega perto de mim e me abraça.

— Qual é o problema? Você não está se sentindo bem?

Seguro suas costas e apoio o rosto em seu pescoço. Aquele aroma amadeirado e frutado que pertence apenas a Chase invade meus sentidos e lágrimas escorrem pelo meu rosto. E é aí que os tremores começam, se retorcendo pelo meu corpo incontrolavelmente enquanto abraço Chase com toda a força.

— Desculpe, desculpe, desculpe. Minha culpa, minha culpa, minha culpa — sussurro sem parar em seu pescoço, minhas lágrimas encharcando o colarinho de sua camisa. Ele não parece ficar abalado. Ao contrário, apenas me abraça, com o rosto em meu pescoço, finalmente buscando o conforto que eu sei que ele precisa agora.

— Baby, você não tem motivo nenhum para se desculpar. Não é sua culpa. Esta é a verdade. — Ele se afasta, toca minhas bochechas com as mãos e limpa minhas lágrimas com os polegares. Os hematomas em meu rosto quase sumiram. Ele se inclina e toma meus lábios em um beijo suave. — Dá para sentir o gosto dos seus medos. É o máximo que você chore por mim, mas não tem necessidade. Você não tem culpa pelo que aconteceu com a minha mãe. Existe apenas um homem que precisa ser levado à justiça pelo crime que cometeu contra ela, os nossos amigos e você. Por favor, pare de se punir. Me machuca pensar que você está carregando esse peso. Esqueça, está bem? — Seu olhar se torna cinza, combinando com o céu e as nuvens acima de nós.

— Está bem — minto. Ele pode dizer o que quiser, mas, embora haja muita verdade em suas palavras, eu não consigo esquecer. Daniel nunca teria encostado um dedo na família de Chase, naquela garota no estúdio de ioga, em todas aquelas pessoas na academia ou no meu melhor amigo, Phillip, se não fosse por mim. São muitos danos colaterais se somando, cada um cavando um buraco maior em meu coração, onde eu temo que nenhuma felicidade poderá caber novamente.

Maria volta caminhando com energia e um sorriso malicioso no rosto. Isso significa que ela está aprontando alguma coisa, e com certeza é ruim, ilegal ou talvez ambos.

Olho para ela enquanto ela se aninha em Tommy.

— Ria, o que você disse para ela? — Faço um gesto com a cabeça para o lugar onde a ruiva estava.

Seus olhos se arregalam e ela coloca a mão no peito.

— Quem, eu? Ah, nada. Só lembrei que é uma hora difícil na vida dos nossos amigos e que ela deve se comportar.

As sobrancelhas de Chase sobem até a linha do cabelo.

— Ora, isso foi muito nobre da sua parte, srta. De La Torre — Chase diz formalmente, com um leve tom de brincadeira.

Ela abre um sorriso largo. Ah, não. Em um tom doce como mel, complementa:

— E aí, com o mesmo carinho e compaixão com que ela tratou a nossa Gigi no passado, eu avisei que, se ela encostasse mais uma vez um daqueles dedos nojentos de piranha no homem da minha melhor amiga, eu pegaria esse dedo e quebraria. Depois quebraria a cara dela com prazer para completar, para que a cara combine com o dedo e ela nunca tenha que entender o que é ciúme.

Passo os olhos de Maria para Chase, horrorizada. Só a minha melhor amiga para oferecer um toque de drama junto a um túmulo. Ainda que seja cem por cento justificado.

— Uau. O carma a pegou pelo rabo — Bree diz em voz baixa, mas alto o suficiente para todos nós ouvirmos.

— Chase... — Tento amenizar o desastre em potencial que isso possa causar quando ele responde de modo totalmente oposto ao que eu havia imaginado. Ele ri. Joga a cabeça para trás e ri. Alto.

Olhares vindos de todas as direções se focam na histeria que tomou o magnata normalmente reservado. Faço uma careta para cada pessoa até todas olharem para o outro lado e espero Chase voltar a si.

— Caralho, eu precisava disso — ele diz, depois de um longo acesso de riso. Tão longo que as pessoas estão se assegurando de olhar para qualquer lugar, exceto para o espetáculo que nosso pequeno grupo criou.

— O quê? — Maria levanta os braços. — A puta mereceu. Além disso, eu não bati nela. — Ela sorri largamente de novo. — Eu queria, mas achei que isso traria problemas com um deles. — Aponta para um grupo de caras com fone de ouvido, óculos escuros e terno preto que parecem bastante ameaçadores. — Ou com eles. — Aponta para outro grupo. — Talvez até eles. — Mais uma vez, olha em volta. — Ou talvez aqueles ali. Eles parecem loucos para entrar em ação.

— Chase, são muitos seguranças.

— Amor, eles acham que o McBride pode aparecer hoje. O anúncio do funeral da minha mãe estava no jornal esta semana, informando o local para as pessoas poderem vir prestar homenagens. Parece provável que ele queira te ver de novo. Não posso arriscar. O FBI tem até atiradores em árvores em busca de atividades suspeitas.

— Você está brincando. — Estudo seu olhar.

Ele balança a cabeça lentamente.

— Eu queria estar.

DANIEL

Quando eles vão aprender, porra? Eles acham que podem me deixar longe da minha garota? Que o FBI e os seguranças contratados vão me impedir de vê-la hoje? Quando vi o anúncio do funeral daquela vaca rica, nem pude conter o entusiasmo. O fato de Chase estar no hospital a cada segundo do dia não me deu a chance de me reconectar com a minha garota. Originalmente, o plano era tirá-la do hospital. Só enchê-la de tranquilizantes novamente e sair de fininho com ela em uma maca.

Até escolhi o cara e a ambulância. Mas não. Aquele cretino tinha que estragar os meus planos. Quer dizer, fala sério, quem fica com uma mulher o tempo todo que ela está no hospital? Ele não saiu para dormir nem comer. Todas as vezes que eles a sedaram que eu pude ver, ele deixou aquelas vadias cuidando dela. Por mais que matar as três de uma vez me fizesse gozar, os dois guardas na porta e a presença do infeliz estragaram meus planos.

Mas não por muito tempo. Nas duas últimas semanas, eles estiveram escondidos, mas suspeito que estejam na mansão da família Davis. É o único lugar cheio de guardas, muito mais que antes. Porém tenho um plano para isso também. Eu já encontrei alguns dos guardas em um bar da região, próximo à mansão. Eles não notaram nenhuma semelhança entre a pessoa que estão procurando e o homem que eu me tornei. Cabelo castanho, bigode farto e o começo de uma barba de bom tamanho realmente ajudaram. Adicione as lentes de contato e *voilà*! Sou um novo homem. Até arrumei uns ternos pra ficar na estica, porque um homem bem-vestido não é quem eles estão procurando. Não, estão procurando um loiro, de olhos azuis, que malha muito e é contador em uma pequena empresa. Era contador, na verdade.

Eu sempre fui bom com números. Como cento e quarenta. O número exato de pessoas entre mim e a minha garota.

Catorze. O número de fileiras que me separam da minha princesa.

Seis. O número de pessoas vou ter que matar para tê-la na minha vida para sempre.

Chase nunca vai parar. Nem aquele porco do Thomas Redding, especialmente se ele continuar namorando a melhor amiga dela. Depois há também, é claro, o primo que parece a porra de um boneco Ken, que está com uma das outras amigas. Não posso imaginar passar a vida como o brinquedo de uma menininha. E, é claro, a Barbie Ioga, embora eu suponha que agora ela seja a Barbie Barriguda. Ainda é gostosa. Eu com certeza enfiaria meu pau nela. Nunca trepei com uma grávida. Pode valer a pena por uma ou duas rodadas, fazer Gillian assistir para que ela compreenda que nada nem ninguém vai ficar no caminho entre mim e ela. Por último, mas não menos importante, Phillip e Maria. Esses dois são especiais. Preciso pensar em algo extremamente cruel para matá-los. Ambos atrapalharam minhas tentativas de pegar Gillian inúmeras vezes ao longo dos anos, além dos acontecimentos recentes. Eles sempre estavam por perto, tentando roubar meu tempo com a minha garota quando Gillian e eu namorávamos. Irritantes pra caralho.

Olho fixamente para essas seis pessoas, pensando em cada uma individualmente. Chase escondeu todos eles, então vou ficar com a teoria de que estão todos naquela mansão. Entrar lá vai ser fácil. Parece que vou trabalhar como segurança de Chase nas próximas semanas. Só vou mencionar que estou procurando emprego na próxima vez em que estiver no bar e ele também, vou lhe dar um dos meus cartões falsos e é isso. Mesmo que eu tenha que matar um dos caras atuais para garantir uma vaga, não vai ser difícil. Já tenho um em mente. O cara é osso duro de roer. Abusa da esposa e dos filhos, deixa o salário no bar. Eles vão estar em melhor situação ganhando a pensão pela morte dele do que com a montanha de dívidas que tenho certeza que ele tem.

Minhas reflexões são interrompidas quando vejo Chase ir até onde Gillian está sentada com seus amigos. Ela se levanta, ele coloca um braço em torno dela e a leva para a primeira fila. Cretino.

— Vamos todos nos sentar — diz o padre lá na frente, onde o caixão está levantado como uma porra de altar.

A mulher era uma bruxa horrorosa que gritava com a minha garota perfeita e a fazia se sentir inadequada. Ninguém pode fazê-la se sentir assim. E a mulher não calava a boca. Eu avisei, mas... ela não ouviu. Não se pode culpar um cara por matá-la. Qualquer um com colhão faria o que eu fiz. Poupei a Gillian e o resto do mundo do suplício quando cortei a garganta daquela velhota. Cara, e a cachoeira de sangue quando deslizei a lâmina pela pele pálida do seu pescoço de peru foi incrível.

Ficar frente a frente com a megera me deu uma ótima visão disso também. O sangue jorrou como as ondas na praia. Foi mágico. Quando matei aquela puta ecológica da ioga, eu estava sentado atrás dela. Isso prejudicou o visual da cena, embora eu nunca vá esquecer a sensação de ter minhas pernas e braços ao redor de seu corpo enquanto ela se contorcia e respirava pela última vez. Seu corpo ainda estava quente quando a deixei sobre a plataforma de madeira, o sangue cobrindo a superfície brilhante. Enquanto resgato essas lembranças, meu pau fica dolorosamente duro. Como seria foder uma mulher enquanto corto sua garganta?

Olho para a multidão e vejo aquela secretária patética que eu estava comendo. Ela era boa no que se refere a comer vadias. Seria uma boa candidata para o meu teste de cortar a garganta da mulher enquanto trepo com ela feito um animal. Posso imaginar o sangue grosso e quente jorrando sobre seu peito, grudado ao meu, enquanto deslizo sobre seu corpo. Ou talvez eu a abrisse da pelve aos seios e deixasse suas tripas me cobrirem enquanto a foderia até a morte. Literalmente.

Caralho, eu pensei que meu pau estivesse duro antes. Nem perto de como está agora, depois dessa pequena fantasia. Agora eu só preciso tornar minha fantasia realidade. Talvez a vadia loira entediante seja a minha diversão até eu conseguir chegar à minha garota.

Falando da minha garota, ela está etérea hoje. Tão perfeita com sua roupa preta. Embora eu fique triste porque a maior parte das marcas que deixei nela se apagaram. Suponho que isso signifique que ela vai ser uma ótima tela em branco quando eu a tiver de volta. Por outro lado, eu notei que ela vacilou um pouco sobre os saltos quando subiu a rampa com aquele idiota. Talvez as marcas nos tornozelos ainda estejam lá. Essa ideia me deixa extremamente satisfeito. Saber que todos os dias, quando olha para os tornozelos, ela pensa em mim. No tempo que dividimos durante quatro dias felizes. E depois ela foi levada. Roubada de mim.

Isso não vai acontecer novamente. Alguém tem que pagar por isso, e, se não for Chase, vão ter que ser as amigas dela. Estou cansado dessas vadias. Elas estão sempre lá, perturbando, enchendo a cabeça de Gillian de merdas sem importância. E eu estava fazendo tanto progresso. Consegui que ela comesse um pouco, e ela vestiu a blusa que eu lhe dei. Foram passos na direção certa. Mais algumas semanas na cela e ela provavelmente teria feito de tudo para ir para o trailer. Agora tudo isso se foi. Levado pela porra do governo federal como uma cena de crime.

Não vou deixar esse contratempo me arruinar. No momento estou aqui, olhando para a minha garota, embora ela esteja vinte e duas fileiras à minha frente agora. Chase está com o braço em torno dela, os dedos massageando ritmicamente seu ombro. Quero gritar para que ele tire as mãos dela, mas não posso. Não posso deixar minhas emoções me controlarem. Sou bom demais para isso. Não. Eu vou tê-la de volta, mas vai ser quando eu quiser e quando for melhor para mim. Enquanto isso, acho que ela tem que ser lembrada do que está em jogo se escolher continuar com essa farsa de relacionamento com o ricaço filho da puta. No fim, vai ser uma escolha muito fácil, mas eu sei como a minha garota é teimosa. Ela pode precisar de tempo para pensar. E eu vou dar. Enquanto ela estiver pensando, eu vou estar agindo.

Olho para a cabeça das seis pessoas que Gillian adora. Algumas mais que outras. E então se torna claro. Ela trabalha em um lugar escuro, sem muita segurança, fácil de ser alcançado. Especialmente se eu for à noite, colocar algumas câmeras, observar o lugar por alguns dias, aprender a rotina de todos lá.

O San Francisco Theatre é um prédio velho. De arquitetura fabulosa, mas fácil de invadir. Todos aqueles prédios velhos são. Observo meu alvo enquanto ela joga por cima do ombro o cabelo longo, que cai como um cobertor dourado. Seus olhos castanhos parecem ter uma história por trás. Uma história que a maioria das pessoas não se dá o trabalho de perguntar. A tranquila. Aquela que ninguém suspeita de que estaria em perigo, mas, agora, o alvo perfeito para chamar a atenção de Gillian.

Não sei por que isso nunca me ocorreu antes. Longas horas no teatro criando figurinos. Aposto que há poucas pessoas em torna dela quando está trabalhando. As câmeras vão me contar tudo o que preciso saber em alguns dias. Depois eu vou atacar.

Kathleen Bennett, você costurou sua última obra-prima.

7

CHASE

É incomum que ela saia por aí. Agora que estamos em casa — bem, na mansão da minha família —, normalmente posso encontrá-la em nosso quarto ou com seus amigos. Nunca sozinha. A maior parte do tempo ela está atrás de mim. Acho isso desconcertante, mas só porque sei que sua saúde mental está abalada. Tê-la onde eu posso ver o tempo todo está ótimo. Isso fala ao neandertal dentro de mim que quer sua mulher ao lado, sempre ao alcance do braço. Exceto agora. Eu a deixei descansando tranquilamente na cama, pois precisava de um tempo para pensar, para refletir sobre o que estou sentindo em relação à morte da minha mãe, mas ela saiu. Não cheguei a nenhuma conclusão além de raiva e ódio profundos do assassino, que ressoam sob a superfície da minha pele desde o ataque e o sequestro de Gillian.

Caminho lentamente pelos corredores longos da minha casa de infância, passando pela porta dos quartos de cada um dos meus primos. Lembranças de esconde-esconde, pega-pega, luta livre e muita bagunça inundam minha mente, tornando-as tão reais que é como se eu pudesse tocá-las. Voltar para aquela época, quando a vida era fácil. Morar com meu tio Charles e seus quatro filhos me curou da minha experiência com meu pai, trazendo um menininho assustado de volta à vida. Me deu esperanças e sonhos para o futuro. E eu não desperdicei um único minuto. Usei cada momento da segunda chance que essa família me deu e a transformei em alguma coisa. Agora eu sou tão rico quanto o homem que me criou desde os sete anos. Mais rico, para dizer a verdade. Embora não fosse uma competição com meu tio. Ele só queria o melhor para mim e para meus primos. Me tratou como um filho desde o início. Aprendi com ele o valor de trabalhar duro e ir atrás do que você quer na vida. Nunca parar até que o que você procura seja seu.

Como Gillian. No minuto em que a vi, eu a quis. Não só seu corpo, embora Gillian nua possa deixar qualquer homem de joelhos. Pele cor de pérola, que reluz quando ela está excitada. Seios fartos, cintura fina e aquele triângulo de pelos vermelhos que me faz salivar de vontade de sentir o gosto. Todas essas coisas são lembretes físicos de sua beleza, mas é a sua essência que me deixa louco. Ao redor dela há alguma coisa majestosa, que fala com um lugar profundo dentro de mim. Como agora — eu a sinto perto enquanto vou para a outra ponta da mansão. A ala da minha mãe.

Uma das portas duplas está aberta e eu entro. O aroma de lavanda com um toque de baunilha invade minhas narinas enquanto vou para a área aberta da sala de estar. Minha mãe sempre tinha cheiro de lavanda ou outras flores. Mas baunilha é o cheiro da *minha mulher*. Eu poderia encontrá-la vendado em uma fileira de pessoas. Conheço esse aroma muito bem.

Ouço sussurros quando me aproximo do quarto da minha mãe. Mais uma vez, a porta está entreaberta e eu olho lá dentro, em silêncio. Meus pés descalços se dobram no carpete enquanto olho para ela. Gillian. Ela está ajoelhada ao lado da cama da minha mãe, parecendo rezar. Fico à espera, segurando a porta, afundando os dedos na madeira para não ir instantaneamente até ela. O fato de ela estar sozinha é importante. É o primeiro passo para a recuperação, mas por que no quarto da minha mãe? O que a atraiu para cá?

E então ela fala.

— Sra. Davis... hum, Colleen. — Ela mergulha a cabeça na direção das mãos, cruzadas em oração, e encosta os lábios na ponta dos dedos. — Nós a sepultamos hoje. Eu espero que isso signifique que você está em paz.

Da minha posição, posso ver uma lágrima escorrer pela pele branca de seu rosto, e isso quase me impele para ela. Ver Gillian chorar acaba comigo. Cada lágrima parece ser um fracasso meu, prova de que eu não fiz direito o meu trabalho de deixá-la feliz.

— O Chase está bem. Ele está sofrendo, mas não sei o que fazer para ajudá-lo. — Sua voz se fragmenta nas últimas palavras e ela funga, limpando o nariz e os olhos na manga do robe.

Seguro uma risada. As mulheres que vieram antes dela nunca fariam isso. Não, elas sempre tiveram modos perfeitos e corpos plásticos. Gillian é real, e vê-la agora de joelhos, rezando para minha mãe, me enche de um amor tão forte que não tenho dúvidas de que persistirá pelo resto da minha vida.

— Eu sinto muito por você ter ido embora, pelo Chase e por mim. Eu queria ter tido tempo para te provar como eu amo o seu filho, que eu nunca o abandonaria ou tiraria vantagem do amor dele. E agora você nunca vai saber. Pior: você foi embora por minha culpa. Como é que ele vai me perdoar? — Sua voz treme e um soluço preenche o quarto enquanto sua cabeça pousa na cama, os ombros caídos com o peso da dor.

Eu não aguento. Caio de joelhos atrás dela, aprisionando seu corpo com o meu. Quero lhe dar abrigo, a proteção que não pude dar há duas semanas.

— Não há nada para ser perdoado. — Eu me aninho ao lado de seu cabelo, perto de sua orelha. — Escute. Escute com atenção. Não foi sua culpa. — Ela balança a cabeça e os soluços a dominam. Eu me viro e ela sobe no meu colo, as pernas em volta da minha cintura, a cabeça no meu pescoço. Usando a cama para nos dar equilíbrio, eu me levanto, segurando sua bunda e suas costas.

Enquanto ela chora, eu a levo de volta ao nosso quarto. Passamos por Phillip no caminho e ele abre a boca para falar, mas eu o atinjo com um olhar duro e balanço a cabeça sobriamente. Ele fecha a boca e se encosta na parede, abrindo caminho. Homem esperto. Nesse instante, vou afastar qualquer um que tente atrapalhar minha mulher. Ela está exatamente onde precisa estar, e sou eu quem vai confortá-la, quem vai trazê-la de volta à mulher feliz e confiante que ela é. Eu. O homem que vai passar o resto da vida amando essa mulher.

Entramos no nosso quarto e ela levanta a cabeça com o clique da trava se fechando. Em meio às lágrimas, seus olhos são tão verdes quanto trevos, e tão selvagens quanto. Seus lábios estão úmidos, cobertos de lágrimas. Eu a levo para a cama e lentamente a abaixo. Então tomo sua boca na minha, sentindo o gosto de sua tristeza, de sua dor. É belo e doloroso. Ela não hesita em se abrir para mim, e eu mergulho para experimentar mais profundamente.

Meu Deus, ela é o sol, o luar e as estrelas, brilhando sob o meu toque. Lentamente, puxo o cinto e abro seu robe. Ela está usando uma blusinha em tom amarelo-pálido com calcinha de renda combinando e nada mais. Meu pau endurece debaixo do pijama e eu o empurro em sua perna. Seus olhos se arregalam e ela engasga.

— Você ainda me quer? — Sua voz parece surpresa, mas por nada neste mundo consigo saber a razão.

Foco meu olhar nela, me assegurando de que ela se concentre em mim.

— Gillian, eu sempre vou te querer. Você me dá vida, dá um propósito para o meu mundo muito maior do que a existência amarga que eu tinha. Com você, eu enxergo possibilidades. Eu tenho esperança de mais.

Uma lágrima escorre pela lateral do seu rosto. Eu me levanto, tiro a camiseta e abaixo a calça do pijama.

— Sem cueca? — Ela dá um risinho. O som mais bonito que ouço em muito tempo.

Abro um sorriso largo.

— Eu estava preocupado.

Seus olhos ficam suaves e ela levanta as mãos para os meus cabelos. Dedos macios acariciam meu couro cabeludo até ela se levantar e me beijar diretamente sobre o coração.

— Eu quero merecer isso — ela diz, me beijando.

— Não há ninguém que mereça mais — digo, enquanto empurro o robe de seus ombros.

Ela tira os braços das mangas e levanta as mãos enquanto ergo a barra da blusinha e a dispo. Seus seios fartos balançam e capturam meu olhar como um falcão para sua presa no meio da noite. Nessa posição, comigo de pé, ela beijando todo o meu peito nu, posso tocar e apalpar seus seios, passando os polegares sobre os bicos rígidos. Ela geme, mas não para o que está fazendo. Com o polegar e o indicador, belisco e puxo cada mamilo, alongando a carne, sabendo lhe dar prazer da melhor maneira. Dar prazer a esta mulher está inscrito na minha alma. Logo ela não aguenta: os olhos se fecham, as mãos agarram meus quadris enquanto ela sente cada movimento, cada carícia das minhas mãos sobre ela. Eu amo o modo como a faço parar qualquer coisa que esteja fazendo simplesmente ao tocá-la.

Eu me ajoelho ao lado da cama, da mesma forma que ela estava ajoelhada no quarto da minha mãe. Coloco um mamilo dentro do calor da minha boca. Suas mãos vão instantaneamente para o ar, e ela segura minha cabeça em seus seios.

— Eu senti falta do seu amor — ela geme, deixando a cabeça cair para trás, os cachos gloriosos deslizando pelas costas.

Com a língua, lambo em torno da auréola e em seguida mordo suavemente o bico. Um som ininteligível escapa de seus lábios. Seus mamilos normalmente rosa-pálidos estão agora mais escuros, maiores, apontando direto para minha boca, se oferecendo. Eles são meus, e até o seu corpo sabe disso instintivamente.

O fogo cresce no centro da minha virilha e se espalha, meu pau se enchendo de sangue e doendo com a necessidade de penetrar, de tomar, de possuir. Deslizo os dedos para a barra de sua calcinha de renda e a abaixo enquanto lambo uma linha sólida de seus seios para seu esterno, até o montinho de pelos que me deixa louco de desejo. Seu aroma de mulher é intoxicante, e eu o inalo, permitindo que o homem das cavernas dentro de mim sinta sua parceira intimamente. Apertando suas costelas, eu a guio para o colchão. Seus cabelos se espalham em uma explosão de cor sobre os lençóis cor-de-rosa. Eu a observo com seus olhos fechados enquanto passo os dedos pelos seus ombros, sobre cada seio, onde paro para tocar e acariciar. Suas costas se arqueiam, apertando minhas mãos. Torço cada bico o suficiente para enviar faíscas de prazer direto para seu centro. Gillian agarra os lençóis dos dois lados, mostrando seu autocontrole. Ela está deixando que eu aproveite meu tempo com ela. Não importa quanto precise disso, ela sabe que eu necessito controlar esta primeira vez de volta ao seu corpo. Além do fato de que, não importa onde ela tenha estado ou o que tenha feito no passado... Gillian anseia por submissão. Só que essa submissão não deve vir com um preço que não seja prazer extremo. Comigo, ela sempre vai saber que a entrega completa é um presente que eu valorizo, um presente que vou manter seguro e proteger com cada grama do meu ser.

— Eu amo o seu corpo. Amo ver minhas mãos em cima de você. — Pinto um caminho sobre toda a sua pele, acariciando-a em todos os lugares. — Saber que eu sou o único homem que pode te admirar, te tocar... — Eu me inclino para a frente e coloco o nariz em seu centro, inalando profunda e totalmente o aroma da sua excitação. Ela engasga e se contorce. Suas pernas tremem enquanto passo a mão em suas coxas e afasto suas pernas para mim. Ela está literalmente pingando de necessidade, os lábios de seu sexo cobertos de sua essência. Meu pau fica mais duro ainda, escorrendo na ponta. — Eu sou o único homem que pode olhar para essa boceta linda toda aberta, convidativa. Você quer isso, baby? Que eu seja o único homem que pode sentir o gosto do seu desejo?

Em seus olhos abertos, as órbitas esmeralda estão cintilando, cheias de desejo.

— Sim. Só você. Por favor — ela implora.

Fecho os olhos, apreciando este momento pelo que é — Gillian me trazendo de volta das profundezas do inferno, me ajudando a encontrar o caminho para casa. É ela. Ela é a minha casa.

Abro bem suas pernas e prendo meu olhar no dela. Sua boca se abre, sua respiração está pesada, possivelmente morrendo de expectativa pelo primeiro toque. E eu lhe dou o que ela quer, com tudo o que sou. Levo a língua até seu sexo e lentamente a arrasto pela fenda encharcada. Sua excitação cobre minha língua, meu paladar explodindo com o sabor. Doce pra caralho. Minha mulher é tão doce que minhas bolas se apertam. Fechando os olhos, chupo seu pequeno clitóris e estico a língua para baixo, a fim de colher um pouco do néctar açucarado.

O plano era ir lentamente, levá-la devagar a um orgasmo e depois outro antes de penetrá-la, mas estou perdendo o controle. Cada passada da minha língua em sua boceta deliciosa faz meus neurônios arderem. Eletricidade e energia fervem em torno de nós enquanto devoro a mulher que amo. Logo ela aperta as coxas e agarra minha cabeça. Eu chupo, lambo e mordisco seu centro inchado enquanto ela geme no quarto, seus gritos de prazer música para os meus ouvidos.

Mas eu ainda não terminei. Pode ser que nunca termine. Segurando sua bunda, aperto seu sexo com força contra meu rosto, me sufocando com sua carne. Ela grita, mas eu não paro. Não posso. Eu preciso dela. Inserindo dois dedos profundamente em sua fenda, eu a faço se contorcer de modo selvagem. Sua cabeça está se movendo no colchão, como se dissesse não, mas seu corpo, seus gritos de prazer estão dizendo: "Caralho! É isso aí!"

Eu me afasto dela, lambendo os lábios, me preparando para mais, precisando vê-la — ver em seu rosto o que o meu toque faz com ela. Mantendo a mão ocupada, eu me levanto desengonçado e apoio um joelho na cama. Gillian deve sentir a mudança no colchão, porque seus olhos se abrem e eu a observo. Sentado na lateral da cama, examino seu corpo. Sua pele clara tem agora uma camada fina e brilhante de suor e um tom rosado. Ela está ofegante, movendo os quadris com o movimento dos meus dedos profundamente dentro dela.

— Você gosta do meu toque? — pergunto, levantando uma sobrancelha. Dobrando os dedos, toco aquele ponto dentro dela que a faz jorrar.

— Muito — ela diz, engasgando, e fecha os olhos.

— Eu quero ver os seus olhos. Eu quero te ver se despedaçando.

Sua respiração é pesada enquanto eu a fodo com mais força, os músculos do meu antebraço ficando tensos com o esforço.

— Por quê? — ela pergunta, os olhos se revirando, mas voltando para mim.

Eu me inclino a fim de chupar seu mamilo, o que provoca um gemido longo e arrastado. Em seguida, me levanto e observo seu rosto bonito de novo.

— Você quer saber por que eu quero te ver se despedaçando? — Ela faz um sinal afirmativo, mas então grita alto quando enfio um terceiro dedo em sua boceta molhada. — Porque a minha missão é te juntar de novo. Toda vez. — Toco as paredes do seu interior e seus quadris se levantam. Eu os empurro para baixo, segurando seu osso pélvico com o polegar, os outros três dedos dobrados lá no fundo.

— Eu quero cair... — ela sussurra, e esse pedido arranca o animal de dentro de mim. — Me pegue — ela diz enquanto seu corpo fica tenso, se apertando.

— Eu sempre vou te pegar, te trazer para casa. Agora me dê o seu prazer. Se deixe despedaçar. Eu vou te juntar de novo — prometo e aumento o ritmo. Fodendo-a com dedos rápidos e ríspidos, do jeito que ela gosta. É como se minha mão estivesse trabalhando para arrancar o orgasmo dela. Talvez seja porque seus olhos escureçam, sua boca se abra em um grito silencioso e sua boceta aperte meus dedos com tanta força que eu cerro os dentes. Seu corpo se arqueia, oscilando em harmonia com meus próprios movimentos, até ela parar, os quadris no ar, os ombros ainda tocando o colchão. Lentamente, seu corpo perde a força, trazendo-a para baixo uma vértebra por vez. Espero até ela estar lânguida e sorrindo para tirar os dedos de dentro dela.

Eu me deito a seu lado, meu pau duro como aço encostado em seu quadril, e a beijo. Ela me beija também, e, embora eu tenha pensado que a cansei, estou errado. Ela se vira sobre mim instantaneamente, jogando um joelho do outro lado da minha cintura, me montando. Sua boceta molhada está em cima do meu pau, apertando-o. Eu gemo e empurro os quadris instintivamente.

Um sorriso maroto adorna seu rosto.

— Minha vez de brincar, bonitão.

GILLIAN

—Você não tem ideia do que faz comigo — ele diz enquanto toca minha bunda, sua ereção esmagada entre nossos corpos. Nada além de contato pele com pele. É exatamente do que meu coração e minha mente machucados

precisam. Depois de passar duas semanas inteiras sem o seu toque, sinto como se estivesse morrendo de fome, só que não é meu estômago que precisa de sustância. Eu preciso dele dentro de mim, tanto que esqueço o que é ser eu mesma sem estar conectada a ele.

Eu me inclino e chupo seus lábios. Ele tem gosto de homem e de mim. Uma mistura sexy que não provo há séculos — pelo menos é o que parece. Uma coisa é certa: Chase adora me provar lá embaixo. Ele quase sempre leva a boca para o espaço entre as minhas coxas. Para mim, é quase mais íntimo que penetração... exceto com Chase. Com ele todo ato é íntimo.

— Eu sei exatamente o que faço com você. — Sua sobrancelha se ergue. — Sério, sei mesmo. — Sorrio e passo um dedo em seus lábios.

— Me conte, então, linda. — Ele abre um sorriso largo, coloca as mãos atrás da cabeça e mexe as sobrancelhas. Filho da puta pretensioso.

Eu me endireito, lhe dando uma boa visão do meu corpo nu. Ele morde a isca, os olhos correndo pelo meu tronco e para baixo, onde começo a esfregar lentamente meu centro molhado em seu pau de veludo.

— Você está excitado — começo.

— Entregue. — Ele força os quadris, me mostrando quanto está ereto.

Eu gemo e então me recomponho.

— Você está todo quente. — Coloco as mãos sobre seu peito e aliso as protuberâncias dos músculos abdominais e peitorais. Sou uma mulher de sorte, sentada em cima de um homem nu que poderia trabalhar como modelo. Seu corpo é incrível. Ele está mais magro, ainda não recuperou os quilos que perdeu quando fui sequestrada. Nem eu. Recuperei apenas dois dos onze que perdi, mas é um processo e eu estou no caminho certo.

Chase me dá um dos seus sorrisos de parar o coração.

— Muito quente. E estaria ainda mais se você sentasse completamente sobre o meu pau.

Mexo os quadris, girando a bunda em círculos.

— Assim?

— Hummm, sim. E agora talvez você pudesse ficar de joelhos e se abrir para mim. Você sabe como eu gosto, baby. Me deixe ver o seu prazer.

— Você é um depravado, sabia? — Eu sorrio.

Ele segura minha mão esquerda e a leva para sua boca. Chupa meu indicador e meu dedo médio, girando a língua deliciosamente, depois engole meu dedo anelar. Para no meu anel de noivado. Graças a Deus meus dedos estavam tão inchados por causa da droga que Daniel não conseguiu tirar meu anel. Ele tentou. Deus sabe que ele tentou. Chase olha para o anel e franze a testa.

— Esta deveria ser a sua aliança de casamento — lamenta.

Assinto e mordo o lábio, sem saber o que dizer para tornar a situação melhor para qualquer um de nós. Finalmente, digo a verdade, tentando me concentrar no lado positivo.

— Estamos juntos, e é isso que importa. Vai acontecer... um dia — digo como uma promessa.

— Se eu quisesse te levar embora e me casar com você à beira de um lago em uma igreja minúscula no meio do nada, o que você diria? — Seus olhos não estão mais cheios de alegria, se concentrando seriamente nos meus.

Olho para o homem deitado nu debaixo de mim. Ele está deixando o coração aberto para que eu o veja. Coloco a mão sobre seu peito e sinto o ritmo estável, em aceleração, enquanto ele espera pacientemente pela minha resposta.

Inclinando a cabeça, olho para o homem que eu amo. Seus olhos escuros de desejo e amor. Os cabelos castanhos contra a pele ligeiramente bronzeada. Lábios tão macios que temo que, ao beijá-los, possa machucar a carne perfeita em formato de arco. E o queixo, a barba rala de um dia sem fazer. Olhando para ele, posso não só ver como é lindo, mas também sinto quanto ele significa para mim. Suas mãos vêm até meus quadris e ele me levanta delicadamente. Centra a cabeça larga do seu pau em meu sexo e o enfia lentamente, centímetro por centímetro, dentro de mim. Sua masculinidade aperta as paredes do meu centro, alargando-o para dar entrada à sua grossura. Meu corpo se abaixa, agarrando seu comprimento, dando boas-vindas. Ondas de calor e excitação se espiralam entre minhas pernas e minha pelve até finalmente ele estar inteiro dentro de mim. Não há nenhum milímetro que não esteja preenchido pelo seu membro. Estou apertada com o peso de sua carne e não quero estar em nenhum outro lugar no mundo.

— Eu preciso de uma resposta — ele diz, espremendo o osso pélvico em meu clitóris.

Eu engasgo e me inclino para a frente, forçando seu pau em um novo ângulo. Um ângulo que penetra até o último grau e depois mais um pouco.

— Chase, baby... — gemo, levada pela nossa conexão

— Casa comigo? — ele pergunta mais uma vez.

Eu me ergo e desço novamente. Dessa vez ele ruge e aperta meus quadris, possessivo.

— É claro que eu me caso com você. Eu já disse sim. A minha resposta não mudou em duas semanas. — Jogo a cabeça para trás e coloco as mãos em suas coxas duríssimas atrás de mim. Sem querer, empino os seios e me curvo de costas sobre as pernas do meu homem. Seu membro grosso se empurra para dentro de mim a cada movimento, batendo naquele lugar efervescente que apenas ele pode alcançar.

Chase geme e tensiona o maxilar quando responde:

— Eu quis dizer: você iria embora comigo? Toparia casar comigo em um lugar bem, bem longe, só eu e você e o nosso compromisso de estar juntos, de ter isso aqui... por toda a eternidade, baby — ele ruge, metendo dentro de mim. Eu grito, me preparando para o orgasmo que vai explodir em meu útero.

Ele levanta as pernas em um ângulo de noventa graus, forçando seu pau mais para o alto. Então coloca as mãos na minha cintura e me movimenta para cima e para baixo, me balançando em seu membro. Arrepios se espalham pelo meu corpo, disparando pequenas explosões de puro deleite. O prazer ecoa dentro de mim em uma onda de êxtase sem inibições. Seu polegar entra em contato com meu clitóris e lhe dá uma boa esfregada. Esse é o gatilho.

— Caramba, Chase — grito enquanto o orgasmo explode dentro de mim. Meu corpo agarra sua ereção, e ele também dá um grito longo e profundo. Jatos quentes de sua semente banham minhas entranhas em jorros intermináveis.

Caio sobre seu peito, incapaz de me mover. Sua respiração pesada na lateral dos meus cabelos sopra um cacho teimoso ao lado do meu rosto.

Os braços de Chase me envolvem e eu me aninho em seu peito, minha cabeça em seu coração, exatamente onde sou destinada a estar.

— A gente precisava disso. — Ele afirma o óbvio e eu rio. A primeira risada de verdade que dou em duas semanas.

Enquanto estou deitada ali, nua e perfeitamente satisfeita para adormecer sobre o meu homem — ele está mole agora, mas ainda dentro de mim —, penso em seu pedido. Simplesmente ir, deixar tudo para trás e fugir... Não, fugir é o termo errado. Escapar para casar.

Levanto a cabeça, junto as mãos em seu peito e descanso o queixo sobre elas.

— Você quer fugir para casar?

Seus olhos adquirem meu tom favorito: azul-celeste.

— Quero. Não quero contar para ninguém, explicar aonde vamos ou por quanto tempo vamos ficar. Só quero desaparecer com você. E então atrelar você a mim legalmente, fisicamente, mentalmente, eternamente.

Eu me forço a não me afastar, seguindo meu coração.

— Eu também quero isso.

Ele franze a testa.

— Quer?

— Sim, quero.

Ele me abraça.

— Isso significa que podemos ir amanhã? — Me faz lembrar a primeira vez em que ele me pediu em casamento, na cobertura, depois daquela noite horrível com Megan.

— No fim da semana. Sexta-feira. Daqui a cinco dias.

Ele assente, com um sorriso largo.

— Eu vou tomar as providências.

— Não conte a ninguém. Tome as providências você mesmo. Não conte nem para a Dana.

Ele junta as sobrancelhas.

— Você não confia nela por causa do que o McBride fez?

Balanço a cabeça.

— Aquele filho da puta demente enganou todos nós, especialmente a mim. Eu não culpo a Dana por ter se apaixonado por ele. Ele é um exímio manipulador. Ela foi só mais um peão no jogo dele. Eu só... Isso tem a ver só com a gente. Eu e você. Podemos preparar as coisas juntos, se você quiser.

Dessa vez ele meneia a cabeça e me dá um abraço forte.

— Eu cuido de tudo, mas por que no fim da semana?

— Bem, nós precisamos ver o dr. Madison, e eu preciso de um dia com as meninas antes de escaparmos.

— Você vai contar a elas? — O tom de sua voz tem um traço de acusação.

— Não, não vou. Mas eu não tenho sido uma amiga muito boa. Nas últimas duas semanas não consegui ficar longe de você por mais de dez minutos, e, honestamente, Chase, até isso é doloroso. Eu estava pensando em planejar uma noite só de meninas com alguns filmes na sala de cinema. Você poderia trabalhar em casa, no seu escritório...

— Você quer dizer o escritório que fica bem do lado da sala de cinema? — Faço bico e olho para o outro lado. — Ei, ei, não fique com vergonha. Eu acho uma ótima ideia e um bom passo em frente. Vamos pedir para o chef fazer pizza, você pode pegar algumas garrafas de vinho da adega... — ele diz, mas eu o interrompo.

— Você tem uma adega aqui? Tipo uma masmorra escura? — Ele ri e assente. — É grande o bastante para comermos lá?

— Sim, acho que sim. Faz um tempo que não vou até lá, mas podemos colocar uma mesa no centro e pedir para o chef servir a comida lá, se você quiser. Você quer? — Seu rosto adquire uma expressão de surpresa.

— Com certeza! Mas não agora. Só a ideia de estar em um lugar frio e escuro meio que faz mal para a minha cabeça. — Ele fecha os olhos e eu o beijo até abri-los de novo. — Acho que seria um bom teste, mais para a frente — ofereço. Ele me dá um beijo molhado e profundo. Nosso papo está quase no fim. Já posso senti-lo ficando duro dentro de mim.

— De novo? — pergunto.

Ele mexe os quadris, ficando totalmente ereto.

— Com você deitada nua em cima de mim? Por que a surpresa? — Ele nos faz rolar e se enterra fundo em mim. Envolvo as pernas em torno dele e o deixo fazer amor comigo lentamente por alguns instantes.

— Então vamos partir na sexta?

Ele mete com força.

— E você vai ser a minha mulher. — Suas mãos seguram meus ombros e ele bombeia em mim. Eu gemo e me arqueio.

— Não vejo a hora.

— Vamos esperar até eu terminar de foder você. — Ele ri em meu pescoço e chupa a pele.

— Sim, claro. Com certeza vamos esperar. — Arranho suas costas.

Ele me beija até o queixo e os lábios.

— Mas pode ser que não funcione. — Outra metida forte e eu fecho os olhos, o calor aumentando dentro de mim.

— Por quê?

Ele empurra os quadris contra os meus repetidamente, esmagando sua pelve em meu clitóris em explosões vertiginosas de pressão.

— Porque... — Ele se move cada vez com mais força. Uma mão vem até minha bunda e me levanta enquanto ele se aperta ao mesmo tempo. — Eu. Nunca. Vou. Parar. De. Te. Foder.

Ele pontua cada movimento com palavras até eu me perder, deixando o plano da existência e entrando no espaço em que somente coisas bonitas existem, e todas elas levam de volta a ele e à nossa conexão. A esta altura na semana que vem, eu serei a sra. Gillian Davis... se ele um dia parar de me foder.

8

DANIEL

— *Bem-vindo ao time, Elliott!* — *Meu novo chefe estica a mão* carnuda. Seu aperto é forte, mas não é nada comparado à minha força. Eu poderia esmagá-lo com o dedinho, mas, em vez disso, simplesmente sorrio.

— Obrigado, sr. Templeton. Fico feliz por estar aqui. Eu já trabalhei como segurança antes, mas nunca em uma propriedade como esta — digo com falso entusiasmo. O cara assente, arruma o cinto como se fosse muito importante e olha pela janela para a paisagem vasta, onde a mansão pode ser vista no topo de um caminho curvo. O quartel-general dos seguranças é um pequeno prédio próximo à entrada da propriedade.

— Sim, é uma linda casa e os donos são muito gentis, mas a segurança é rígida. Você tem que estar alerta o tempo todo. — Ele vai até um quadro de avisos, tira um folheto com minha foto e me entrega.

Eu o pego e olho para meu rosto sorridente. É uma das fotos da firma de contabilidade de que pedi demissão quando salvei a minha garota de cometer o pior erro da sua vida: casar com aquele filho da puta. Agora, estou na propriedade onde ela provavelmente está presa. Faz alguns dias desde o funeral, e eu não a vi em nenhum lugar. Ela tem que estar aqui. É como se eu sentisse sua presença.

— Então, este cara é mau ou algo assim? — Seguro a foto bem ao lado do rosto. — Quer dizer, ele parece bem normal. Poderia até ser meu irmão.

O homem gordo olha para a foto e depois para mim com a testa franzida. Talvez eu tenha me arriscado muito, ficado confiante demais, já que o disfarce funcionou tão bem. Coloco a mão no bolso e tateio, procurando o canivete que tenho lá. Com um movimento do pulso, posso tirá-lo e enfiá-lo em sua jugular em um segundo. O suor brota em minha testa enquanto o homem me avalia.

— Não, ele é mais do tipo bonitinho. Você parece ter colhão. — Ele segura as próprias bolas. Rio alto, principalmente pelo total absurdo de este homem ser o chefe da segurança da mansão do ricaço cretino. Não precisei fazer praticamente nenhum esforço para conseguir um emprego aqui.

— Então, o que esse cara fez? — Eu lhe devolvo o papel e ele o prega de volta no quadro de avisos.

— Muita coisa. Matou algumas pessoas explodindo uma academia.

Finjo surpresa.

— Sério? Foi ele que explodiu a academia no centro da cidade?

Templeton faz um sinal afirmativo com a cabeça, uma linha triste nos lábios. Tenho que segurar os meus para não sorrir com a lembrança do ótimo trabalho que fiz naquele dia. Quase fiz um enorme favor para a raça humana matando aquele imbecil do Phillip. Da próxima vez, prometo a mim mesmo.

— Isso. Ele também cortou a garganta de uma mulher em um estúdio de ioga. — Totalmente merecido, penso comigo mesmo. O mundo está melhor sem aquela hippie que abraçava árvores. Templeton continua: — Parece que ele queria matar uma das moças que estão hospedadas aqui. Mulher bonita, grávida de um dos sujeitos que sobreviveram à explosão na academia.

Bingo. Então a Barbie Ioga e seu filho bastardo estão aqui com a primeira trepada de Gillian. Isso significa que a minha garota está na mansão.

Templeton apoia a coxa gorducha na escrivaninha de madeira. Ela range com seu peso considerável.

— Porém a razão de estarmos aqui e de haver ex-militares armados rondando o local é que ele raptou a noiva do chefe. Bem, tecnicamente o proprietário do local é Charles Davis. E a srta. Gillian é a noiva do sobrinho dele, Chase Davis. Você vai ver os dois indo e vindo quando estiver de sentinela na guarita, controlando quem entra e quem sai. Para começar, vamos te colocar para fazer a ronda com outro guarda, até você se acostumar com o procedimento.

Anuo.

— Então essa mulher, a que foi raptada...

— Espere para ver. Ela é um negócio à parte. Linda. Sexy de um jeito que pode deixar um homem de pau duro em segundos.

Aperto os dentes. Preciso de toda a força que tenho para não derrubar o filho da puta no chão por falar da minha mulher assim.

Templeton olha para a casa de novo.

— Ela está lá agora. — Essas quatro palavras entram em meu peito, envolvem meu coração e enviam correntes de expectativa pelas minhas veias.

Ela está aqui.

— Hoje à noite, ela e as amigas vão ficar em casa, então só precisamos garantir que o lugar fique tranquilo e que ninguém entre ou saia. Entendeu? Ninguém entra sob a minha guarda — ele diz, levantando o cinto mais uma vez sobre a pança de cerveja, em um retrato de presunção.

Com um sorriso largo, digo:

— Ninguém entra ou sai. Entendido, senhor.

— Está certo. Então, vamos te apresentar à equipe. Ponha o uniforme e pegue uma arma de choque. Todos nós andamos com uma, mas os veteranos têm armas carregadas. O resto de nós está ligado às linhas de comunicação aqui. — Ele aponta para seu fone de ouvido e um receptor. — Checamos a situação com o grupo e mandamos informações de volta. Se notamos algo estranho, pedimos reforços. Vem comigo. — Faz um sinal com a mão. — Vamos conversar no caminho.

Saímos e começamos a subir para a casa. Ele tagarela sem parar sobre o serviço. Presto atenção parcialmente. Estou muito mais concentrado em quantas janelas há, que entradas pode haver, quantos homens estão fazendo a patrulha e onde. E então eu a vejo. Sentada em uma cadeira no pátio, tomando sol.

Templeton aponta para a minha garota. Estamos a uns cinquenta metros de onde ela está lendo. O sol brilha em seu cabelo vermelho como um farol, chamando o lugar dentro de mim que conhece sua parceira. Ela está etérea, usando jeans e uma camiseta regata, com óculos de sol apoiados no nariz perfeito. Quero ir até ela, me aproximar e tomá-la.

— Era dela que eu estava falando. O nome é Gillian Callahan, mas logo vai ser sra. Davis. — Ele aponta para ela, mas eu sei onde ela está. Eu a senti no segundo em que subíamos. — Ah, e aquele é o sr. Davis. — Olho com um ódio quase incontrolável enquanto a desgraça da minha existência sai pelas portas duplas e dá uma bebida para a minha garota. Em seguida, ele se inclina e a beija. Ela aceita o beijo, parecendo realmente estar curtindo o momento. A fúria que se retorce sob a superfície se torna ardente e se espalha como uma praga pelos meus sentidos. Pensei que ela conhecesse o seu lugar. Seus lábios não deveriam estar sobre os de outro homem... nunca. Vou ter que puni-la severamente por essa transgressão.

Sem perceber, começo a caminhar em direção ao casal com a mão no bolso, pronto para tirar minha faca. Uma mão me segura com força.

— Elliott, cara, você não pode se aproximar. Esta é a casa deles. Devemos ficar por perto para que saibam que estamos aqui, mas nunca invadir a vida deles.

Inspiro lentamente.

— Desculpe, eu só pensei que deveria me apresentar.

Templeton balança a cabeça.

— Não, nós somos invisíveis para eles, a não ser que alguma merda aconteça. Tirando isso, não fazemos contato visual. Fique perto, mas não tanto a ponto de eles sentirem seus olhares. Eles devem saber que você está aqui e se sentir seguros. Esse é o nosso trabalho. Proteger e servir — ele diz, com um tom acentuado de orgulho, como se o babaca fosse algum tipo de agente da lei. Ele não passou por anos de treinamento para se tornar funcionário público e "proteger e servir", como ele se vangloria. É um maldito segurança particular com uma pança enorme e um falso senso de importância.

Sem expressar minhas opiniões reais, olho para ele e assinto vigorosamente, como se ele realmente tivesse me tocado.

— Eu entendo perfeitamente, senhor. Não se aproximar. Ficar por perto, mas não tão perto que cause preocupação. Entendido.

Ele coloca a mão no meu ombro.

— Ótimo. Agora vamos encontrar a sua equipe e preparar você com um treinador.

Templeton me leva pelo caminho e eu mantenho os olhos grudados em Gillian e no filho da puta. Ela está sentada em sua espreguiçadeira com os pés no colo dele. Ele ri de alguma coisa, leva o pé dela para a boca e beija o tornozelo. Ela o recompensa com uma risada sonora. Que saudade da sua risada. Quando Gillian achava algo engraçado, ria com todo o seu ser. Faz muito tempo que eu não a ouço. Logo mais.

Olho para ela mais uma vez antes de irmos para o outro lado do prédio e ela sair da vista.

Em breve, meu amor, vou ter você de volta.

CHASE

Fechando quase completamente a porta do escritório, eu me sento com Thomas Redding, o agente Brennen e Jack nos sofás em formato de U. Deixei a porta um pouco aberta para poder ficar atento a Gillian. Se ela por acaso olhar pela porta, quero que saiba que estou por perto. Ficar longe de mim tem sido extremamente difícil para ela, e não posso reclamar. Tê-la me querendo por perto todo o tempo está bom para mim. Sim, me faz sentir um cretino doente o fato de também ter tido problemas para deixá-la fora de vista, mas estamos lidando com uma situação traumática e não tenho desejo algum de que ela fique em qualquer lugar que não seja perto de mim. Vai ser tão mais fácil quando encontrarmos McBride.

— Então, o que temos? — pergunto para os três homens.

O agente Brennen fala primeiro:

— Não muito. Esperávamos que ele fosse ao funeral, mas nossos atiradores não viram nenhuma atividade suspeita. Ninguém se aproximou dela que não fosse conhecido, e o caminho de ida e volta não teve nenhum veículo estranho detectado.

Thomas usa a pausa de Brennen para expressar suas opiniões.

— Achamos que ele pode ter se escondido ou deixado a cidade para ficar fora do radar por um tempo.

Ranjo os dentes e meu maxilar dói. Tenho feito isso muitas vezes nas últimas três semanas.

— Jack — olho para meu homem de maior confiança, aquele em quem acredito acima de todos os outros —, você acha que ele se escondeu ou deixou a cidade?

Seus olhos de aço se focam nos meus. O cabelo penteado para trás e seu tamanho fazem dele um indivíduo muito ameaçador. Ele faz um movimento tenso com a cabeça.

— Não, não acho. Aliás, acho que ele está mais perto do que nunca. — Meu estômago se retorce. — O McBride antecipou quase todos os movimentos que fizemos. Agora que sabemos quem ele é, ele vai tomar medidas para se disfarçar, mas está confiante. Confiante demais. Ele não achava que iríamos descobrir quem ele era nem encontrar o cativeiro. Ele não vai repetir o mesmo erro.

— O que você está dizendo? — Passo as mãos pelo cabelo e seguro as raízes.

Jack se apoia na lateral da mesa.

— Ela não vai a lugar nenhum sem proteção intensa.

— Temos guarda-costas com ela vinte e quatro horas por dia. O que mais podemos fazer? — Meu tom é duro, mas Jack sabe que não é com ele, que é dirigido à severidade da situação.

— Senhor, ela precisa do melhor. E eu sou o melhor. Ela não vai a lugar nenhum sem mim até ele ser encontrado. Nem com você, senhor.

Arregalo os olhos e o encaro.

— O que isso significa? Você está insinuando que eu não posso proteger a mulher que amo? Eu mataria qualquer um que se aproximasse dela. — Quero dizer isso com cada fibra do meu ser, e Jack simplesmente cruza os braços e inclina a cabeça.

— É precisamente por isso que você não é capaz de protegê-la. Ela precisa de alguém com ela o tempo todo, alguém que esteja atento a tudo ao seu redor, não a ela como pessoa. Eu vou estar observando qualquer movimento que for feito próximo a ela, as pessoas com quem ela faz contato e antecipando tudo. Você vai se concentrar nas necessidades emocionais dela e na sua própria conexão com ela. Eu não tenho esses sentimentos em relação à Gillian. Para mim ela é um trabalho, e o meu trabalho é garantir que ela fique viva e dentro do nosso círculo de proteção.

Sentado ao lado de Thomas, apoio a cabeça entre as mãos.

— Tudo bem, que seja. Eu só quero que esse demente seja encontrado. Com urgência. O que precisamos fazer?

— Precisamos encontrar um modo de fazê-lo sair das sombras — diz Thomas.

— Você está sugerindo usar a Gillian como isca?

Ele faz uma careta.

— Não exatamente, mas de certo modo sim. E se planejássemos algo que garantisse que não houvesse modo de ele pegá-la, mas, quando chegasse perto, ele não pudesse escapar?

— Tipo o quê?

O agente Brennen se inclina para a frente.

— Não temos todos os detalhes. Tenho uma equipe trabalhando no cenário. Quando tivermos os planos e o local escolhido, vamos discutir isso com você.

— Quando? — pergunto, já cheio dessa conversa. Preciso ir ver como Gillian está. A necessidade de estar perto dela está começando a me sufocar.

O agente Brennen olha para mim com olhos gentis, olhos que já passaram por muito mais experiências do que eu poderia imaginar. Seu bigode parece ondular quando o ar atravessa seus lábios e ele fala.

— Devemos ter tudo pronto dentro dos próximos dez dias.

Fico em pé.

— Tudo bem. A Gillian e eu vamos viajar daqui a dois dias. O destino não vai ser revelado a ninguém. Jack, escolha seus dois melhores homens e se preparem para sair da cidade. Não vou deixar a Gillian ser um alvo fácil.

— Senhor, o McBride pode descobrir para onde vocês vão. Ele pode hackear as rotas aéreas.

— É por isso que todos os aviões da minha frota vão ter nós cinco registrados como passageiros: você, eu, a Gillian e seus dois homens. Só um deles vai voar efetivamente para o destino que eu escolhi. Não acredito que o McBride seja capaz de determinar qual lugar é o verdadeiro nem que ele tenha dinheiro para ir a todos esses lugares.

Thomas solta o ar longamente.

— Caramba, isso vai custar uma grana.

Olho sério para ele.

— Eu posso pagar. — Sem mais, estendo a mão para o agente Brennen. Ele se levanta e a aperta. — Organize o plano. Ligue para o Jack do novo telefone pré-pago que ele vai lhe dar hoje à noite. Nós vamos voltar apenas quando o plano estiver preparado.

— E as meninas? A Maria vai ficar louca da vida — Thomas começa a dizer, mas eu o interrompo.

— A srta. De La Torre é sua namorada e seu problema. Pelo que sei dessas mulheres, elas se perdoam por qualquer coisa. A Gillian pode cuidar das amizades dela. Eu vou cuidar da Gillian. Fui claro?

— Totalmente — Thomas diz e se levanta. Ele estende a mão, eu a aperto e depois me viro e saio da sala.

Do outro lado do corredor, ouço o som de risadas. Empurro a porta e encontro quatro mulheres em cima do sofá vestindo os pijamas de bolinhas mais horríveis que eu já vi. Três delas estão bêbadas como um gambá.

— Baby! — Gillian grita, atravessa a sala correndo e pula em meus braços. Eu a pego no colo, indo alguns passos para trás. Quando recupero o equilíbrio, mal consigo respirar antes de seus lábios estarem por todos os lugares sobre mim. Meu pescoço, meu rosto, meus lábios, todos beijados com uma variedade de apertos molhados de sua boca. — Caralho, você é tão gostoso! — Ela vira a cabeça, se dirigindo às amigas enquanto agarra meu pescoço, as pernas firmemente em torno da minha cintura. — Ele não é gostoso?

— Muito gostoso! — diz Kathleen.

— Sexy pra caramba — Bree concorda, enquanto passa a mão em sua barriga enorme. Cresceu consideravelmente na última semana.

— *Muy caliente* — Maria elogia, seu lado espanhol aparecendo com toda a força.

Gillian me beija e eu permito, precisando me conectar com ela fisicamente depois da reunião que acabei de ter. Ela tem gosto de vinho tinto encorpado, e, se não estivesse se divertindo com as amigas, eu a levaria para nosso quarto e a possuiria de modo visceral. Segurando sua cabeça e a inclinando para o lado, sorvo goles lentos e longos de sua boca doce. Ela geme profundamente, e o som ricocheteia através do meu corpo e se acomoda em minha virilha. Meu pau percebe o movimento.

— Ei, vão para o quarto! Espere um instante, isso aqui é uma noite de meninas. Meninos não podem entrar! — Bree dispara e faz bico.

— É, não é justo. O Carson está no nosso quarto vendo o jogo. Vá lá ficar com ele! — Kathleen completa.

Rio no pescoço de Gillian. Ela, por sua vez, não se importa com o que as amigas estão pensando. Seus lábios estão plantados no meu pescoço, e ela está lambendo e mordiscando o que pode.

— Só um momento, meninas — digo e saio da sala com ela pendurada em mim como um coala.

Quando chego ao corredor, eu a pressiono contra a parede mais próxima e lhe mostro exatamente o que ela causa em mim. Sua resposta — gemidos e o apertar das coxas — não ajuda meu desejo de ser um cara legal aqui.

— Baby, se você continuar a me atacar desse jeito, eu vou arrancar a sua calcinha e te comer aqui mesmo, nesta parede.

Seus olhos se arregalam e ela faz um gesto afirmativo com a cabeça.

— Sim, por favor. Faça isso. — Ela reforça sua necessidade com um movimento dos quadris contra os meus, o que envia raios de prazer do meu pau para o resto do corpo.

Balanço a cabeça e toco seu pescoço, erguendo seu queixo com o polegar.

— Nós vamos ter todo o tempo do mundo sozinhos daqui a alguns dias, lembra?

Seu rosto todo se ilumina com um sorriso.

— Sim, eu lembro — ela diz em voz alta, como se tivesse acertado uma pergunta em um jogo. — Vamos nos cas... — Cubro sua boca com a mão.

— Shhh, é segredo. — Seus olhos se arregalam e ela lambe minha mão. Eu a afasto como se tivesse sido queimada. — Você é uma menina má. Tem ideia do que eu vou fazer com você hoje à noite, quando ficarmos sozinhos?

Seus olhos ardem de desejo e vontade.

— Me dar umas palmadas? — Sua resposta me surpreende. Não é o que eu esperaria sair de sua boca, considerando seu passado.

— Você gostaria que eu te desse umas palmadas? Fazer sua bunda perfeita queimar? — Ela geme e aperta as coxas novamente. — Eu vou deixá-la bonita e cor-de-rosa, quente o bastante para que, quando eu foder a sua bundinha apertada, possa sentir o calor na minha pele.

Ela grunhe e fecha os olhos.

— Você gostaria disso, baby? Eu metendo no seu buraquinho perfeito depois de te dar umas palmadas até você ter um orgasmo delirante, e então continuar a te foder até você gozar de novo? É isso que você quer?

Seu corpo todo está se contorcendo contra mim. Com uma rápida olhada em ambas as direções e o ouvido atento à porta da sala onde suas amigas estão, tomo uma decisão. Eu preciso dela. Agora. Abrindo o botão e o zíper da calça, tiro meu pau para fora. Está duro como um martelo e igualmente pronto para se cravar. Abaixo a calça de Gillian o suficiente para enfiar meu pau direto em sua boceta molhada. Sua cabeça tomba para trás e bate na parede. Merda, não consegui segurá-la. Ela vai sentir isso amanhã.

— Baby, você está bem?

— Não. Me fode — ela diz, alto demais.

— Shhh, elas vão ouvir.

Afasto os quadris e marreto, segurando-a contra a parede. Sua calça está puxada acima do meu pau e se esfrega na pele sensível a cada movimento para dentro de sua fenda molhada. Ela começa a gemer alto. Cubro sua boca com a minha e a beijo insanamente, roubando seus sons. Eles são todos para mim, de qualquer maneira. Não leva muito tempo para eu extrair um orgasmo de dentro dela. O álcool misturado com o desejo a deixou no limite.

Escutando com atenção, ouço as mulheres do outro lado da porta, a apenas alguns metros. Elas conversam sobre o filme que está passando e parecem muito envolvidas nisso. Quando Gillian se recupera de seu orgasmo, eu me afasto. Ela choraminga até eu colocar seus pés no chão, abaixar completamente seu pijama e sua calcinha e cobrir seu sexo com a boca, metendo a língua bem lá dentro. Ela agarra meu cabelo e olha loucamente para o corredor. A qualquer momento alguém pode entrar, mas estou pouco ligando. Estou com a boceta da minha mulher na cara e seu néctar adocicado do orgasmo por toda a minha língua. Não há nada como seu sabor e o tesão que sinto ao tocá-la, saboreando seu gosto, estando aqui com ela.

Depois de me encharcar com seu creme, fico de pé, viro-a e separo bem seus pés.

— Chase... — ela avisa. — Alguém pode chegar.

— Alguém vai chegar. Ao orgasmo — rujo em seu ouvido e me afundo nela por trás com um movimento longo. — Eu! — prometo. Ela geme e depois morde o lábio, machucando a carne doce.

A posição não permite que eu vá tão fundo quanto gostaria, mas poder ver sua bunda safada é suficiente para me deixar quase pronto para jorrar profundamente dentro dela. Meto com força com uma série de movimentos, assegurando-me de que ela está perto, então lambo o polegar, giro em sua pequena roseta e, com um movimento particularmente forte, enterro o dedo em sua bunda quente. Ela grita, incapaz de se conter. A essa altura, já me perdi demais para me importar. Meu saco está doendo com a necessidade de gozar, meu pau tão duro e grande dentro dela que estou perdendo o controle, sendo levado para um lugar de êxtase completo a cada movimento penetrante. Gillian mia baixinho enquanto eu fodo ambas as suas entradas, querendo que ela me sinta para o resto da noite, sabendo que eu a possuí e vou continuar possuindo a qualquer momento que eu queira. Não há nada que ela possa fazer quanto a isso também. Ela está tão entregue quanto eu ao desejo furioso que há entre nós.

— Chegue lá — falo. — Coloque a mão no meio das suas pernas e gire sobre o clitóris como eu faria. Não fique tímida. Eu quero ver você se tocando. Me deixa tão duro, baby.

Ela faz o que peço, levando uma das mãos entre as pernas, a outra se segurando contra a parede. Quando ela toca o local certo, seus quadris balançam violentamente.

— Isso, se esfregue para mim. Me mostre como você gosta de mim te fodendo bem aqui, onde qualquer um pode entrar e ver a sua bunda nua e a sua boceta sendo invadidas. — Ela deixa a cabeça cair e rebola contra mim, acompanhando meus movimentos. Isso me deixa com um tesão insano.

Eu a observo movendo a mão rapidamente entre as pernas, o peito se agitando com os movimentos da boceta e da bunda, me tomando para dentro repetidamente. Então seu corpo fica tenso, o sinal de que ela está prestes a ter o maior dos orgasmos. Eu me movimento mais rápido, me enterrando em sua carne até ela colocar as duas mãos contra a parede, capaz apenas de receber o que estou dando. Seu centro está se alargando, recebendo a cabeça do meu pau enquanto meto para dentro e para fora. Com uma contorção da pelve, contraio os quadris e afundo até o fim. E é aí que nós dois nos perdemos, tremendo com o esforço do nosso desfecho combinado. Sua boceta me faz gozar com os movimentos de forte compressão e liberação, até eu ficar seco.

Ela apoia a cabeça na parede e eu beijo seu pescoço, me afasto de seus cabelos suados e beijo o topo da sua coluna. Seu corpo responde com outro abalo antes de eu tirar o pau, guardando-o de volta na calça e a abotoando. Enquanto me abaixo para pegar sua calcinha e o pijama, posso ver meu gozo correndo por sua perna. A imagem envia uma faísca de desejo de volta ao meu membro. Eu adoro ver minhas marcas nela, sabendo que parte de mim vai ficar dentro dela durante dias. Isso me faz querer fodê-la de novo e enchê-la até a borda, para que ela nunca esteja sem mim.

Deixando de lado meu comportamento de macho, enxugo entre suas pernas com o lenço que tenho no bolso. Quando a viro, ela tem aquela expressão bonita de satisfação total que tento colocar em seu rosto todos os dias.

— Eu adoro te foder — ela diz, embriagada.

Esfrego o nariz no dela e me aproximo.

— Acho que era eu que estava te fodendo. — Sorrio e roubo um beijo de sua boca doce. — Mas concordo. Eu adoro te foder também.

Dessa vez ela me beija suavemente, e então para de súbito. Uma voz encantadora vem da porta, cantando.

— Ela está cantando. Preciso escutar! — Gillian empurra meu peito e corre para a sala onde suas amigas estão.

Olho disfarçadamente e Bree está cantando uma versão incrivelmente bela de "Wild Horses", sem acompanhamento nenhum. Kathleen e Maria se juntam à minha garota e começam a se mover com a música.

Gillian se tornou o meu mundo tão rápido. Mas suas amigas fazem parte do pacote. Olho para cada uma delas, vendo o amor que sentem uma pela outra. É uma verdadeira irmandade. A mesma coisa que sinto pelos meus primos Carson, Craig e Chloe. Cooper, por sua vez, pode ir para o inferno.

Essas mulheres são amigas de verdade, e amam a minha mulher. Com o tempo, vou me acostumar a dividi-la com elas. Hoje é o primeiro passo. Eu me viro e volto para o escritório, e dessa vez deixo a porta completamente aberta. Se ela precisar de mim, vou estar aqui, mas acho que ela está bem com as meninas.

Hora de terminar os planos para a "operação fazer da Gillian minha esposa e enganar um louco".

9

GILLIAN

— *Gillian, minha querida, por favor entre. Não posso nem dizer* como fiquei preocupado quando soube do sequestro. Estou aliviado por ver que você está bem. — O dr. Madison me dá um abraço caloroso. Chase limpa a garganta atrás de mim e eu sorrio. Possessivo nem começa a descrever este homem. O dr. Madison se afasta, me segurando à distância de um braço. — Vejo que ainda temos o jovem para garantir a sua proteção. — Ele olha por cima do meu ombro. — Bem-vindo, sr. Davis. Pode entrar.

— Eu estava planejando — ele resmunga e me coloca ao seu lado, me levando para o sofá comprido. Olho longamente para minha poltrona acolchoada favorita, mas não digo nada.

Chase se incomoda com o fato de o dr. Gostoso ser atraente, e também com o fato de saber muito sobre mim. Mais que qualquer outro homem, porém de uma forma diferente de Chase. Eu até acho divertido Chase ter ciúme do meu terapeuta. O dr. Madison sempre foi perfeitamente profissional. Nunca tentou dar em cima de mim nem fez alguma insinuação, apenas se preocupa com meu bem-estar. Só começamos a nos cumprimentar com abraços depois de alguns anos. E isso foi, na realidade, parte da terapia. Toque. Deixar um homem me tocar, mesmo de maneira platônica, costumava disparar meu "panicômetro", mas trabalhei nisso com o dr. Madison. Tenho que lhe agradecer por ser capaz de ter um relacionamento romântico.

O dr. Madison se senta na cadeira em frente ao sofá. Suspeito de que ele faça terapia de casais nesta parte do consultório.

— Imagino que você queira conversar sobre o que aconteceu nas últimas três semanas. A mãe do Chase ser morta na sua frente, você ser sequestrada no dia do seu casamento e depois ficar em cárcere privado é bastante coisa para qualquer um enfrentar — ele começa e faço um sinal afirmativo com a cabeça. Chase segura meu braço com mais força, os dedos enterrados em meu ombro. O psicólogo percebe. — Para você, Chase, deve ter sido igualmente difícil: perder sua mãe desse jeito, sua noiva ser tirada de você. Não saber onde ela estava durante todos aqueles dias.

Chase resmunga um som afirmativo e olha para o outro lado, nenhum de nós querendo lembrar o que aconteceu.

O terapeuta espera pacientemente um de nós dois falar, movendo os olhos até Chase e de volta para mim. O consultório parece permeado por uma umidade nauseante, tornando o espaço em torno do meu corpo desconfortável. Os lábios de Chase se tornam uma linha reta, e seu aperto em meu ombro parece terrivelmente forte.

Em vez de falar sobre o sequestro ou a perda da mãe de Chase, deixo escapar:

— O Chase e eu vamos fugir para casar amanhã!

Os olhos do psicólogo se arregalam. Chase ri e meneia a cabeça.

— Baby... — ele diz, com um suspiro exasperado.

Eu me viro e olho para ele.

— Ué, nós vamos!

Ele respira fundo.

— Sim, vamos, mas não só concordamos que seria segredo como eu duvido de que o seu terapeuta esteja interessado nesse assunto em particular.

Nesse momento o dr. Madison se anima.

— Ao contrário. Estou muito interessado na razão de vocês acharem que é apropriado fugir para casar depois de terem passado por tanta coisa nas últimas três semanas. Me dá a impressão de que é uma tentativa velada de ter controle sobre a vida de vocês.

Os olhos de Chase passam de calorosos para gelados em um segundo.

— Eu tenho controle total. — Seu tom é mordaz.

— Você está acostumado com isso, presumo. Mas nada do que vocês passaram nas últimas três semanas esteve sob o seu controle. Isso deve te deixar ansioso. — O dr. Madison franze a testa e inclina a cabeça.

Posso sentir que Chase está tenso. Suas mãos se tornam punhos fechados em cima das coxas. É aí que eu me afasto dele lentamente. Ele não percebe. Mas o terapeuta, sim. Fecho os olhos. Eu sei que Chase nunca me machucaria, mas, quando um homem passou pelo que passamos, você não sabe que tipo de coisa pode vir à tona. Minha técnica natural de autopreservação é me afastar da situação o mais discretamente possível.

Chase se levanta de repente.

— Você não sabe como eu estou me sentindo! — Suas palavras são raivosas e afiadas, dirigidas ao terapeuta.

O dr. Madison se reclina em sua cadeira de couro e olha para Chase, de pé na lateral do consultório, olhando para as portas duplas.

— Tem razão, sr. Davis, eu não sei. Por que você não me conta como está se sentindo?

Chase se vira para trás, olha feio para ele e passa a mão pelas camadas de seu cabelo escuro. Prendo a respiração, desesperada para saber como Chase se sente em relação a tudo isso. Ele não disse uma única palavra. Passou as últimas duas semanas cuidando de mim, garantindo que nada me faltasse.

— Inadequado — ele diz, com um suspiro pesado. É como se o peso do universo todo estivesse sobre seus ombros largos.

Minhas sobrancelhas sobem, assim como as do dr. Madison.

— Como assim? — o psicólogo pergunta.

Eu conheço esse jogo. Eu o joguei por anos, e é assim que ele começa. O dr. Madison provoca você para contar o que o está afligindo. É genial, na verdade. Estou feliz que isso esteja acontecendo com Chase e não comigo. Finalmente posso descobrir como ele está se sentindo, em vez de chorar sem parar em seu peito. Talvez, se nós dois nos abrirmos, possamos seguir em frente, deixar tudo para trás.

Chase se vira, as mãos nos quadris, seu paletó se abrindo. Ele estende a mão para mim.

— Minha futura esposa foi atacada e sequestrada no dia do nosso casamento em um dos *meus* hotéis, vigiado pelos *meus* homens. — Ele aponta para o próprio peito com uma expressão indignada. — A garganta da minha mãe, que vivia presa a uma cadeira de rodas, foi cortada na frente da Gillian antes de ela ser levada contra a sua vontade e presa em uma porra de cela de três metros por três com apenas um maldito penico para mijar! — ele ruge, sua voz chegando à força máxima. Seu rosto está vermelho, os tendões no pescoço inchados, e ele continua, sem perder o ritmo: — Ela ainda estava usando a porra do vestido de noiva quase cinco dias depois, o rosto e o peito dela estavam pretos pelo espancamento, os tornozelos e os pulsos estavam presos a um sistema de polias acima da cabeça. Essas mesmas algemas provocaram uma enorme infecção. Uma infecção que poderia ter matado a Gillian!

Porra, como você acha que eu me sinto, *doutor*? — O maxilar de Chase está tão tenso que tenho medo de ele quebrar um dente se continuar assim.

— Meu Deus — o dr. Madison sussurra, os olhos sobre mim. Conhecendo-o bem, posso ver a preocupação em seu olhar. Para qualquer outra pessoa, ele pareceria calmo e sob controle. — Gillian — ele coloca a mão sobre a boca, engole em seco e limpa a garganta —, nós vamos trabalhar tudo isso. Obrigado, Chase. Obrigado por ser tão sincero.

Chase limpa a garganta e começa a andar de um lado para o outro.

— Agora, conte para ele o que está acontecendo com você. — Seus olhos estão furiosos, sem deixar espaço para rodeios.

— Humm... — Respiro dolorosamente. — Parece que eu tenho um pequeno problema de apego.

— Pequeno? — Chase vocifera.

Assinto de maneira evasiva.

— Dr. Madison, se eu deixasse o consultório neste instante... — Ele começa a andar em direção à porta.

Instantaneamente, os pelos em meu pescoço e meus braços ficam de pé. Meu coração bate forte e tão alto em meu peito que posso ouvi-lo como um tambor. Eu me viro e fico de joelhos no sofá enquanto agarro o encosto.

— Não — sussurro no momento que a mão de Chase toca a maçaneta. — Não vá! — imploro, lágrimas rolando pelo meu rosto. Ele se vira, fecha os olhos e se apoia na porta.

— Está vendo? — Levanta a mão e eu olho brevemente para o dr. Madison.

O terapeuta leva a mão à boca e se recosta de novo na cadeira. Tira os óculos e olha para mim.

— Há quanto tempo isso vem acontecendo?

Não respondo, mas volto a me sentar e olho para meu colo, evitando contato visual. Estou cansada de ser sempre aquela que fica sob o microscópio. Só quero voltar a ter uma vida normal. Uma vida em que eu possa trabalhar e visitar meus amigos quando quiser, sem medo de que alguém me ataque ou mate as pessoas que eu amo.

— A primeira vez que eu notei esse medo em particular foi quando ela acordou no hospital. Dois dias depois de ter sido encontrada — diz Chase, voltando da porta para se sentar ao meu lado. Eu me enrolo nele, sentindo alívio instantâneo.

O psicólogo assente e faz anotações.

— Gillian, o que acontece quando você acha que o Chase vai embora? Quero dizer, fisicamente.

Lambo os lábios e me concentro em meus dedos, virando-os. Chase coloca um braço em torno do meu ombro e eu posso respirar de novo.

— Hum, meu coração fica acelerado. Fico um pouco enjoada, tremendo, minha audição fica muito apurada, ou então eu não ouço nada. Bem parecido com os ataques de pânico.

— E isso também acontece quando você está com outras pessoas?

— Depende. Eu preciso saber onde ele está. — As sobrancelhas do dr. Madison se levantam. — Na noite passada, as meninas e eu fizemos uma noite de filmes na mansão. Desde que eu pudesse ver o escritório do Chase e soubesse que ele estava lá, ficava bem. Consegui aproveitar a companhia das minhas amigas. — O terapeuta assente e faz mais anotações. — O que há de errado comigo?

Chase ouve o medo em minha voz e procura me acalmar, pegando minha mão, me segurando mais forte, beijando minhas têmporas.

O dr. Madison balança a cabeça.

— Nada. O que você está experimentando é uma síndrome do pânico aguda que se manifesta em ataques de pânico depois de um evento traumático. — Tanto eu quanto Chase olhamos para ele com expressões combinadas de confusão. — Basicamente, você está com medo de que o Chase te abandone, o que, em resposta, leva aos ataques — ele esclarece.

— Eu nunca vou te abandonar, baby — Chase promete imediatamente. Vira meu rosto para o dele e o toca. Eu me inclino para ele, apreciando seu calor. — Vamos superar isso juntos. Mas eu gosto de saber que você precisa de mim por perto. — Seu sorriso é sexy e honesto.

— Isso — o tom de voz do terapeuta se torna preocupado —, por sua vez, é algo que precisamos investigar, sr. Davis.

A voz de Chase muda, soando ríspida.

— O que você quer dizer?

— Você tem necessidade excessiva de controle, é normalmente possessivo e exigente por natureza. Tudo isso junto não é um jeito saudável de lidar com uma mulher que foi abusada no passado. Apesar de eu saber que é esse seu jeito que atrai a nossa querida Gillian.

Ele não está errado. Nem de longe. Sempre procurei homens confiantes, fortes, seguros de si. O problema é que isso vem com o lado negativo dessas características: homens controladores, passionais e, pior de tudo... abusivos. Chase é muitas coisas, mas nunca abusivo.

— Ele nunca encostaria um dedo em mim, dr. Madison. Disso eu tenho certeza. A mãe dele foi vítima de violência doméstica, e o Chase odeia homens que batem em mulheres. — Chase faz um sinal afirmativo para minha resposta.

— Lamento saber disso — o dr. Madison diz para ele.

— Obrigado. Foi há muito tempo, eu já superei. Neste momento, o meu foco é a Gillian e o bem-estar dela, físico e mental. Nós vamos viajar amanhã. Eu quero passar as próximas semanas sentindo que somos livres. Fazendo-a se sentir segura, além de torná-la minha esposa. — Chase arruma o paletó e se inclina para a frente.

— Há alguma razão para a pressa em se casar, sr. Davis?

Chase e eu balançamos a cabeça.

— Não — ele diz com convicção. — É que isso parece ser algo repetidamente *tirado* de nós. Para dizer a verdade, doutor, eu já queria me casar no dia seguinte em que pedi a Gillian em casamento. — Ele se vira para mim. — Eu me arrependo de ter deixado você me convencer do contrário. — Sorri, e seus olhos brilham para mim. — Mas então acabamos esperando o vestido de noiva ficar pronto, depois teve o Phillip e a explosão, e aí finalmente chegou o grande dia e ela é sequestrada. Eu não queria nada além de chamá-la de minha esposa desde logo depois que nos conhecemos. Estou cansado de esperar para a Gillian ser minha.

— Você sente que ela vai ser mais sua se vocês se casarem? — pergunta o dr. Madison.

— Sinto. Legalmente, ela vai estar ligada a mim, vai usar a minha aliança para o mundo todo ver, vai ter acesso à minha fortuna, nunca vai precisar de nada e eu vou ter a minha própria família. Com ela — ele diz, sem rodeios.

— Entendo. E você concorda com esse plano, Gillian? — O terapeuta olha para mim.

Ainda estou presa na parte em que Chase quer ter uma *família* comigo. Desde a morte de minha mãe, meus amigos são a única família que tenho. Quando eu me casar com Chase, ele vai ser a minha família. Nos aspectos oficial, legal, mental e físico.

— Não posso imaginar nada melhor do que eu e o Chase nos tornando uma família.

O sorriso dele é tão brilhante que remove toda a escuridão da conversa e deixa entrar somente luz. Ele aquece meu coração e minha alma.

— Então eu concordo. Vocês devem ir atrás do que querem, porque essa vontade vem do amor que sentem um pelo outro, não do desejo de controlar uma situação. Por isso, eu lhes dou os meus parabéns — o dr. Madison conclui.

CHASE

— *Não acredito que fugimos no meio do dia e ninguém sabe.* — Gillian ri, prendendo o cinto de segurança. A comissária de bordo dá a cada um de nós uma taça de champanhe. — Uhhh, é cor-de-rosa! — ela cantarola no assento alegremente. Eu sabia que minha garota iria apreciar o aspecto feminino do champanhe rosé.

Segurando sua mão, levanto a taça. Ela faz o mesmo.

— Ao nosso futuro, baby — digo, e ela se inclina para perto.

— À nossa futura família — ela diz, inspirando fundo enquanto batemos as taças. Damos um gole e então eu capturo seus lábios nos meus. Tem gosto de champanhe e morango, duas coisas que deixei prontas para a viagem quando chegamos ao aeroporto em Sacramento.

Cuidei para que aviões da minha frota decolassem dos aeroportos internacionais de San Francisco, Oakland, San Jose e Sacramento, todos com nosso nome e o nome dos três homens que nos acompanham listados como passageiros. Quando saímos da mansão da minha família, Jack estava com dez SUVs de vidro escuro prontos — dois para ir a cada aeroporto e dois para ficar nos arredores. Se McBride estiver observando a mansão, não saberá em que carro fomos, pois entramos na garagem subterrânea. Nem mesmo a equipe de segurança sabia qual era o plano, apenas Jack e seus dois homens de maior confiança, ambos trazidos de outros serviços. Um deles está de licença da tropa presidencial no Serviço Secreto e o outro veio do Serviço Aéreo Especial britânico. Jack serviu nas forças armadas com ambos e deu sua palavra que eles nos protegeriam com a própria vida. Conhecemos os homens no avião, ambos enormes, armados até os dentes e com um ar de autoridade.

No momento, eles estão discutindo nossos planos no pequeno escritório do avião, dando privacidade a mim e a Gillian.

— E aí, vai me falar aonde estamos indo? — ela pergunta, cheia de sorrisos.

Olho para minha mulher e me sinto entregue. Ela está com as pernas enfiadas debaixo da bunda. Sua blusa me dá uma ótima visão de seus seios brancos e macios, e o cabelo... meu Deus, o cabelo dela me deixa louco. Está solto, cacheado, como um halo de fogo cercando seu rosto. Levanto o braço e passo a mão pelos cachos sedosos. Ela mia, graciosa.

— Você tem ideia de como me faz sentir? — pergunto. Seus olhos verdes se abrem e eu juro que poderia me perder neles.

— Provavelmente como você me faz sentir. — Sua voz é um sussurro.

— E como é? — devolvo.

Ela sorri, tímida, ainda esfregando a cabeça na minha mão.

— Segura. Protegida. Apreciada. Amada. — Ela beija tão suavemente meu pulso que mal posso sentir a marca molhada de sua boca suculenta em minha pele, mas ela está lá, queimada em minha memória para sempre.

Respiro fundo e contenho o desejo de tirar seu cinto de segurança, puxá-la para o meu colo e lhe mostrar exatamente como me sinto. Em vez disso, sustento seu olhar.

— Você me faz sentir inteiro. É como se eu estivesse procurando pela minha outra metade e agora não precisasse mais fazer isso. Eu me encontrei em você.

Seus olhos se enchem de lágrimas.

— Chase... — Ela se inclina e me beija. Seus lábios estão úmidos e carnudos enquanto lhe permito me conduzir. Quando sua língua invade a minha boca, eu gemo, puxando-a, assumindo o controle. Ela não protesta. Eu sorvo sua boca, deslizando a língua para dentro e para fora em uma dança lenta que está nos deixando necessitados um do outro. Beijar Gillian é uma experiência nova, mas também lindamente familiar. Como um déjà vu. Eu estive lá antes, mas algo o torna ligeiramente diferente.

Eu me afasto, mordiscando seu lábio inferior e depois o superior.

— Eu poderia facilmente me deixar levar — sussurro.

— Por que não deixa? — ela desafia, com aquela voz que faz meu pau ficar duro.

Sorrindo, dou um gole no champanhe. É magnífico, mas tem um gosto melhor pela boca de Gillian. Ela levanta sua taça e bebe.

— Expectativa, meu doce. Eu quero que você fique com tanto tesão que, antes de chegarmos ao nosso destino, me implore para ser possuída.

— E esse destino seria...? — ela insiste na pergunta.

Eu não lhe contei antes de propósito. Não porque não confie nela, mas não quero que ela se desaponte mais uma vez se a nossa tentativa de fuga se frustrar. Agora, sentado em meu avião particular, tenho certeza de que nos próximos dias Gillian vai ser minha esposa e vamos ter a lua de mel que merecemos.

— Irlanda.

Sua boca bonita se abre e seus olhos assumem uma tonalidade verde-vivo de tirar o fôlego.

— Nossa lua de mel... — ela diz.

Assinto.

— É o lugar que você disse que mais gostaria de conhecer. E eu vou te dar esse presente.

Em segundos, ela abaixa a taça, abre o cinto de segurança e sobe em meu colo, os lábios sobre os meus. Mãos quentes seguram meu rosto enquanto ela me dá um beijo longo e profundo.

— Eu te amo — *beijo* —, eu te amo — *beijo* —, eu te amo. — Ela espalha beijinhos por todo o meu rosto até puxar com os dentes meu lábio inferior e, ao mesmo tempo, espremer seu centro na minha ereção.

Eu gemo e a seguro perto, mantendo nossa boca conectada até ambos ficarem sem ar. Pequenos sopros tocam minha pele quente, mas não me refrescam. Bem o oposto. Eu a quero.

— Chase, nós vamos nos casar na Irlanda — ela diz, com um tom que eu não ouço há algum tempo. Deslumbramento. É devastadoramente bonito. Nesse instante eu prometo colocar essa expressão em seu rosto o maior número de vezes possível em nossa vida em comum.

— Vamos, baby, e vai ser perfeito.

Ela me beija sem pressa e toca meu nariz com o seu.

— Vai mesmo, porque seremos somente você e eu. Eu achei que queria uma grande festa, que todos testemunhassem o nosso amor, mas não importa. Sim, eu vou sentir falta das meninas e do Phillip, mas estou cansada de esperar. Eu quero ser sua esposa. Quero estar conectada a você por toda a eternidade.

Sorrio e olho para a sua garganta.

— Por todo o infinito, baby. — Levo as mãos para o seu pescoço, massageio a pele e arrasto os nós dos dedos entre seus seios. Ela respira fundo e seus olhos ficam marejados. Algo está faltando. Enquanto olho fixamente para seu pescoço nu, me ocorre. — Cadê...

Gillian me interrompe:

— Ele pegou. — Seus dentes afundam no lábio. — Não sei o que ele fez com o colar, mas ele viu e arrancou do meu pescoço. Já era. — Uma lágrima escorre pelo seu rosto.

O filho da puta levou o colar do infinito que eu mandei fazer para ela. Aquele que ela estava usando no dia do nosso casamento. Não só era importante para mim como foi mais uma coisa que ele roubou de nós dois.

— Não importa. Eu tenho você. E posso mandar fazer outro colar. — Seguro sua mão e dou beijos por todo o anel de noivado. — Ele não pegou a aliança, e logo eu vou acrescentar algo a ela.

Gillian abre um sorriso largo, o momento de angústia se dissipando. Então, seus lábios bonitos ficam sérios.

— Mas e a aliança que eu comprei para você? A Maria estava com ela naquele dia. — O dia do nosso casamento. — Não pensei em pegar com ela.

— Gillian. — Toco seu rosto com as duas mãos. — Amor, você sabe que eu cuido de você, certo? Eu pedi ao Thomas que encontrasse a aliança e me desse. Disse que guardaria até a hora certa.

— Você viu? — Sua testa se franze e eu nego com a cabeça.

— Não, baby, não vi. Eu pedi ao Thomas para abrir a caixa e checar se estava lá, mas foi só isso. Eu não queria ver a aliança que você comprou como símbolo do seu amor por mim até o dia do nosso casamento, quando você colocá-la no meu dedo.

Seu sorriso diante de minhas palavras é esplêndido.

— Que bom. Porque é pessoal. — Ela apoia a testa na minha, chegando impossivelmente perto. — E particular. Quero que a aliança seja para esse dia e para todos os que vierem depois.

— E eu vou usar com orgulho, baby. Quero que o mundo saiba que eu sou seu.

Ela esfrega os lábios nos meus, sem na realidade beijá-los, apenas se deixando tocar em mim.

— Eu me dou a você. Tudo o que eu sou, Chase... é seu.

As palavras tocam fundo meu coração, deixando uma sensação deliciosa.

— E eu não quero mais nada na vida.

10

DANIEL

Porra, faz dois dias e nem sinal dela ou do ricaço filho da puta. Ninguém parece ter ideia de onde eles estão. A vadia italiana veio e foi embora com o guarda-costas, assim como a Barbie Barriguda, a primeira trepada de Gillian e a filha bastarda. Aquela costureira que parece uma hippie e o primo voltaram para a mansão, mas não a minha princesa ou o cretino de pinto pequeno.

Resmungo e ando de um lado para o outro no escritório da segurança. A raiva cresce dentro de mim, fazendo o suor brotar em minha pele, dando arrepios e formigamento. Algo não está certo. Talvez eles tenham voltado para a cobertura, que é mais complicada. Tem guardas ali, mas o maior problema é precisar da digital para ter acesso. Por outro lado, a vadia loira que eu estava fodendo, Dana, poderia me deixar entrar. Se ela não fizer isso por vontade própria, eu corto sua mão fora e a deixo sangrar. Problema resolvido: ela não pertence mais a este mundo e eu tenho a digital para ser escaneada. É claro que vou ter que encontrar um jeito de desabilitar a câmera de segurança sem ninguém perceber.

Mais uma vez, ando de um lado para o outro até meu chefe chegar, quebrando minha concentração.

— Elliott, cara, você não vai começar a sua ronda? — o gordo imbecil pergunta, usando meu nome falso.

Foi muito fácil consegui-lo. Eu simplesmente roubei do meu irmão adotivo. Aquele com quem estou morando enquanto descubro como pegar Gillian de volta e levá-la daqui. Meu irmão é uma das únicas pessoas que sempre foram legais comigo. Provavelmente porque é só um grande canalha como eu, só que ele não esconde isso muito bem. E ele gosta de dinheiro, coisa que eu tenho bastante. Foi fácil lhe dar dez mil para deixar que eu me escondesse com ele, sem ninguém saber. Até agora funcionou perfeitamente.

— Sim, senhor. Só estou checando as câmeras. Verificando se todos estão aqui. Sabe o que eu achei estranho? — Eu me inclino para a frente e finjo olhar para a parede de câmeras.

— O quê? — Ele olha para o painel.

Aponto para uma câmera.

— Aí está o sr. Parks com a srta. Simmons e a menininha. Aqui, a srta. De La Torre com a srta. Bennett e Carson Davis. O estranho é que eu não vi Chase Davis nem a nossa prioridade número um, a srta. Callahan.

— Não é nem um pouco estranho. — Ele balança a cabeça e se afasta.

— É mesmo? Por quê?

— Porque eles não estão aqui.

Franzo a testa.

— Eles têm outra casa?

— Bem, é claro. O sr. Davis é muito rico. Tem mais dinheiro do que você e eu vamos ver em toda a nossa vida.

Isso só me irrita. Do jeito que ele fala, parece que o fato de o filho da puta ser rico significa alguma coisa. Pois não significa. Eu posso matá-lo com a mesma facilidade com que mataria um pobretão. Todos nós sangramos vermelho, caralho.

Finjo estar aliviado.

— Que bom. Então eles estão em uma das outras casas dele.

Ele balança a cabeça.

— Não, eles saíram de avião. Ninguém sabe para onde.

— O quê?!

As sobrancelhas de Templeton se erguem.

— Quer dizer, nós somos da segurança. Temos que saber dessas coisas, temos que ser informados para onde eles estão indo e quando vão voltar, certo? Para podermos garantir que estão seguros — disfarço.

— O sr. Davis planejou algo grande. Um grupo de SUVs foi para quatro aeroportos diferentes. Não sei em qual eles estavam ou para onde foram. Jack Porter, o segurança pessoal dele, me falou que eles ficariam fora por tempo indeterminado e que devíamos nos concentrar nas pessoas que vemos na tela. — Ele aponta o dedo gordo para as putas de Gillian.

— Sério? Ninguém sabe para onde eles foram? — Tenho certeza de que meu corpo todo está prestes a explodir em chamas. A raiva arde como ácido em meu estômago, e eu estou pronto para atacar, sair daqui e matar uma das vagabundas estúpidas em retaliação.

— Ninguém. É uma boa ideia, eu acho. Pegar aquela coisinha bonita e sair com ela do país. Faz sentido, não? Ele é rico o suficiente, e aquele cara aprontou com ela. A coitada está muito assustada. Não a vi uma única vez sem o sr. Davis. Ela entra em pânico quando ele sai do lado dela. Provavelmente ele a levou para longe para ela se sentir segura.

Respiro, sugando o ar duramente, aperto os dentes e olho para os monitores. Ele coloca a mão em meu ombro e aperta.

— Gosto do fato de você estar prestando toda a atenção, Elliott. Você é ótimo nesse trabalho.

Ele me elogia, mas não consigo digerir. Nada. Tudo em que posso pensar é que o babaca está com ela em algum lugar distante. Merda, eu devia ter ficado ontem depois do meu turno, achado um lugar para me esconder. Se eu não tivesse ido para casa dormir um pouco, saberia onde eles estão. E agora eles podem estar em qualquer lugar do mundo. Com o dinheiro que tem, porra, ele pode ter levado a Gillian para uma ilha minúscula na Ásia ou na Austrália. Do outro lado do mundo. É longe assim que planejo levá-la. Imagino a ponta do Canadá para começar, até termos nos estabelecido como um casal.

— Elliott, eu vou fazer a minha ronda. Pode ficar aqui, observando as câmeras.

Faço um sinal afirmativo com a cabeça e espero a porta se fechar para agarrar a cadeira em frente à parede de monitores e apertá-la com toda a força. *Caralho... Pense, Daniel... Pense.* Como vou conseguir trazê-la para casa? Olho para a menininha loira sendo levantada e mergulhada na piscina interna. A grávida de biquíni. Tenho que admitir que o seu corpo, mesmo com aquela barriga imensa com o bastardo do Phillip, está muito bom. Eu a foderia com certeza. Meu pau fica duro. Seria melhor fodê-la com Phillip amarrado, sangrando de facadas múltiplas. Assim eu protegeria a mulher. Ela merece algo melhor do que ele.

Em seguida, vejo a biscate italiana e a vadia hippie sentadas em uma das salas de estar. Estão conversando animadamente, gesticulando. As duas seguram taças de vinho e estão sorrindo. Como eu gostaria de arrancar esses sorrisos pretensiosos de seus rostos de merda... com a minha faca. Eu poderia inscrever todo tipo de palavra na pele delas, observar o sangue jorrar e espalhá-lo em sua cara. De novo, meu pau fica dolorosamente duro. É hora de liberar a necessidade reprimida, e não é uma necessidade que vai ser aliviada metendo a minha pica em uma vadia qualquer. Não, faz tempo demais que não vejo sangue jorrando de um corpo quente. E então a ideia me vem como um bilhete premiado de loteria.

As putas. O modo mais fácil de trazer a minha princesa de volta à terra firme é ir atrás de suas putas. As imbecis que ela chama de irmãs de alma, o que quer que isso signifique. Nenhum cara sabe. É uma merda inventada pelas mulheres para dar a algumas amigas um status mais alto do que a outras. Neste momento, porém, isso funciona em meu favor.

Toco a tela que transmite as imagens ao vivo de Kat e Maria. Vai ser muito fácil. As duas trabalham no mesmo lugar. Um prédio muito velho, que eu já vasculhei. A hora é agora. Na próxima vez em que elas estiverem lá juntas, a casa vai cair... e o lugar vai explodir em chamas.

GILLIAN

Quando acordo, estou cercada de calor. Cada centímetro do meu corpo está apertado contra o de Chase. Ele me abraça forte, mesmo em sono profundo. Chegamos ontem à noite. A paisagem rural estava um breu, e a limusine tinha vidro fumê, o que tornou impossível enxergar qualquer coisa, então nem me dei o trabalho. Ao contrário, adormeci com a cabeça no colo de Chase enquanto ele passava a mão no meu cabelo. Foi uma delícia. Até que chegamos ao nosso destino e eu acordei em seus braços enquanto ele me carregava escada acima e, em seguida, me deitava na mais macia das camas. Me lembrou da nossa cama. Na cobertura, a nossa casa de verdade. Não na mansão da família dele.

Escorregando dos braços de Chase, eu me sento. O quarto é grande e charmoso, do tipo de campo, com teto de catedral, vigas expostas e móveis acolchoados. Grandes armários de madeira cobrem as paredes, e poltronas de encosto alto estão de frente para a lareira. Embora pareça rústico, posso ver nuances de luxo. Eu não esperava menos que isso do meu perdulário. Saindo da cama, vejo o banheiro. É menor que o da nossa casa, mas o quarto também é. Só que tem uma banheira maravilhosamente grande com pés em garra que certamente acomoda duas pessoas. É a maior banheira que já vi. Não vejo a hora de usá-la com o meu homem. O chuveiro parece saído diretamente da natureza. É feito de pedras, que emanam o aroma da terra. Faço xixi, lavo as mãos e saio descalça. Estou usando uma camiseta de Chase, com o cheiro delicioso dele e de mim.

Sem fazer barulho, vou até as portas francesas e abro. É aí que o ar deixa meu corpo de uma vez.

— Ah, meu Deus — sussurro, ainda segurando o fecho das portas. Um calor cobre minhas costas e dois braços se enrolam em meu corpo. Chase se aperta contra mim e beija meu pescoço.

— Lindo, não é?

Eu olho deslumbrada, completamente fascinada com as colinas verdes luxuriantes que terminam em um penhasco abaixo do qual o oceano se estende.

— Lindo nem começa a descrever.

— Fico feliz que tenha gostado do presente.

— O que você quer dizer com presente? — pressiono-o, querendo olhar para seus olhos, mas ainda incapaz de deixar a vista da paisagem. É incrível demais para não ter toda a minha atenção.

Sinto o sorriso de Chase em meu pescoço enquanto ele me abraça.

— Eu comprei esta casa para você. Toda a terra que você vê até aqueles penhascos é sua. Quando se tornar a sra. Davis, você vai receber uma cópia da escritura.

— Chase — engasgo. Ele me deu uma casa e terras de presente. — É muita coisa. Caramba, olhe para isso. Ninguém deveria ser dono disso. É a terra de Deus. É uma dádiva de Deus para o mundo.

Ele balança a cabeça em meu pescoço.

— Não, é um presente meu para você. E você vai passar para os nossos filhos um dia. Aí talvez a nossa filha ou filho venha aqui na lua de mel, olhe para isso e sonhe com os filhos para quem eles vão deixar. Então o nome Davis, o nosso legado, meu amor, vai continuar através deles. Até o infinito — ele diz enquanto traça esse símbolo no tecido macio de sua camiseta na minha costela, bem embaixo da fartura dos meus seios, embaixo do meu coração. Oitos, repetidamente. Ele pinta uma imagem tão linda que quero tê-la comigo para sempre, e então eu tenho uma ideia. Uma ideia que não posso lhe contar. Vai ser o meu presente para ele na nossa noite de núpcias. Minha mente está a toda enquanto olho para a vista mais incrível que já vi.

— Eu amo a forma como você vê o nosso futuro — digo, levando sua mão até meus lábios e a beijando lentamente.

— O que você quer fazer hoje, baby? — ele pergunta, as mãos em torno dos meus quadris, levantando a camiseta para completar.

— Você quer dizer depois que você me fizer gritar o seu nome várias vezes? — Sorrio, me viro em seus braços e grudo os lábios nos dele. Ele desliza as mãos debaixo da minha camiseta, colocando-as firmemente em minha bunda, e me levanta. Engancho as pernas em torno de sua cintura e ele me leva para a nossa cama em nossa nova casa de campo na Irlanda.

※

De mãos dadas, caminhamos pela calçada até uma placa que diz "Bem-vindo a Bantry, Medalha de Ouro das Cidades Limpas" e paramos. Barcos pontilham a superfície da água, dando à cidadezinha litorânea um aspecto que me faz lembrar de casa. Do lado direito da rua há fileiras de prédios multicoloridos de três ou quatro andares. Cada prédio é colado ao próximo, pintado de uma cor viva diferente. Chase e eu absorvemos silenciosamente a beleza da cidade de que agora somos parte. Parece ser a primeira conexão real com nossa nova vida juntos.

— Amei este lugar — digo no ar gelado, balançando o braço de Chase.

Ele me puxa para perto e coloca um beijo em minha têmpora, sem parar de andar. Chegamos a uma espécie de praça onde há uma âncora gigante sobre o concreto. Parece ter vindo de um navio enorme. Pego meu celular e puxo Chase na frente dele.

— Baby, quero uma foto sua.

Ele ri e fica na frente da âncora, posando como o Super-Homem. Ele é o meu Super-Homem, e vê-lo brincando alivia um peso enorme do meu peito. Tiro algumas fotos dele e então vou até a placa.

— Diz aqui que é uma âncora da Armada Francesa de 1796. Foi descoberta no extremo nordeste da ilha de Whiddy, na baía de Bantry, em 1980, por uma empresa holandesa. Que viagem.

Chase olha para a enorme âncora no meio da cidade e então traz seu olhar maravilhoso para mim.

— Eu gosto do simbolismo. Uma âncora. Devíamos levar uma para a nossa casa aqui.

Dou um sorriso largo, corro e pulo em seus braços, as pernas em torno de sua cintura, e o beijo. Ele me gira e eu jogo a cabeça para trás, deixando os cabelos voarem na brisa. Ele me levanta, me beija e me põe no chão.

— O que foi isso?

Encolhendo os ombros, respiro fundo.

— Estou tão feliz.

— Que bom, baby, porque a partir de agora somos eu e você. — Ele pega minha mão e começamos a andar de novo. Um segurança está caminhando atrás de nós, mas quase não o vejo, só alguns vislumbres de vez em quando. Jack está do outro lado da rua. Ele é muito mais fácil de ser notado, porque eu o conheço melhor e posso reconhecer seu corpanzil. Dos outros caras, não faço ideia. Chase disse que eles ficam por perto, cuidando de manter uma distância apropriada para não sentirmos que eles estão invadindo, mas ele sabe que estamos seguros. Eu me sinto completamente liberta do peso que tínhamos em casa.

— Vir para cá, deixar San Francisco, foi a melhor decisão que tomamos. Eu me sinto livre aqui, Chase.

Ele faz um sinal afirmativo com a cabeça.

— Eu também. No momento em que saímos do avião e chegamos à casa nova, havia algo diferente no ar. Parecia simplesmente a coisa certa. — Sorrio e deslizo para o seu lado, enganchando o polegar em um dos prendedores de cinto em sua calça. — Está com fome?

Depois que acordamos, fizemos amor, tomamos banho e então pulamos no pequeno carro esportivo que havia na garagem. Como esse carro chegou ali vai ser sempre um mistério, mas eu aprendi a aceitar que Chase tem dessas coisas. Ele não se preocupa com aluguéis de carro ou planejamento de viagem. É tudo fácil para ele. Mas também, quando se tem tanto dinheiro à disposição, imagino que ter um carro esportivo estacionado na garagem da sua nova casa não seja nada de mais.

— Morrendo de fome — digo enquanto observo as pessoas.

Chase me leva a um lugar com o nome peculiar de Box of Frogs. Trata-se de um café e padaria que fica embaixo de um prédio laranja. Os aromas ricos de canela, açúcar e café me fazem salivar. Entramos no espaço e eu me animo com a variedade de cupcakes perfeitamente decorados.

— Chase, precisamos levar alguns para casa! — Mexo as sobrancelhas. — Você sabe, sobremesa para mais tarde.

Ele dá um de seus sorrisos de encharcar calcinhas.

— Claro, meu doce.

Reviro os olhos. "Meu doce" é o novo termo que ele tem tentado usar. Eu não me importo. Quando ele disse isso, sua intenção foi clara... me lembrar precisamente de que ele acha o meu sabor doce. Então vale a pena.

— Baby, tem uma tonelada de cookies! Você adora cookies. — Aponto para a vitrine.

Ele me abraça pela cintura.

— Adoro mesmo. Vamos ter que levar algumas dúzias.

— Algumas?

Ele encolhe os ombros e eu balanço a cabeça. Somos recebidos por uma mulher com um avental vermelho e um chapéu que eu normalmente relacionaria a velhos que jogam golfe. Passo os olhos pelos homens e mulheres andando pelo café. Todos parecem usá-lo.

— Gostei do chapéu — digo.

— Ah, é o máximo — diz a mulher. — Você parece uma de nós, mas é americana. — Ela sorri, o sotaque irlandês muito forte.

— Estamos aqui para o nosso casamento e lua de mel. Na verdade, nós compramos uma casa aqui perto.

— Ah, a grande, de frente para o mar?

Assinto alegremente.

— Essa mesma.

Ela assobia enquanto Chase coloca um braço em torno do meu peito por trás e se aninha em meu pescoço.

— Fazendo amizade com os locais, baby? — Ele beija meu pescoço.

— Sim.

— O que eu posso oferecer para os pombinhos? — ela pergunta. Percebo que quero encontrar modos de fazê-la falar. Seu sotaque é muito fofo.

— Eu quero um desses scones. — Aponto para a vitrine.

— Vem com geleia e chantili. — Ela aperta alguns botões na caixa registradora.

— Hum, por quê?

Suas sobrancelhas se juntam e Chase ri.

— Baby, é assim que os irlandeses comem scones.

— É mesmo?

— Quando em Roma... — Dou uma risadinha. — Quer dizer, na Irlanda.

A atendente espera pacientemente. Já deve ter atendido americanos antes.

— Tudo bem, e o meu namorado formiga aqui vai querer uma variedade dos seus cookies.

— Biscoitos.

Dessa vez fico confusa.

— Não — aponto para a vitrine —, cookies. Umas três dúzias?

— Vamos levar quatro, baby. Você sabe como eu gosto.

— Você quer dizer *biscoitos* — diz a mulher animada demais, e agora irritante.

Quando estou prestes a corrigi-la de novo, Chase coloca a mão no meu ombro.

— Amor, eles chamam cookie de biscoito.

— E biscoito eles chamam de quê?

— De scone.

Jogo a cabeça para trás.

— Mas é absurdo.

Dessa vez ele encolhe os ombros.

— Não estamos mais no Kansas, Dorothy.

— Obviamente. Espero que eu consiga pegar o jeito das coisas por aqui.

Ele faz nosso pedido de bebidas e me leva para uma mesinha.

A primeira mordida em meu scone torna muito claro por que é necessário comê-lo com geleia e chantili. A massa não tem açúcar, mas com os acompanhamentos fica delicioso. Meu latte de baunilha, por sua vez, vem com a quantidade perfeita de espuma branca, com um desenho de folha adorável. Dou um gole e gemo.

— Vou precisar de mais um desse. — Sorvo um pouco mais do néctar dos deuses.

Chase ri, se reclina e coloca os óculos escuros. Ele veste uma camisa polo azul, um suéter jogado nos ombros e óculos escuros modelo aviador. Estou usando uma saia longa verde-militar, botas de couro marrons até os joelhos e uma blusa de tricô, parte do meu novo guarda-roupa. Nós não fizemos as malas. Chase ligou para Chloe, que já estava na Europa, e pediu que a stylist dela comprasse e nos enviasse as roupas. Uma funcionária na casa daqui removeu as etiquetas e guardou tudo nos armários e gavetas. Então, tecnicamente, Chloe sabe onde estamos, mas, uma vez que ela está na Europa e não foi parte de tudo o que aconteceu, não tem razão nenhuma para compartilhar a informação. E Chase me garantiu que ela não vai fazer isso.

— Você está bonito — digo, pegando o celular de novo. — Dê um sorriso. Preciso de um novo fundo de tela e quero guardar a sua imagem de agora. — Ele me obedece e então decide que quer uma foto também.

Um dos funcionários do café vem até nós.

— Querem tirar uma juntos?

Sorrio para ele e movo minha cadeira para mais perto de Chase. Ele coloca os óculos na cabeça e fica mais próximo de mim. Nós nos apoiamos um no outro, o rapaz tira uma foto e me devolve o celular. Olho para a imagem e percebo como estamos felizes e relaxados. Viro a tela para ele.

— Esta é para guardar — ele diz.

— É, sim — concordo.

Quando terminamos o café da manhã, continuamos nosso passeio por Bantry. Chase vê uma loja de câmeras fotográficas ao mesmo tempo em que vejo uma de antiguidades.

— Quero ir lá. — Aponto para a loja pitoresca e começo a puxá-lo.

— Tem certeza? — Os olhos de Chase apresentam preocupação e talvez mais alguma coisa.

Acaricio sua testa, tirando a incerteza que está sendo exibida.

— Você compra uma câmera para podermos capturar tudo isso. — Aponto para as ruas e vistas bonitas. — E eu vou olhar a loja de antiguidades. Talvez encontre algo para adicionar à nossa nova casa longe de casa.

Ele toca meu rosto.

— Gostei da ideia. — Olha para cima e faz um gesto com a mão. Jack aparece do nada.

— Senhor?

Chase olha para mim e inclina a cabeça.

— A Gillian quer ir até aquela loja de antiguidades enquanto eu compro uma câmera fotográfica. Você pode acompanhá-la, por favor?

— É claro. — Ele balbucia algo em seu pulso e então, mais uma vez como um truque de mágica, os dois homens, que aparentemente estavam mais próximos do que pensei, surgem ao nosso lado. Ele orienta um a ficar na rua e outro a ir com Chase.

— Não devo demorar. Encontro você na loja daqui a quinze ou vinte minutos. Ok? — Ele se curva e me beija suavemente.

— Ok. — Olho para ele, o homem mais lindo que já conheci e com quem vou me casar esta semana. Em alguns dias, na verdade.

Sem nenhuma preocupação, atravesso a rua e Jack me segue rapidamente enquanto entro na loja. O cheiro de pó e flores permeia o ar. Uma senhora de cabelos brancos amontoados em um coque está sentada em uma cadeira de balanço, tricotando uma blusa muito parecida com a que estou usando.

— Entre e dê uma olhada, querida. Talvez você encontre algo do passado que vai enriquecer o seu futuro.

Gosto da ideia, mas não conto para ela. Enquanto vasculho os móveis e bugigangas, encontro uma tapeçaria meio escondida atrás de um espelho ornado com espirais.

— Jack, pode me ajudar a empurrar este espelho? — peço. Ele levanta o espelho com facilidade e o coloca de lado. E o que descubro é uma tapeçaria de dois metros por três com o nó da trindade celta. É azul e verde, assim como a minha tatuagem. — Minha nossa! — sussurro e a mulher levanta a cabeça.

— Vai ficar linda no quarto principal da casa que você acabou de comprar.

Eu me viro.

— Como a senhora sabe que acabamos de comprar uma casa aqui?

A velhinha olha para mim por cima dos óculos.

— Querida, não há muita coisa em Bantry que eu não saiba. Além disso, a casa era cara, eu sabia que um casal de classe provavelmente a compraria, já que ninguém aqui tem dinheiro para isso. Ela ficou vazia por alguns anos. E a população aqui é de somente três mil e trezentas pessoas. Eu passei a vida inteira em Bantry e vou morrer aqui. Conheço todo mundo.

Sorrio e assinto.

— Bem, eu com certeza concordo. Quanto custa?

— Dois mil — ela diz e eu respiro fundo.

Jack olha para mim com olhos duros.

— Pode colocar o espelho de volta — instruo.

— Não antes de pegar a tapeçaria — ele diz, com a voz grave.

Balanço a cabeça.

— Não, deixa pra lá. Mas é linda — digo, alto o suficiente para a mulher ouvir.

— Desculpe, srta. Callahan, mas você está prestes a se tornar a sra. Davis. O Chase vai ficar muito feliz se você comprar algo para acrescentar à nova casa de vocês. — O olhar escuro de Jack sustenta o meu. Pela primeira vez posso ver sinceridade descomprometida nele.

— É muito cara.

— Não é. Para ele é uma ninharia. Ela vai levar a tapeçaria, e eu vou pagar em nome do noivo dela — Jack avisa a velhinha.

— Eu tenho dinheiro. — Franzo a testa e coloco as mãos na cintura.

Jack olha com reprovação.

— É claro, mas, se alguém estiver rastreando seu cartão de crédito e sua conta corrente, vamos ter problemas. Vamos usar o meu cartão.

— Tem razão. — Respiro lentamente.

A velhinha se levanta.

— Acredito que eu tenha outra coisa que pode ser do seu interesse, minha querida.

Eu me viro e a acompanho. Jack permanece próximo, o que é irritante e reconfortante ao mesmo tempo. Ela me leva para um armário alto.

— Ah, desculpe, mas os nossos móveis são todos novos e lindos.

— Não são os móveis que vão lhe interessar, querida. — Ela abre as portas do armário e lá dentro há um vestido pendurado. Um vestido de noiva rendado.

A mulher sorri enquanto coloco a mão sobre a boca e lágrimas enchem meus olhos.

— Eu me casei com o meu Henry usando este vestido há sessenta anos. Foi feito pela minha mãe. Eu o guardei porque o Henry e eu não tivemos a sorte de ter filhos. Ele faleceu há quase dez anos, e não há um único dia em que eu não sinta a falta dele.

— E a senhora venderia para mim? — Uma lágrima escapa e escorre pelo meu rosto enquanto olho para o vestido mais perfeito do mundo. Perfeito para um casamento pequeno em uma igrejinha na Irlanda.

O vestido tem mangas japonesas de renda, decote coração e é justo até os joelhos, onde a renda se abre para dar um pouco de volume. Há um forro cor da pele, e a renda tem um desenho intrincado que me lembra leques que se abrem e se encontram formando uma flor no centro. As costas têm uma peça de renda de dois centímetros para segurar a parte de cima, e depois são recortadas e abertas até a lombar, mostrando o suficiente das costas nuas. Chase vai ficar louco.

— Não, querida — a mulher diz e meu coração se aperta. Eu sei, simplesmente sei que este é o vestido com o qual devo me casar com o homem dos meus sonhos. E então ela me deixa atônita com as palavras seguintes. — Eu vou dar de presente para você.

11

CHASE

— *Oi, baby.* — *Puxo minha mulher enquanto uma velhinha na fren-*te dela fecha o zíper de um porta-vestidos. — Comprou alguma coisa?

Jack dá um cartão de crédito para a mulher e ela olha para mim.

— Então este é o seu rapaz? — Ela me analisa por cima dos óculos. Gillian se aninha em mim e coloca um braço à minha volta.

— É.

— Jovem forte. Grande. — Seus olhos se arregalam enquanto ela observa a minha aparência.

— Ainda fazendo amigos? — Ela assente. — O que você comprou? — Aponto para o porta-vestidos.

Gillian suspira.

— Simplesmente as melhores coisas do mundo.

Seguro seu queixo e olho para ela. Suas bochechas estão rosadas, os olhos verde-floresta. Nunca vou me cansar de olhar para o seu rosto.

— Que são...?

— Uma delas é uma tapeçaria. Da trindade! Você acredita? — Ela aponta para trás e vejo o símbolo. O desenho é bonito, e o artesanato, perfeito.

— É linda. Tenho certeza que vai ficar ótima na nossa casa. Eu sei quanto você ama a trindade celta.

Ela concorda alegremente, pega o celular e tira uma foto.

— Não vejo a hora de mostrar para as meninas. Elas vão morrer! — Então seu rosto se fecha, como se ela tivesse acabado de assimilar o que disse. Eu a puxo de volta para os meus braços e levanto seu queixo.

— Ei, está tudo bem. Eu sei o que você quis dizer. — Deslizo o polegar pelo seu rosto e brinco com seu lábio inferior carnudo. Ela beija meu polegar.

— Aqui está, querida. Vou pedir para um dos rapazes que trabalham para mim entregar a tapeçaria na sua casa amanhã. Eles podem pendurar para você.

Gillian bate as mãos.

— Fantástico!

— O que tem na sacola? — pergunto.

A mulher entrega a roupa para Jack. Ele a trata como se fosse uma carga preciosa.

Gillian meneia a cabeça.

— É o meu vestido de noiva. — Arregalo os olhos e ela assente. — Você não vai acreditar, mas a sra. McMann me deu o vestido de noiva dela. O que ela usou no próprio casamento, há mais de sessenta anos. Chase... é simplesmente... Bem — ela olha para baixo e de volta para mim, os olhos úmidos —, é perfeito.

Viro a cabeça para a mulher.

— Sra. McMann, muito obrigado. Obrigado por colocar um sorriso no rosto da minha noiva. A senhora não sabe, mas tivemos um ano difícil, e o que a senhora está fazendo por ela... significa muito. Se precisar de qualquer coisa, qualquer coisa mesmo, considere feito. — Pego um cartão de visita e o coloco sobre a mesa antiga que ela usa.

— Chase Davis. — A senhora estuda o cartão. — Bem, assuntos de negócios não têm utilidade para mim, mas às vezes eu gosto de jantar fora com novos amigos.

— Certamente. A Gillian e eu acabamos de comprar uma casa aqui. Depois do nosso casamento, vamos vir para cá com mais frequência. Vamos reservar um tempo para passar com a senhora na nossa próxima visita.

— Muito agradecida — ela diz e se vira para Gillian. — Agora venha dar um abraço na sua nova vovó, minha querida.

Gillian coloca os braços em volta da mulher. Ela está mais feliz do que há meses. Eu faria qualquer coisa para manter esse sorriso em seu rosto, e, se esta pequena senhora e sua loja podem fazer isso, vou cuidar para que continue.

— Nós vamos voltar. E obrigado por ter cuidado tão bem da minha garota.

— Faça essa moça feliz, meu jovem.

— Com todas as minhas forças. — Pisco um olho para ela, que pisca em resposta.

Levo Gillian para fora da loja e ela está praticamente pulando de empolgação.

— Você acredita? Eu entrei naquela loja, encontrei uma tapeçaria incrível e uma senhorinha adorável me deu um dos presentes mais especiais da minha vida!

— Conhecendo você e o tamanho do seu coração, eu acredito, sim.

Hoje é o dia. Gillian vai chegar uma hora depois de mim, em uma limusine separada, à Igreja Gougane Barra, na cidade de Macroom. Fica a cerca de trinta minutos de carro da nossa casa em Bantry. A igreja é afastada, ao lado de um lago. A capela é pequena, no meio do campo, tendo como pano de fundo o céu límpido e o lago adorável. Cisnes nadam tranquilamente, e as árvores se agitam na brisa. A igreja é feita de blocos acinzentados que atestam sua origem, remontando ao século XVIII. A construção é pontuda, parecendo um triângulo. Grandes portas duplas vermelhas dão acesso à igreja. O padre desce a curta escada e aperta minha mão.

— Você deve ser o sr. Davis.

— Isso mesmo.

— Eu queria lhe agradecer pessoalmente pela doação que recebemos. A cidade vai fazer boas obras com tamanha contribuição.

Sorrio para o homem.

— Fico feliz em ajudar. É claro que não foi completamente desinteressado, já que o senhor vai celebrar o meu casamento hoje.

— De fato. E quantos convidados devemos esperar? Eu tenho diversos paroquianos e pessoas da cidade prontos para assistir na cerimônia.

Coloco as mãos nos bolsos do meu smoking e olho para o lago, pensando em como isso será pitoresco, desejando ver a expressão de Gillian ao olhar para o lugar.

— Seremos apenas eu, minha noiva e nossos três guarda-costas. Dois deles podem servir de testemunha. Um vai fazer a ronda pelos arredores.

O homem de Deus parece perplexo.

— Eu lhe asseguro, sr. Davis, que a cidade de Macroom e a nossa igreja são muito seguras. Você não precisa de seguranças.

— Tenho certeza de que o senhor está certo. Entretanto, eu aprendi recentemente que segurança nunca é demais. Veja bem, a minha noiva foi raptada no dia do nosso casamento, há quase quatro semanas. Hoje é a nossa segunda chance, e por essa razão não haverá amigos ou familiares assistindo à cerimônia. Só eu e ela. De qualquer modo, eu ficaria feliz com a sua assistência em uma coisa, se possível.

O padre coloca a mão no meu ombro.

— O que quiser, meu filho.

— Se o senhor por acaso conhecer um fotógrafo, eu estou disposto a pagar bem pelas fotos da cerimônia e de nós dois do lado de fora da igreja, perto deste lago incrível. Acredito que a minha noiva e os nossos futuros filhos vão adorar ter uma lembrança deste dia.

O padre enche o peito.

— Meu irmão é o seu homem. Ele vai fazer ótimas fotos. Vou pedir para ele vir.

— Obrigado. — Faço um gesto com a cabeça enquanto ele se vira e entra na igreja. Mentalmente, reviso os votos que quero dizer quando receber Gillian como minha para sempre. No bolso, esfrego o polegar sobre a caixa de veludo e então a tiro. Abro e vejo o anel de diamantes. O sol brilha nas várias pedras que circulam a aliança inteira. É exatamente como eu enxergo Gillian... simples e elegante.

GILLIAN

O vento faz meu cabelo esvoaçar conforme Jack me ajuda a sair da limusine. A vista é diferente de qualquer coisa que eu tenha esperado. Chase se superou. Ele está me dando um casamento na igreja dos sonhos, saída de um conto de fadas, e ele é o príncipe encantado esperando no altar para tomar a minha mão. Nuvens se arrastam lentamente enquanto admiro o lago com seus patos e cisnes encantadores flutuando como um sonho pela superfície. As árvores cercando o lago, as colinas e a igreja pitoresca criam uma atmosfera de fábula. A igreja é pontuda e antiga, muito antiga, com portas duplas vermelhas com ferragens pretas e grandes no topo e embaixo, para segurar seu peso.

Jack dobra o braço e eu deslizo a mão dentro dele.

— Vamos ao casamento? — Ele sorri. Jack Porter, o sr. Brutamontes, sr. Ranzinza, sr. Eu-Não-Gosto-De-Você-Gillian, sorri para mim. De verdade.

— Esse sorriso fica bem em você, Jack.

Ele espreme os lábios, segurando um sorriso largo. Largo!

— Vou tentar me lembrar disso. — Antes de chegarmos ao primeiro degrau, Jack vira para mim. — Olhe, Gillian, eu sempre quis só o que é melhor para o Chase. Ele é mais do que meu cliente. Ele é como um filho para mim.

Coloco a mão no antebraço de Jack.

— Eu jamais vou magoá-lo. Prometo a você. Eu amo o Chase.

O maxilar de Jack fica tenso.

— Eu sei disso agora. — Seu olhar escuro paira sobre o meu por mais um segundo e então ele oferece o braço novamente. — E acho que tem alguém completamente pronto para fazer de você esposa.

Subimos os degraus e entramos na igreja. Um dos nossos guarda-costas está de pé ao lado da entrada. O teto da igreja é cor de pêssego, com colunas brancas curvadas em meia-lua. Várias fileiras de bancos de madeira estão alinhadas, prontas para os convidados que não virão. Por um momento, fico triste pelas meninas, Phil e a família de Chase não estarem aqui, mas tudo desaparece no momento em que ergo os olhos.

Chase.

Ele está no altar, as mãos juntas, esperando que eu caminhe até lá. Jack me solta, atravessa o corredor e fica ao lado de Chase. O que eu não vi antes é a velhinha que está de pé bem na frente. É a sra. McMann, a mulher que conhecemos há dois dias, cujo vestido me serve como se tivesse sido feito para mim. Ter alguém ao meu lado, mesmo que eu não a conheça muito bem, traz lágrimas aos meus olhos. Suas mãos enrugadas vão para o rosto. Um lenço está apertado em uma das mãos fechadas.

Seguro firme o buquê de margaridas que envolvi com um único laço branco. Estou usando o vestido e um anel de safira azul que pertenceu à mãe de Chase na mão direita. É algo azul, algo emprestado e algo antigo, todos em um, como ele me lembrou hoje pela manhã. Perfeito.

Respirando fundo, encaro Chase fixamente enquanto caminho devagar pelo corredor. Não há música, mas eu não preciso de nada. A música é o nosso amor e está nos guiando.

Quando me aproximo, ele pega minha mão e a beija.

— Você nunca esteve mais linda do que neste exato momento. Eu sempre vou me lembrar disso.

O padre diz algumas palavras, pulando as partes que se referem a uma igreja cheia de gente ou a um casal católico, mas nenhuma dessas coisas importa. Não para nós.

— Chase, Gillian, eu acredito que vocês tenham seus próprios votos.

Eu me viro e estendo meu buquê para a sra. McMann.

— A senhora poderia segurar?

— É claro, minha querida. Vai ser uma honra — a velhinha diz e eu sorrio.

Chase segura minhas duas mãos e as leva à boca, dando um beijo em cada nó do dedo.

— Gillian Grace Callahan, eu prometo te amar, apreciar e adorar o chão que você pisa por todos os dias da minha vida. Eu vou lutar todos os dias para ser bom o bastante para uma mulher como você. — Meus olhos se enchem de lágrimas, que escorrem pelas bochechas. Ele segura ambas e eu pouso as mãos em seus quadris. — Quando você chorar — ele vem para a frente e beija cada bochecha —, vou secar suas lágrimas com beijos. Quando você amar — olho profundamente em seus olhos e vejo que eles estão em um tom impressionante de azul —, eu vou te amar em resposta. Eu nunca vou te abandonar, e você sempre vai ser a minha prioridade. Hoje é o primeiro dia do resto da nossa vida como um só. Eu sinto como se tivesse passado a última década procurando a minha outra metade, e agora encontrei você. Você é tudo para mim, baby. Até o infinito.

Ele beija mais uma vez as lágrimas do meu rosto e depois meus lábios.

— Eu adoro o sabor da sua alegria.

E mais lágrimas.

Finalmente me recomponho, respirando fundo.

— Chase William Davis, eu prometo te amar, apreciar e permitir que você adore o chão que eu piso. — Ele ri. Seguro suas mãos e beijo os nós dos dedos, da mesma forma que ele fez comigo. — Eu nunca vou colocar nenhum homem acima de você e do seu amor. Eu quero ser a mulher em quem você confia, aquela para quem você volta no fim do dia, a mulher que carregará seus filhos. Hoje nos tornamos uma família. Uma família de verdade. Não há nada mais importante para mim do que a santidade desse elo. Todos os dias, eu vou fazer o meu melhor para te deixar orgulhoso de ter escolhido passar o resto da vida comigo. Hoje eu me dou a você. De corpo, mente e alma. Por favor, cuide deles — sussurro enquanto as lágrimas caem novamente. Dessa vez miro os olhos de Chase e vejo que eles também estão molhados.

Uma lágrima escorre pelo seu rosto.

— Eu vou cuidar, Gillian. Prometo.

— Acredito que vocês tenham as alianças.

Jack dá o anel de Chase para mim e o meu para ele.

O padre fala:

— Abençoe, Senhor, estas alianças, e que Chase e Gillian possam permanecer em vossa paz e continuar em vosso favor até o fim da vida, em Jesus Cristo, nosso Senhor. Amém.

Nós dois respondemos:

— Amém.

— Pode beijar a noiva — ele anuncia.

Chase toca meu rosto com as duas mãos e me traz para perto. Sua boca cobre a minha, e toda a igreja, o padre, a sra. McMann, Jack e o mundo desaparecem. Somos apenas nós dois. Seu beijo é lento, completo, cheio de tanta felicidade e energia que poderia iluminar uma cidade. Eu o beijo com tudo o que sou, envolvendo os braços em torno do seu pescoço e o segurando pela minha vida. Porque é assim que vai ser estar casada com Chase, ele me segurando pela minha vida. E, não importa o que aconteça, ele sempre vai me manter por perto. Valorizada. Amada.

Finalmente nos afastamos, e Jack e a sra. McMann batem palmas e nos parabenizam.

Chase coloca as mãos no meu cabelo solto. Não prendi porque sei que ele prefere assim.

— Você é minha esposa — ele sussurra, a testa grudada na minha.

— E você é meu marido — respondo.

— Nunca me senti tão feliz na vida. Você me dá isso, baby. A vida. Uma vida que vale a pena viver.

— Eu te amo. — Acaricio seu rosto e o beijo suavemente.

O padre limpa a garganta e Chase sorri em meus lábios.

— Acho que é para nós.

— Acho que sim.

Quando me viro, percebo os flashes. Alguém tira fotos nossas.

— Ele esteve aqui o tempo todo? — pergunto enquanto Chase me leva pelo corredor em direção à luz que vem através das portas da igreja.

— Sim. E agora ele vai tirar algumas fotos nossas perto do lago. Você gostaria disso?

Dou um sorriso enorme e aperto seus dedos.

— Mais que qualquer coisa.

— Então vamos, esposa! — Ele enlaça minha cintura e me levanta nos braços como uma princesa. Jogo a cabeça para trás e rio enquanto ele me carrega para fora da igreja e desce os degraus até o lago. A câmera está clicando insanamente e eu não ligo.

Lá fora, grito:

— Eu sou a sra. Davis!

— Pode apostar! — Chase confirma.

Ele me abaixa quando chegamos à beira do lago. Lá, me segura pelos quadris. Em resposta, coloco as mãos em seus ombros. Parece quase uma dança. A câmera continua clicando, mas eu não me importo. Não haverá nenhuma pose forçada, nada de fique aqui e ali — somente Chase e eu.

— Foi suficiente hoje? Ou você gostaria de ter outra cerimônia quando chegarmos em casa, para poder convidar o mundo e seus amigos?

Balanço a cabeça.

— Não. Isso, nós dois aqui, é mais que suficiente. Você, Chase, sempre vai ser tudo de que eu preciso.

Ele levanta a mão e olha para sua aliança. Os símbolos do infinito são amarelo-ouro, delicados, entrelaçados com a platina do anel.

— Infinito?

Assinto.

— Olhe dentro.

— "Corpo. Mente. Alma" — ele lê. — Olhe a sua.

Tiro a minha aliança e leio a inscrição.

— "Tudo o que eu sou é seu." — Dou um sorriso largo, coloco o anel novamente e pulo em seus braços. Ele me beija, me gira e me abaixa, me beijando de novo.

Quando paramos em busca de ar, Chase puxa minha mão.

— Vamos tirar algumas fotos na frente da igreja e depois ir para casa. Encomendei um jantar para dois de frente para o mar, com música e champanhe.

— Parece divino.

Tiramos mais algumas fotos, agradecemos ao padre pela celebração, à sra. McMann pelo vestido, e Chase paga o fotógrafo. Ele dá ao homem um maço enorme de notas.

— Eu gostaria de comprar a câmera com as fotos. Nós vamos revelar nos Estados Unidos. Dez mil euros são suficientes?

Os olhos do padre, assim como os do fotógrafo, se arregalam. O homem assente, incapaz de falar. Em uma cidade pequena como Macroom, dez mil euros por uma câmera é uma fortuna.

Chase passa a câmera para Jack, que a coloca na parte da frente da limusine antes de abrir a porta.

— Esbanjador — eu o censuro e chacoalho a cabeça enquanto entro no carro.

Chase desliza para o meu lado.

— Não, esposa. Eu só estou garantindo que essas fotos não acabem nas mãos dos paparazzi. Aqui na Irlanda eles não sabem quem eu sou, mas só precisam pesquisar o meu nome e vamos ter companhia. Além disso, essas fotos valeriam muito dinheiro, e não são para os olhos de ninguém além dos nossos. Vamos compartilhar as fotos com as pessoas com quem nos importamos, não com os paparazzi.

Bato o dedo em sua têmpora.

— Sempre pensando.

Ele sorri e me coloca no colo.

— Estou pensando que a minha esposa está muito linda. Estou pensando que gostaria de tirar o vestido dela lentamente e chegar até o seu corpo. Estou pensando em quantas vezes vou fazer ela gozar.

— É mesmo? Parece maravilhoso — digo, me aninhando em seu pescoço e mordendo o tendão. Ele grunhe e aperta meu seio através da renda do vestido. Fico encharcada entre as coxas. — Quantas vezes? — pergunto.

— Muitas, baby. Eu vou fazer você gozar tão forte e por tanto tempo que você vai implorar que eu pare. Mas eu não vou parar. Porque agora a minha missão é saber do que você precisa. Fazer a minha esposa gritar de prazer. Eu pretendo te foder até você desmaiar.

— Que romântico. — Rio entredentes contra seu maxilar, arrastando a boca pela superfície macia.

— Você faz emergir o meu lado romântico — ele brinca e eu me afasto, rindo. — Não, sério, eu só quero fazer amor com a minha esposa a noite toda.

— Bem, a sua esposa acha que é um plano excelente.

12

DANIEL

O prédio está escuro quando entro por uma pequena janela ligada ao depósito do zelador. A janela range e geme enquanto passo deslizando. Ouço música e o som de pés descalços batendo no piso de madeira quando abro a porta para a parte interna do prédio. O palco. Embora seja meia-noite, há ainda um grupo de pessoas aqui. Como suspeitei. Boa notícia: agora tenho certeza de que a puta dançarina está no palco neste instante.

Esgueirando-me pelos cantos escuros, olho para o palco do meu esconderijo. Escolhi me vestir completamente de preto. Até meu rosto está escondido atrás de uma máscara de esqui, me ajudando no objetivo de ficar invisível. Eu poderia estar vestido de rosa-choque que as cerca de dez pessoas no palco não notariam. Elas estão centradas em si mesmas, dançando como fadas de merda. Observar seus músculos se movendo é estimulante, mas só porque vejo exaustão ali. Estão aqui desde manhã. Estou observando Maria, que dividia o apartamento com Gillian, desde que ela chegou. Ela não deixou o teatro. Nem sei se o cretino do diretor trouxe ao menos comida. Fico feliz de pensar que ela esteve aqui o dia todo sem comer nada. Seu sofrimento me faz feliz.

Meus olhos se concentram na beldade alta de cabelos pretos. Ela é linda. Qualquer um pode ver isso. Seu corpo é feito para o pecado, e ela o exibe como a vadia inútil que é. Sempre usando legging apertada e blusa justa, fazendo suas tetas gigantes quase caírem pelo decote, ou, pior, os shorts minúsculos com que ela perambulava pelo apartamento de Gillian, mesmo quando eu estava lá. Era como se ela estivesse exibindo seu corpo para mim, em um convite. Biscate cretina. Como se eu fosse escolher uma dançarina. Dançarina é só um nome bonito para uma mulher que faz striptease. Se aquele homem batendo palmas e apontando, o diretor ou coreógrafo ou qual seja seu título de merda, a mandasse tirar a roupa e pular na frente de todas essas pessoas, ela o faria. Como a porra de uma stripper. Ela não é nem um pouco melhor.

Espiando por trás da porta do palco, caminho pelo longo corredor sem ser notado. Quando chego ao fim, há uma porta que leva ao centro do San Francisco Theatre. Deveria ser um porão, um depósito, mas não é. Foi transformado em um ateliê, onde a amiga hippie costureira de Gillian trabalha. Ela também chegou cedo hoje, porém muito mais tarde que a puta dançarina. Em torno do meio-dia. Deve ser bom trabalhar quando você tem vontade. Vou lhe dar crédito, ela está aqui há doze horas. Embora o que esteja fazendo seja completamente idiota. Figurinos. É um jeito bonito de dizer que brinca de boneca, mas com pessoas de verdade. E eles gostam dessa merda. Pagam para ela fazer roupas. Eles poderiam comprar esses trecos na internet com a mesma facilidade. Que seja.

Lentamente, desço as escadas, entrando em um foco de luzes. Graças a Deus eu verifiquei o lugar antes. Em minutos, estou atrás dos biombos. Movo uma das abas ligeiramente. Lá está ela, inclinada sobre uma roupa, de costas para mim. O brilho suave da luz sobre sua cabeça faz o cabelo loiro reluzir. Música clássica toca no ambiente — algum concerto de piano que eu já ouvi antes e, de fato, até que gosto. Colocando de lado seus gostos musicais, olho para o ateliê. Há uma janela pequena no nível da rua.

Vai ser fácil demais. Do outro lado da janela, preguei um pedaço de madeira na parte de cima e de baixo. Serviu perfeitamente para diminuir a passagem, fazendo-a estreita demais até para uma mulher magra passar.

Com uma última olhada, me esquivo de volta até a porta no fim da escada. Ela está tão concentrada no trabalho que não parece ver ou ouvir quando fecho a porta. No topo da escada, jogo a gasolina que eu trouxe e esparramo o acelerador pelos degraus, como se estivesse pronto para acender a churrasqueira. Isso vai virar um forno. Carne humana queimada. Já posso sentir o cheiro. Me faz lembrar de casa, quando incinerei o corpo dos meus pais.

Depois de encharcar o local, pego a outra lata que escondi e caminho pelo corredor, deixando uma trilha de gasolina. Eu estaria assobiando agora em vista de como isso me deixa feliz. Já posso sentir a temperatura aumentando, se preparando para o fogo. Minhas veias pulsam com a adrenalina; mal posso esperar para ver este prédio arder em chamas.

Com facilidade, chego atrás do palco, onde os dançarinos ainda estão trabalhando. Alguns estão sentados nas laterais. Maria, porém, está com as mãos no chão, as pernas esticadas para o céu na forma de um v. Dois homens a seguram pelas coxas. É um movimento erótico, que só comprova a vadia que ela é. Deixar dois caras segurá-la desse jeito. As mãos deles estão perto demais da xoxota, a cabeça deles nas pernas dela. Eles provavelmente podem sentir o cheiro daquela boceta suja. Tenho pena dos homens que têm que chegar perto dessa puta.

Bom, não por muito tempo. Com o máximo de controle que consigo ter, derramo o resto da gasolina, abro uma garrafa nova de acelerador e enfio um lenço de papel no topo. Um movimento de pulso e meu isqueiro Zippo acende. O mesmo Zippo que usei para botar fogo na minha família e ver aqueles filhos da puta queimarem. Agora vou fazer o mesmo com as amigas biscates da Gillian.

A distância, posso ver os guarda-costas contratados de Maria e Kathleen andando no fundo do teatro. Merda, é melhor eles não chegarem até Kat antes do fogo. Sem tempo a perder, acendo um pedaço de papelão duro e jogo no chão.

Ele adquire instantaneamente uma cor laranja vibrante. Então, vejo o fogo decolar, cortando e iluminando a linha que deixei atrás do palco, direto para o ateliê da puta costureira... ou melhor, o seu túmulo.

Volto facilmente até o depósito do zelador, travo a porta com um cabo de vassoura e me arrasto através da janela. Andando rápido, vou para o prédio ao lado e subo a escada de incêndio até o lugar onde deixei meu binóculo. Ele está apontado para a frente do prédio, me dando uma visão clara da janela, onde ainda posso ver Kathleen trabalhando. Não por muito tempo.

Alarmes começam a tocar instantaneamente. A cabeça de Kathleen se levanta e ela aperta um controle remoto, provavelmente desligando a música. Ela se levanta e vai para a porta. Deve estar quente ao toque, porque ela tira a mão como se a tivesse queimado. Então, corre para a janela e abre. A fumaça já se infiltrou no ateliê. O suor brota em minha pele. Meu pau endurece enquanto a vejo abrir a janela e gritar por ajuda. Ninguém aparece. Eles não podem ouvi-la com os alarmes.

Caralho. Isso é bom demais.

Neste instante, posso ver uns doze dançarinos correndo para a frente do prédio e voando pelos degraus. Maria está lá, gritando para o seu guarda-costas.

O outro segurança volta correndo para dentro do prédio. Tarde demais, imbecil. Ela logo vai ser envolvida pelas chamas. Você nunca vai chegar até ela. Rio e observo Maria tentar correr de volta para o prédio. O guarda a detém. Ela o chuta e lhe dá um soco no rosto. Ele a segura em um tipo de chave de braço e eu me sinto inebriado de entusiasmo pela primeira vez em anos. Eu queria estar mais perto para ouvir a conversa deles, mas pelo menos estou vendo o show.

Levo o binóculo de volta a Kathleen. Ela está se afastando da janela. Estou prestes a ejacular na minha calça. Ela está com um braço sobre a boca. A fumaça está ficando muito espessa. Ela agarra algum tipo de roupa e volta para a porta. Quase posso sentir o calor intenso na pele enquanto a biscate burra de merda faz exatamente o que eu queria!

Aguardando com a respiração lenta, eu a observo segurar a maçaneta com a roupa, virar e abrir. Uma parede de fogo se choca contra a lateral de seu corpo, derrubando-a. Eu dou um salto e soco o ar. Finalmente acabei com uma delas! Quando a minha garota ficar sabendo que a sua puta está morta, vai voltar correndo para a cidade.

No momento em que vejo a fumaça encher o ambiente a ponto de eu não conseguir mais ver Kathleen caída no chão, algo bloqueia minha visão. Me afastando, vejo que é Maria. Ela está gritando na janela. Tenta colocar a parte de cima do corpo para dentro, mas não cabe. Eu rio e observo. Maria vira de bunda e chuta as duas tábuas com os pés descalços. Sério, sua puta, você tem coragem. Aí o guarda-costas de merda a puxa e chuta as tábuas. A janela se quebra, abrindo espaço, e ele remove uma tábua e depois a outra. Só que o cretino é grande demais para passar.

A fumaça que se despeja da janela é preta e raivosa, combinando com minha alma enquanto observo. Maria e o cara brigam de novo. Ela o empurra, deita de bruços no chão e se espreme no buraco. Grita enquanto a parte de baixo da janela corta a pele nua de sua barriga, mas ela não para. Logo desaparece dentro do buraco. Isso pode virar em meu favor. Duas pelo preço de uma. Ela está exausta, tendo trabalhado durante as últimas dezesseis horas. Imagino que não terá forças para tirar a amiga de lá.

Estou errado. Depois de alguns minutos, vejo o guarda-costas tirar o paletó, colocá-lo sobre a janela e abaixar os braços no buraco. Para meu completo desgosto, ele senta no chão, apoia os pés nas laterais da janela e puxa um corpo desfalecido. Kathleen é tirada e deitada no chão. Depois vejo os braços de Maria sendo segurados com força pelo guarda-costas, mas ela não está mais se mexendo. O cara se contorce e grita enquanto a puxa pela janela.

Alguns dos dançarinos notaram e estão apontando e correndo para a parte de trás do prédio, seguidos por dois bombeiros. Um deles levanta o corpo de Kathleen. Vejo que um de seus braços está chamuscado de preto até o pescoço e descendo pelas costelas. Espero que ela esteja morta pelas queimaduras ou pela inalação de fumaça, pois ficou lá por muito tempo. Maria ainda não está se mexendo e sua barriga está coberta de sangue. São dois pesos mortos nos braços dos bombeiros. Seria demais pedir que o meu plano acabasse com as duas de uma vez? Eu já ficaria feliz com uma. Desde que a minha princesa fique sabendo disso, não importa se elas estão vivas ou mortas, ela vai voltar para casa correndo. Essa é minha recompensa absoluta.

GILLIAN

Quando a limusine chega a nossa casa em Bantry, Chase me leva pela mão pelo caminho em torno da construção. Está todo iluminado com lanternas que balançam para nos guiar. Quando chegamos à grama macia atrás da casa, vejo que uma trilha foi feita até o limite da propriedade, perto do mar. O caminho está iluminado com mais lanternas e coberto de pétalas de flores rosa e vermelhas, até uma pequena tenda branca.

— Uau — digo, enquanto ele me leva pelas flores até a tenda. Quando entramos, vejo que é muito maior do que eu esperava, pelo menos trinta metros quadrados. De um lado está a mesa posta para dois, com velas acesas em castiçais de vidro, flores e duas cúpulas de metal cobrindo os pratos. Do outro lado da tenda, há uma cama. Uma nuvem enorme de travesseiros em tons ricos de vinho, dourado e branco. Pétalas boiam sobre o edredom. E essa não é a parte mais incrível. Há uma vista aberta para o oceano. A tenda é fechada em três lados, mas as abas de um estão abertas para proporcionar uma vista exótica de cento e oitenta graus do oceano no meio da tarde.

— C-Chase — gaguejo e ele me puxa para seus braços.

Uma mão me segura pela cintura e a outra toca meu rosto.

— Gostou, sra. Davis? — Já sei que ele vai me chamar de sra. Davis sempre que tiver chance.

— Gostei, sr. Davis. Não acredito que você planejou tudo isso. É... é incrível.

Chase me dá um de seus melhores sorrisos. Do tipo doce, adorável, único. Toco seus lábios, me inclino para a frente e os beijo rapidamente.

— Tudo para a minha *esposa*.

— Gostei da ideia, *marido*. — Eu sorrio e ele me gira como fez na igreja.

— Eu também. Está com fome? — Ele me põe no chão.

— Morrendo.

Chase me leva para a mesa. Há um balde de gelo em um suporte, com duas garrafas de champanhe aninhadas. Ele abre uma e a rolha sai voando para fora da tenda. Nós dois rimos enquanto ele serve o líquido cor-de-rosa efervescente. Espero que seja do mesmo tipo que tomamos no avião. Aquele champanhe era uma explosão de notas frutadas e secas. Levantamos nossas taças, e Chase olha profundamente em meus olhos.

— À nossa eternidade — ele diz.

— À nossa eternidade. — Bato em sua taça. Nós dois damos um gole e eu gemo em deslumbramento com o sabor maravilhoso.

Chase se levanta e caminha até uma mesinha de canto onde um aparelho de som foi colocado. Aperta um botão e a tenda é preenchida com o som de uma voz feminina. É uma cantora de ópera que eu já ouvi antes. Quando ele volta para a mesa, um homem de terno com uma toalha branca no braço entra.

— Senhor, acredito que eu deveria entrar quando a música começasse, certo?

— Sim, obrigado, Colin. Eu gostaria de lhe apresentar a dona da casa, minha esposa, Gillian.

— Muito prazer, sra. Davis.

Sorrio para o homem ruivo, que deve estar próximo dos cinquenta anos.

— Pode me chamar de Gillian.

— Sim, senhora — ele diz, antes de se aproximar da mesa.

— Gillian, o Colin é o nosso caseiro. Ele é o responsável por cuidar de tudo relativo à casa de Bantry. Ele mora com a esposa na casa de hóspedes ao lado da propriedade, descendo a trilha.

Colin sorri e remove as cúpulas de metal dos pratos.

— Senhor, senhora, esta noite temos um filé mignon especial com batatas amanteigadas, legumes frescos da nossa horta e um molho que a minha cara-metade prepara em ocasiões especiais.

— A sua mulher preparou o jantar?

O homem reluz de orgulho, o peito inflado.

— Sim, senhora. Minha Rebecca é uma chef experiente. Ela vai preparar todas as refeições quando vocês estiverem em Bantry. E está ansiosa para conhecê-la.

— Eu também. Obrigada, Colin. Por favor transmita a ela os meus cumprimentos.

Ele assente e se inclina para trás.

— Alguma outra coisa, senhor? — pergunta para Chase.

— Você deixou a sobremesa e os talheres lá? — Chase aponta para um lado da tenda que ainda não vi.

— Sim, senhor. Espero que não se importe: a minha esposa encontrou um topo de bolo encantador. Por favor, considerem um presente nosso para vocês. Esperamos servir sua família durante muitos anos.

Chase levanta e aperta a mão de Colin. Depois, dá um tapinha em seu ombro e o aperta.

— Obrigado, meu bom homem. É só isso até o café da manhã. Por favor, peça para a Rebecca prepará-lo no jardim de inverno, mas não muito cedo. — Ele abre um sorriso largo, e eu fico vermelha.

Colin também enrubesce, limpa a garganta e mantém o sorriso. Então se curva para mim.

— Espero que a sua primeira noite como marido e mulher seja tudo o que esperam. Nos vemos pela manhã. Com a sua licença.

— Obrigada, Colin. Está tudo perfeito. Por favor, agradeça por mim à sua esposa.

Ele anui e sai.

Em vez de comer, eu me levanto com um salto e corro para a mesa do bolo. Chase ri do meu entusiasmo e vem para me abraçar por trás. Um bolo de duas camadas está ali, branco com espirais elaboradas e símbolos celtas entrelaçados. No topo há um coração de cerâmica com duas mãos segurando-o e uma coroa em cima.

— É um *claddagh*. — Toco a cerâmica fria.

Chase me abraça forte.

— O que significa?

Aperto seus braços em torno da minha cintura, me pressionando em seu peito.

— É um símbolo irlandês tradicional de amor, lealdade e amizade. As mãos representam a nossa amizade, o coração, o nosso amor, e a coroa representa a nossa lealdade infinita um ao outro.

— Então é perfeito.

Eu me viro em seus braços e o trago para perto.

— É mesmo. Tudo hoje está sendo perfeito. Obrigada por me dar o meu casamento dos sonhos. Eu não poderia ter imaginado melhor.

Ele beija minha testa e depois meus lábios suavemente.

— Eu também não. Agora vamos comer. Você vai precisar de força.

Sorrio e ele me leva de volta à mesa. A carne é macia e de dar água na boca, as batatas estão temperadas à perfeição, e os legumes estão crocantes e mergulhados no molho especial delicioso que a esposa de Colin fez.

— Esta é a melhor coisa que já comi na vida.

Chase mastiga e assente, depois dá um gole longo no champanhe.

— Também acho. Talvez possamos levar o Colin e a Rebecca para San Francisco.

Meus olhos se arregalam e meu queixo cai.

— Você mandaria o Bentley embora?

Chase ri e se recosta na cadeira.

— Não, mas eu adoraria desafiá-lo.

Chacoalho a cabeça e passamos o jantar todo falando sobre a cerimônia, a igreja, a cidade e a beleza deste lugar.

De vez em quando vejo Chase girando o anel em seu dedo com o polegar.

— Você está desconfortável com a aliança? — pergunto, dando um gole do champanhe mais delicioso do mundo. Que, aliás, está me deixando meio alta.

— Nem um pouco. Para a minha surpresa, eu gosto de sentir o peso da aliança. Saber que sou casado com você me traz estabilidade.

Sem poder mais ficar longe dele, eu me levanto, vou para o seu lado da mesa e me jogo em seu colo.

— Aquela cadeira não estava mais te servindo? — Ele se inclina e começa a dar beijos em todo o meu pescoço.

— Esta aqui é muito mais confortável. — Enfio os dedos entre as camadas do seu cabelo. Sua boca faz uma trilha descendo pelo meu pescoço até os seios, que estão saltando do decote coração.

Chase grunhe em meus seios.

— Sabe, Gillian, quando você entrou na capela, eu quase mordi a língua. Ver você neste vestido, caminhando para mim, me escolhendo como marido...

— Ele meneia a cabeça e morde meu seio. Em resposta, um gemido escapa dos meus lábios. — Eu nunca vou conhecer nada mais encantador que você. Baby, você tem o poder de me derreter.

Com essas palavras, abro a boca sobre a dele e o tomo em um beijo profundo. Nossas línguas deslizam e escorregam uma na outra até Chase se levantar. Ele me vira de costas, afasta meu cabelo longo e abre os dois botões que seguram a renda em meu pescoço. O vestido desliza delicadamente pelas minhas curvas em uma poça no chão. Saio de dentro dele, Chase o pega instantaneamente e o deixa sobre a cadeira em que eu estava jantando.

Viro de frente e fico lá, vestida apenas com uma calcinha de renda fio dental. Seus olhos ardem de calor e fome. Meus mamilos se tornam duros e eretos quando a brisa fria do ar oceânico toca minha pele nua.

As narinas de Chase se abrem e ele inspira o ar duramente. No que parece a velocidade da luz, tira o paletó e a gravata-borboleta. O cinto é o próximo. Simplesmente fico ali, observando-o se despir. É a experiência mais fascinante e excitante ficar parada, quase completamente nua, enquanto o homem de todas as minhas fantasias mais profundas tira a roupa. Sua calça é aberta e posso ver seu pau esticando o tecido da cueca. Em seguida, ele passa para a camisa, abrindo cada botão. Eu observo, com a atenção presa a essa tarefa normalmente simples, mas que agora se tornou uma das performances mais excitantes que eu já vi.

Quando a camisa está completamente desabotoada, ele a tira, revelando as placas duras de músculo. Seu abdome se dobra e se move, me fazendo querer lamber cada centímetro de pele exposta, e eu pretendo fazê-lo. Ele é meu marido agora, e eu posso fazer o que quiser com ele.

— Eu gosto disso, baby — ele ruge e percebo que eu disse a última parte em voz alta. — Gosto de ouvir você me chamando de seu marido.

Sorrio e deslizo os dedos para os lados da minha calcinha minúscula. Estou prestes a abaixá-la quando ele me detém.

— Não faça isso. Quero tirar a calcinha da minha esposa. — Seus olhos ardem tanto de desejo que ele poderia me cegar.

Sua calça e a cueca boxer caem no chão em uma pilha. Ele as chuta de lado, sem tomar o cuidado que teve com meu vestido. Ficamos de pé olhando um para o outro — só olhando, apreciando o desejo cru que preenche o espaço à nossa volta.

— Eu nunca vou conhecer uma beleza como a sua — ele sussurra, e soa como uma oração.

— Vai, sim. Você a vê no espelho todos os dias — digo, querendo que ele saiba que o acho igualmente maravilhoso.

Como se estivesse em câmera lenta, ele se aproxima de mim. Quando chega perto, uma mão agarra a minha nuca e a outra o meu quadril, e é aí que ele gruda nossos corpos. Depois toma minha boca em um beijo selvagem — lábios, dentes e língua. Suga meus lábios e minha língua em sua boca repetidamente, me deixando louca com a necessidade carnal de me possuir.

— Eu preciso te amar com força nessa primeira vez. Quero que você fique perdida em mim... em nós.

Eu gemo, afastando os lábios dos dele.

— Sim, eu quero você, quero tudo o que você tem para dar. É tudo meu agora.

Ele grunhe e me leva para a cama, onde flutuo em uma nuvem de travesseiros macios. Ele levanta e abre minhas pernas, e então sua boca está sobre o tecido minúsculo da minha calcinha. Me lambendo sobre o tecido, esfregando a textura contra o meu clitóris.

— Eu vou encharcar essa calcinha, depois vou arrancá-la e guardá-la comigo. Assim, a qualquer momento que eu quiser, vou poder sentir o cheiro da sua boceta doce na nossa noite de núpcias.

— Caramba, Chase, as coisas que você diz... — Perco o ar quando ele morde meu clitóris através do tecido, e estou tão excitada que só isso já é suficiente. Agarro seu cabelo e me esfrego em seu rosto em meu primeiro orgasmo. Ele não para, mordendo e lambendo, me destruindo com cada movimento em meu sexo até o orgasmo terminar. Como prometeu há alguns momentos, ele tira minha calcinha e a coloca na mesinha perto da cama.

— Guardando — ele diz e coloca a boca sobre meu sexo novamente, enfiando a língua no fundo da fenda. Movo os quadris para cima e ele os segura.

— Caralho! O seu creme é delicioso demais. E. Todo. Meu. — Ele segura minhas pernas bem abertas, usando os polegares para abrir mais as pétalas do meu centro e se acomodar ali. Olho para baixo no instante que ele enfia a língua profundamente e começa a tremulá-la dentro de mim. Isso envia arrepios de êxtase pela minha pele, a ponto de me deixar sem fôlego.

O prazer está vindo à tona novamente.

— Chase, eu preciso de você dentro de mim. Vou gozar de novo.

13

CHASE

— *Chase, eu preciso de você dentro de mim. Vou gozar de novo.*

Sua voz parece quase dolorida. Eu gosto disso mais do que posso admitir. Saber que a minha mulher precisa do meu pau dentro dela — tem algo nisso que vai até a raiz da minha masculinidade. Como um chamado que só eu posso atender.

Eu a deslizo para o alto da cama e empurro seus joelhos para cima, bem abertos.

— A minha esposa precisa do meu pau?

Ela geme e sua cabeça cai de um lado a outro.

— Chase... — ela implora, e é o som mais lindo do mundo.

— Fala. Fala que precisa do pau do seu marido. Me diz que você quer ser possuída — eu rosno e aperto só a ponta do meu membro em seu clitóris, girando os quadris para fazer uma espiral bem gostosa.

Ela perde o ar e levanta a pelve, pedindo mais.

— Eu quero... — Ela perde o ritmo, focando meu pau, que aperta seu clitóris.

— Ah, não, assim não — ralho e coloco só a coroa da minha ereção no calor apertado da sua boceta. — Me diz o que você quer. Eu quero ouvir.

— E-eu quero que o meu marido faça amor comigo.

Essas palavras, embora não sejam o que eu lhe pedi que dissesse, são muito mais honestas do que eu poderia esperar. Empurro suas pernas mais para trás, em direção a suas axilas, segurando-a por trás dos joelhos, centralizo meu pau e a penetro bem devagar. As paredes do seu sexo grudam em minha ereção enquanto deslizo para dentro. Quando estou bem fundo, mexo os quadris e seus olhos se abrem, encontrando os meus. Estão mais verdes que as colinas da nossa casa em Bantry.

Afastando-me, tiro meu membro quase por completo. Ela fecha os olhos em êxtase e abre novamente. Sua boca se abre, buscando ar, e eu meto até o fim. Isso — fazer amor com a minha mulher —, isso é o nosso lar. Quando nos unimos desse jeito, não importa onde estamos, porque, desde que sejamos nós dois, sempre vamos estar no lugar certo.

— Eu te amo, Gillian Davis — digo, fechando os olhos e marretando dentro dela repetidamente. Ela aceita. Duro. Suave. Ela sempre me deixa marcar o ritmo e tomar o que quero de seu corpo do jeito que eu preciso.

Agarro suas pernas, puxo-as em volta da minha cintura e a levanto. Ela engancha os pés atrás de mim e eu a seguro pela nuca, de forma que possa mergulhar a língua profundamente em sua boca. Ela geme, provavelmente sentindo seu gosto. Isso eleva seu desejo às alturas. Tirando a mão de sua cabeça, agarro sua cintura. Curvo o outro braço em suas costas e pego seu ombro, aderindo-a a mim em uma posição sentada. Ela está presa ao meu pau, e, quando eu a levanto e a desço novamente, ela grita, sua boceta se agarrando a mim como uma prensa.

— Caralho — ela diz um palavrão e isso me excita ainda mais. Minha mulher raramente diz palavrões, e ouvir um sair de sua boca significa que ela está perdendo o controle. Ela está se perdendo em nós. Exatamente o que eu quero.

Eu a deslizo pelo meu pau e então levanto os quadris ao mesmo tempo em que a puxo para baixo.

— Tão duro — ela diz, sem ar. — Tão cheia... Eu não aguento. — Ela se cola em meus ombros e eu a inclino um pouco para trás, fechando a boca em torno de seu mamilo duro e o mordendo. Seu sexo fica impossivelmente molhado, jorrando, enquanto chupo longamente e com vigor o seu bico doce. — Chase — ela alerta com um pequeno miado, o corpo tremendo com o esforço de encontrar a libertação.

Eu a deito de volta na cama e cubro seu corpo com o meu, entrelaçando nossos dedos ao lado de sua cabeça enquanto meto fundo meu pau e minha língua.

Quando me afasto, seus olhos estão abertos, vidrados e cheios de lágrimas.

— Meu Chase, meu amor, meu marido. — Uma lágrima escorre pelo seu rosto e eu a beijo, adorando o gosto da sua felicidade.

— Minha Gillian, meu amor, minha esposa — repito suas palavras, fecho os dedos com força e, com tudo o que tenho, levo minha mulher e a mim mesmo além do limite, em movimentos lentos e constantes. Não é forte e rápido como eu pensei que precisássemos. Não. É lento e bonito. Fazer amor com a minha mulher na nossa noite de núpcias é a melhor experiência sexual da minha vida.

※

Depois que a limpo, eu lhe entrego uma camisola de seda creme que vai até o meio das coxas e um robe que estava pendurado no canto da tenda. Visto uma calça de pijama da mesma cor e tecido.

— Combinando? — ela diz, com um sorriso pretensioso. Gillian já sabe que eu gosto de estar unido a ela em todas as coisas, mesmo que sejam roupas de dormir.

— Algum problema? — Mexo as sobrancelhas, desafiando-a a falar qualquer coisa sobre isso.

Ela balança a cabeça.

— Não, eu gosto. — Então coloca a camisola e o robe, depois me dá um abraço. — Você sabe que acabou de virar o meu mundo de cabeça pra baixo, né?

Lambo os lábios, ainda sentindo o gosto dela na língua.

— E planejo fazer isso pelo resto da vida, baby.

Ela me agracia com seu sorriso doce e então vai até o bolo.

— Quer cortar o bolo e tomar champanhe na cama? — Seus olhos se iluminam como se ela tivesse acabado de ver a oitava maravilha do mundo.

— Com certeza.

Sentado ao lado do aparelho de som, espio a câmera. Eu a pego e tiro uma foto do nosso bolo de casamento, sabendo que é algo que ela gostaria de guardar. Então viro a câmera para ela e tiro várias fotografias.

— Chase! — Ela bate o pé. — Estou com cabelo de sexo!

Abaixo a câmera.

— Eu sei. — Dou um sorriso largo e aponto a câmera novamente para seu rosto lindo. Ela está iluminada por trás pelo oceano. O cabelo vermelho está, de fato, muito bagunçado e extremamente sexy. Por fim ela solta o ar, olha para mim e sorri. Essa é a foto que eu vou imprimir e colocar na minha mesa no trabalho. Quero ver essa expressão em seu rosto todos os dias.

— Tudo bem. Então, como manda a tradição, vamos cortar o bolo juntos e servir um para o outro.

Pego a faca e lhe passo. Ela a segura, eu cubro sua mão e juntos cortamos o nosso bolo de casamento. Ela serve um pedaço gigante, que eu sei que não vai aguentar comer, mas não digo nada.

Quando o bolo está no prato, ela corta dois quadradinhos e pega um deles.

— Agora você pega o seu. E não ouse esfregar na minha cara.

Penso por um minuto e decido não esfregar o bolo na cara dela, porque tenho uma ideia melhor.

Damos o pedaço um ao outro, e a explosão de limão e baunilha é fantástica.

— Que delícia — ela balbucia, dando outra mordida. Ainda estou com o bolo grudento nos dedos. Com a outra mão, trago-a para perto, abro seu robe e o deixo cair no chão. — Ei, acabei de vestir — ela resmunga.

Com um dedo, empurro a alça da camisola para o lado. Seu seio grande fica à mostra e eu limpo o resto da cobertura dos meus dedos na pele rosada. Ela perde o ar quando me inclino e lambo o doce de seu mamilo voluptuoso, que enrijece e se alonga sob a força da minha sucção.

Eu me afasto e lambo os lábios, subo a alça novamente e encaro seu olhar de desejo.

— Fica melhor em você — comento.

Sua cabeça cai para o lado.

— É mesmo? — ela diz e enfia o dedo na cobertura, tira um bocado e passa no meu peito. Então traz sua língua cor-de-rosa para minha carne e segue em frente. Chupa com força, lambendo em torno do meu mamilo. Eu gemo, segurando-a perto de mim. Ela se afasta, enfia o dedo na cobertura de novo e espalha o creme no meu outro mamilo, repetindo a ação. Em segundos, meu pau está duro, apertando o tecido acetinado entre nós.

Novamente, ela pega uma quantia grande de cobertura, mas dessa vez não a coloca em meu peito. Não. Ela fica de joelhos, abaixa minha calça e espalha a cobertura branca por toda a cabeça da minha ereção. Antes que eu possa reagir, sua boca está me cercando e minhas mãos estão em seu cabelo. Ela não tem pressa, lambendo a cobertura, girando a língua em torno da ponta antes de me tomar profundamente. Raios de prazer atravessam meu pau, subindo pela pelve, se espalhando pela parte de baixo das minhas costas, então se retorcem ali, com o desejo, a necessidade de fodê-la.

Agarro com força seu cabelo, puxando as raízes. Ela está chupando tão forte que não tenho escolha além de meter em sua boca. Ela inclina a cabeça, relaxa o maxilar e então eu estou todo lá, no fundo da sua garganta. Rapidamente me afasto e ela protesta, choramingando. Enfio meu pau de novo e ela engole. O músculo de sua garganta aperta a minha coroa sensível com tanta força que sinto meu saco enrijecer, pronto para jorrar.

— Baby, eu vou gozar na sua garganta. Você me chupa bem demais, eu não aguento.

Gillian geme em meu pau e puxa meus quadris. Esse é o sinal de que ela quer que eu foda sua boca. Agarrando sua cabeça com ambas as mãos, começo um ritmo contínuo, enfiando no fundo de sua garganta, depois recuando um pouco, deixando que ela se acostume. Ela engole toda vez que chego ao fim, e eu estou me perdendo. Sua boca é macia demais, quente demais e excepcionalmente apertada para colocar em palavras.

— Caralho! — Meto fundo. — Mulher — *impulso* —, você — *impulso* — me — *impulso* — domina. — Seguro meu pau no fundo da sua garganta enquanto meu gozo é derramado em sua boca. Jorro em grandes quantidades, até estar tremendo com o esforço de permanecer de pé. Gillian engole tudo, se afasta e lambe minha extensão, que está ficando mole.

— Você tem razão. O bolo tem um gosto melhor em você. — Seus olhos inocentes estão brilhando enquanto eu a levanto de volta em meus braços e chupo sua boca.

Finalmente eu me afasto, precisando de ar.

— Caramba, mulher, você acaba comigo.

— Espero que isso não aconteça pelos próximos setenta anos. Agora, podemos ficar abraçadinhos na cama com o nosso bolo de casamento? — Ela lambe os lábios, fazendo meu pau despertar. Eu me abaixo, visto a calça e lhe entrego o pedaço gigantesco de bolo.

— É para nós dois?

Ela olha para o pedaço, franzindo a testa.

— Precisa ser?

Seu sorriso doce me derrete. Jogo a cabeça para trás, rio e corto um pedaço do bolo para mim, encho nossas taças de champanhe e volto para a cama com a minha esposa.

Passamos uma hora conversando sobre nada e tudo ao mesmo tempo, comendo bolo, nos beijando, tocando, desfrutando um do outro.

Quando a noite cai, faço amor com ela ao som das ondas do mar batendo nos penhascos. Então, carrego seu corpo e a levo para o nosso quarto oficial dentro da casa, pois vai estar frio demais para dormir lá fora, mesmo abraçados. Ela não se move enquanto desço o caminho iluminado.

Colin está aguardando à porta, segurando-a aberta.

— Tudo certo, senhor?

Olho para o presente mais precioso que já recebi.

— Tudo perfeito, Colin. Obrigado. Estou levando a minha mulher para a cama. Vamos acordar tarde amanhã.

Ele fecha a porta, eu carrego minha carga para o nosso quarto e a coloco no centro da cama. Desembrulho seu corpo nu como um presente. Posso ver as marcas dos meus dentes pela superfície aveludada de seus seios, os vergões do atrito em suas coxas, onde minha barba por fazer arranhou a carne cremosa. Ela já me disse que adora ver as marcas de quando fazemos amor, e nesse momento concordo plenamente. Elas estão apenas na superfície, e foram feitas com extremo prazer e adoração. Como os leves arranhões de suas unhas, que sinto nas costas, e o chupão que ela deixou na reentrância do meu quadril. Seu lugar favorito.

Lentamente, eu a coloco embaixo das cobertas. Ela suspira como em um sonho e sussurra "Te amo, Chase", adormecida. Grudo meu corpo nu ao dela por trás, empurro uma de suas pernas para a frente para que possa colocar a minha entre elas e ajeito meu braço entre os dela, segurando um de seus seios grandes. Eu aperto e ela geme. Mesmo dormindo, ela me quer. Dá um nó na cabeça.

— Hoje foi o melhor dia da minha vida — sussurro em seu ouvido.

Ela emite um som e repete: "Te amo, Chase".

Dou risada em seus cabelos e fecho os olhos. Com minha esposa presa na segurança dos meus braços, posso finalmente descansar.

GILLIAN

— Aonde vamos? — Chase pergunta enquanto segura minha mão na limusine.

Eu sorrio e me apoio em sua lateral.

— Você vai ver. Eu falei que era surpresa.

Ele leva minha mão até os lábios, dá um beijo nela e a coloca em sua coxa. São cerca de trinta minutos até o nosso destino, e, quando saímos do carro, Chase olha para a placa e depois para mim. Em cima de uma loja de artigos de segunda mão, há um lugar com o nome Raven Tattoo Studio, bem no centro de Cork, na Irlanda.

— Humm, eu perdi alguma coisa? Você não precisa comprar nada usado, baby. — Seu cabelo escuro esvoaça com a brisa, me deixando com vontade de correr os dedos pelos fios. Ele levanta os óculos aviador. O azul de seus olhos me arrebata e eu esqueço momentaneamente o que estava pensando.

— Hum, não é isso. Veja a placa no segundo andar. — Aponto para o logotipo branco, vermelho e preto com letras entrelaçadas.

Chase respira fundo.

— Você deve estar brincando.

Dou um sorriso largo e puxo sua mão.

— Não. Nem um pouco.

— Baby, você não precisa marcar essa sua pele perolada. Eu gosto dela assim. — Ele passa o polegar sobre o meu ombro nu. Vesti uma regata para que fosse fácil fazer o que planejei.

Sem responder, agarro sua mão, abro a porta e subo a escada. Uma mulher miúda com o cabelo roxo arrepiado e mais argolas no rosto do que pensei ser possível nos recebe. Se ela não tivesse essas peças escondendo seus traços, seria linda. Desse jeito, ainda é bonita, e provavelmente um arraso para quem gosta desse estilo.

— Eu tenho um horário com o Raven. Meu nome é Gillian Davis — digo, indiferente, e Chase me agarra por trás, se aninhando em meu pescoço.

— Adoro ouvir o seu novo nome, baby. Me deixa duro. — Ele aperta a grande prova de sua afirmação na fenda da minha bunda. Sinto o calor de seu membro carnudo através do meu jeans, e isso me deixa molhada. Eu me jogo para trás rapidamente, lhe dando um empurrão para que ele perceba o que quero dizer. Ele definitivamente não percebe.

— Agora não — alerto e ele ri enquanto olho ao redor para ver se ninguém percebeu nada.

Jack nos seguiu até o estúdio de tatuagem, mas não disse uma única palavra. Ele olha pela janela, vasculha a área, basicamente fazendo uma cara ameaçadora para qualquer um que ouse olhar em sua direção.

Um homem forte sai de uma sala ao fundo. Seu cabelo é escuro como a noite e encaracolado, me fazendo lembrar das ondas de ébano de Maria. Ele é alto, ainda mais que Chase; deve ter pelo menos um metro e noventa e cinco. Os olhos, tão escuros quanto os cabelos, se viram para mim. Estremeço com o olhar intenso. Em menos de um segundo, Chase está deslizando o braço em torno da minha cintura e reivindicando sua mulher diante desse homem divino. Há músculo sobre músculo visível através do algodão fino de sua camiseta branca, que faria qualquer mulher babar.

— Você é a Gillian? — ele pergunta, com uma voz grossa que alcança meu peito e espirala até fazer meus dedos dos pés se curvarem. Caramba, esse cara é incrivelmente gostoso. Não tanto quanto o meu marido, mas daria um bom segundo lugar.

Chase dá um passo à frente.

— Esta é a sra. Davis. — Ele estende a mão. — E eu sou o marido dela.

— Raven. — Ele dá um aperto de mão forte. Percebo que seu braço surpreendentemente não é tatuado. Me faz pensar onde estão todas as suas tatuagens.

— Bem, parece que a minha mulher marcou um horário com você. Embora eu não saiba exatamente por quê.

— Aquilo que conversamos pelo telefone? — Seus olhos brilham quando ele se dirige a mim, e eu faço um gesto afirmativo com a cabeça.

O olhar de Raven vai para o de Chase, que é duro como aço enquanto ele segura meu quadril possessivamente. Raven sorri.

— Entendo. Ei, cara, se eu tivesse uma esposa como ela, não teria me separado duas vezes.

Essa informação não solicitada não faz Chase me soltar nem um pouco.

— Você tem certeza de que quer fazer isso? — ele me pergunta.

Assinto rapidamente.

— Não vejo a hora. — Fico na ponta dos pés e lhe dou um beijo sensual. Ele usa a oportunidade para tocar minha bunda, apertando sua ereção em minha pelve. Eu o empurro. — Tudo bem, eu volto logo.

— Deve levar só uns vinte minutos. Vem, linda. — O tatuador faz um gesto para mim e Chase rosna.

— Eu vou com você. — Seu maxilar está tenso, e o músculo que eu tanto amo está se mexendo como uma bomba-relógio.

Paro no meio do caminho e dou meia-volta, meu cabelo voando atrás de mim.

— Não! É um presente para você. Eu quero que seja surpresa. — Olho para ele com olhos suplicantes.

Ele fala entredentes:

— Me diz que não vai tirar a calça nem abrir um único botão.

Faço uma cruz sobre o meu coração e digo:

— Eu juro.

— E você vai ficar com a blusa. — Seu tom é um aviso baixo.

— Hum, claro. — Sorrio e ele resmunga.

— Gillian, eu não vou permitir que outro homem coloque os olhos ou as mãos em cima da minha mulher. — Ele segura meus quadris, os dedos afundando na carne. Normalmente isso me excita, mas agora é bem irritante.

Seguro seu rosto em ambas as mãos e me inclino bem próximo dele.

— Confie em mim.

Ele fecha os olhos e respira fundo.

— Jack — diz, rosnando —, vá com ela.

Eu me encolho e abro a boca para protestar. Ele coloca dois dedos sobre meus lábios.

— Eu só concordo se for assim. Não é negociável.

Apertando os dentes, miro seus olhos azuis e vejo que estão puro fogo. Ele não está nada feliz com essa ideia. Só espero que ele fique feliz com o produto final.

— Ok, combinado.

Ele nem sorri, se limita a mexer o queixo, tenso.

— Vem, boneca. Eu não tenho o dia todo — o tatuador diz.

— Cara, você não tem medo do perigo? — pergunto, me virando e olhando para ele, mas encontro Jack com o homem contra a parede, sua mão presa na garganta de Raven. — Jesus Cristo, solte o cara, Jack! — grito.

Jack fala diretamente no rosto do homem, a apenas alguns centímetros. Sua voz é baixa e seu tom, mortal, enquanto ele pronuncia um alerta.

— Não fale com a sra. Davis dessa maneira. Você vai respeitá-la e fazer a tatuagem que ela quer o mais rápido possível para que a gente possa ir embora. Você vai receber quatro vezes o valor da tatuagem para manter os olhos no desenho e não no corpo dela. Entendeu?

Raven assente no pequeno espaço que Jack permite entre suas mãos apertadas no pescoço do homem.

— Fico feliz que tenhamos nos entendido. — Jack o solta e ele cai contra a parede. O sr. Brutamontes arruma o paletó, deixando o coldre de sua arma claramente visível para o tatuador. Como esperado, os olhos de Raven se arregalam, ele arruma a postura e faz um gesto, me chamando para os fundos.

— Vamos, sra. Davis.

Eu o sigo e olho para trás. Chase já está andando de um lado para o outro, resmungando para si mesmo.

— Deite na maca e me mostre onde você quer a tattoo. Tenho tudo pronto — diz Raven.

Eu me deito e levanto a camiseta, dobrando o tecido sobre meus seios. Provavelmente dá para ver a parte de baixo do meu sutiã de renda, e só. Jack olha para mim e fecha a cara. Aponto para minhas costelas, logo abaixo do seio, do mesmo lado do coração.

— Bem aqui.

Raven coloca um pedaço de papel sobre o local, aperta-o e depois remove metodicamente. Ele me passa um espelho, eu o seguro e olho para baixo a fim de ver a tinta transferida para minha pele.

— Perfeito. Vamos em frente.

Ele pega um banco e sua máquina e começa a trabalhar. No minuto em que a agulha toca minha pele sensível, eu me seguro, aperto os dentes e espero a ligeira pontada de dor se transformar em euforia. Não leva muito tempo. Senti a mesma coisa quando fiz a tatuagem da trindade no pulso com as meninas. Elas todas pensaram que eu seria a molenga, mas no fim eu mal me mexi. A parte colorida doeu mais que o contorno preto, mas esta aqui é toda preta.

O som da máquina me leva a um estado hiperalerta. Raven é, de fato, muito profissional. Ele está cem por cento concentrado no desenho e não na minha barriga nua ou na renda do meu sutiã. Em dado momento, ele levanta os olhos pretos para mim.

— Tudo bem?

Faço um sinal positivo com a cabeça. Jack se move perto do pé da cama, observando cada movimento de Raven como se fosse um pai superprotetor, e não um guarda-costas. Posso imaginar como Chase está na sala de espera. A ideia me faz rir, e os olhos de Raven se arregalam e suas sobrancelhas levantam.

— Alguma coisa engraçada?

— Estou só pensando que o meu marido deve estar enlouquecendo lá fora. — Passo os olhos em Jack, que ainda está de cara feia. Apenas os cantos da boca sobem um pouco, como se ele estivesse se esforçando para não sorrir.

Raven ri.

— É, eu já vi homens protetores, mas ele ganha o troféu. Contratar um guarda-costas para você... — Ele faz um gesto em direção a Jack. — Vocês se casaram ontem? — pergunta, enquanto afunda a agulha em minha costela. Estremeço momentaneamente e respiro fundo. — Tudo bem?

— Sim, tudo certo. Era para a gente ter se casado há um mês, mas alguns incidentes infelizes atrapalharam. Então viajamos sem contar a ninguém e casamos na Igreja Gougane Barra, aquela pequena na beira de um lago. Foi mágico. — Eu me lembro de Chase me girando, meu vestido voando na brisa depois de termos jurado nosso amor um ao outro.

— Igreja Gougane Barra? — Ele assobia. — Deve ter custado uma fortuna. O lugar é tombado agora. Tenho certeza que eles normalmente não deixam as pessoas se casarem lá.

Sorrio e me encolho de novo em um local particularmente dolorido.

— Meu marido tem uma situação confortável.

Ele olha para o guarda-costas e de volta para mim com um sorriso.

— Eu imaginei. Vocês vão voltar logo para os Estados Unidos?

— Espero que não. Compramos uma casa em Bantry e planejamos passar a lua de mel aqui por um tempo. Depois vamos voltar para San Francisco.

— Nunca estive lá. — Raven encolhe os ombros.

— Em San Francisco?

Ele faz um sinal negativo com a cabeça.

— Não, nos Estados Unidos. Espero ir um dia.

— Você devia ir. Temos muita beleza natural lá também.

Raven limpa minha pele com um pano frio, passando-o na área recém-tatuada, e me dá o espelho de novo. Olho para a tatuagem e vejo que ficou exatamente como eu queria. Eu sei que Chase vai adorar ver sua marca em mim, sabendo que fiz isso por ele. Não vejo a hora de mostrar!

— Adorei!

O tatuador passa algum tipo de gel sobre a ferida e me dá instruções para mantê-la limpa e seca. Já ouvi isso antes.

Quando terminamos, Chase salta de sua cadeira e olha para mim por toda parte.

— E então? Onde está?

Viro as costas para os homens enquanto Jack vai ao caixa pagar. Observo o rosto de Chase quando levanto a blusa, descolo a atadura e vejo seus olhos mudarem de cor.

Ele cai de joelhos diante de mim, os olhos grudados na tatuagem.

— Esse é o presente de casamento mais perfeito que você poderia me dar.

Abro um sorriso largo e observo enquanto ele olha para o símbolo colocado permanentemente em meu corpo para ele.

Chase passa um dedo no desenho sobre o plástico protetor e eu fecho os olhos.

14

CHASE

Quando Gillian levantou a blusa hoje e me mostrou o símbolo do infinito com a palavra "amor" entrelaçada, quase a possuí no chão do estúdio de tatuagem. Saber que ela colocou aquilo no corpo permanentemente para *mim*, me dando um presente que vai durar até o fim dos tempos... Isso me faz querer adorar o chão que ela pisa. Meu Deus, minha esposa me deixa louco de todas as maneiras certas: mental, física e emocionalmente.

Depois do sequestro dela e do assassinato da minha mãe, pensei que nada poderia curar as feridas, mas tê-la por perto, oficialmente como minha *esposa*, está remendando meu coração. Me tornando algo que eu não era antes, de alguma forma melhor. Gillian me faz querer ser um homem melhor — uma boa pessoa, um homem que ela pode se orgulhar de chamar de marido.

Marido.

Eu sou o marido de alguém. Balanço a cabeça e dou risada enquanto entramos na casa de Bantry. Gillian se vira, olhando para trás, e o sorriso em seu rosto é tão lindo que poderia iluminar um dia escuro.

— O quê? — Seus olhos são de um verde intenso, transbordando de curiosidade.

Balanço a cabeça e a empurro para a sala com um leve toque em sua lombar. Colin se aproxima, com uma aparência desolada no rosto.

— Colin, algum problema? — pergunto.

— Receio que sim, senhor. Vocês checaram os celulares?

Bato nos bolsos e encolho os ombros.

— Na minha lua de mel, meu bom homem, o telefone fica desligado. — Sorrio e puxo Gillian para meus braços, me aninhando por trás.

Colin franze a testa.

— Sugiro que vocês os liguem. Chegaram notícias dos Estados Unidos que tenho certeza de que vocês vão querer saber.

Jack entra com as sacolas de nossas compras, feitas depois do estúdio de tatuagem. Gillian e eu queríamos acrescentar coisas à casa de Bantry para fazê-la nossa. Encontramos muitas bugigangas e obras de arte para acrescentar à decoração, que já é bonita. Era importante para ela escolhermos esses itens juntos. Ela diz que eles vão dar à casa um ar de que foi vivida e amada.

— Colin, o que foi?

Ele olha ao redor da sala.

— Podemos ir para um lugar mais reservado? — pergunta, esperando que eu decida se quero que ele fale na frente de Gillian e Jack.

— Não é necessário. Responda à minha pergunta. — Meu tom é quase irritado, o que não combina com a noite que planejei com a minha adorável esposa.

Ele franze ainda mais a testa.

— Um homem chamado agente Brennen ligou do FBI. Infelizmente, tenho más notícias a dar. Parece que dois membros da família da sra. Davis se machucaram em um incêndio. — Colin segura as mãos diante de si e abaixa a cabeça respeitosamente.

Gillian leva a mão à boca.

— O quê? Meu Deus, quem? — Seus olhos se enchem de terror.

— O agente não disse, só deixou um recado pedindo para ligarem. — Ele olha para Gillian. — Sinto muito, senhora.

Enquanto as mãos dela começam a tremer, já posso ouvir Jack ao telefone.

— Brennen, é o Porter. O que aconteceu?

Gillian se senta no sofá e segura as mãos próximo ao rosto, os dedos entrelaçados. Ela está com os olhos fechados e move os lábios. Eu me sento a seu lado e a abraço forte enquanto esperamos para ouvir o que Jack descobrir.

— Vai tudo ficar bem, baby. Vamos enfrentar isso juntos.

Ela começa a balançar para a frente e para trás, e seus dedos embranquecem com o esforço de apertá-los.

— Nós vamos pegar o avião imediatamente — Jack vocifera ao telefone. — Você devia ter me ligado, Brennen. Ok, eu entendo. Estamos a caminho.

Jack vem até nós e se senta na mesa à nossa frente. Os olhos de Gillian estão arregalados, cheios de medo, quando ela olha para cima esperando ouvir as notícias.

Ele limpa a garganta antes de falar.

— Gillian, duas das suas amigas, a Maria e a Kathleen...

Ela solta um soluço ao ouvir os nomes. Eu a puxo para mais perto.

— Elas foram vítimas de um incêndio. As duas estavam trabalhando até tarde no San Francisco Theatre quando aconteceu. A Maria tem ferimentos em torno da cintura e inalou fumaça. Ela vai ficar bem. Totalmente bem.

O modo como ele enfatiza que Maria vai ficar bem, mas não menciona Kathleen, envia um arrepio de medo para minha espinha. Gillian segura minhas mãos com força.

— E a Kat? — Sua voz treme enquanto as lágrimas a dominam.

Jack respira fundo e faz algo que eu não esperaria nem em um milhão de anos. Ele estica a mão e segura o joelho dela. O rosto de Gillian se despedaça e um soluço escapa diante do gesto de conforto.

— A Kathleen está em estado crítico. Teve queimaduras severas em mais de quinze por cento do corpo, além da exposição extrema à fumaça. Isso é tudo o que eu sei no momento.

— O que aconteceu? — pergunto, enquanto tento confortar minha esposa.

— Parece ter sido um incêndio criminoso. Alguém armou para que a Kathleen morresse no incêndio.

Gillian geme e eu olho para Jack. Seus olhos se estreitam em resposta, mas ele continua:

— Ela só não morreu porque a Maria foi incansável. Quando saiu do prédio, ela deu a volta pelos fundos e chutou a janela do ateliê da Kat. O guarda-costas que eu contratei para ela ajudou, e ela entrou pela pequena abertura e tirou a Kat de lá. Mas não sem se machucar. Os ferimentos da Maria, entretanto, são superficiais, enquanto os da Kathleen... — Ele balança a cabeça. — Tenho certeza que você quer voltar para casa imediatamente. Vou chamar um dos aviões.

Gillian fica de pé.

— Vamos agora. Quero pegar qualquer voo que tiver.

Olho para o rosto torturado da minha esposa e a raiva dentro de mim ferve profundamente, se curvando em torno das minhas costelas até o peito para acordar um monstro desconhecido até então. Aquele filha da puta fez isso para conseguir a minha esposa. Ele vai pagar por cada milímetro de dor que causou a Gillian e suas amigas. Eu vou garantir isso ou morrer tentando.

Descobrimos que o avião particular que tomamos para cá vai estar pronto em uma hora. Gillian e eu corremos para o nosso quarto. Quando chegamos lá, ela perde o ar. Pendurada acima da nossa cama está a tapeçaria da trindade que ela comprou da senhora que conheceu e que por acaso assistiu ao nosso casamento sem ser convidada.

Ela vai até a grande tapeçaria e passa os dedos sobre o tecido.

— É perfeita.

— É mesmo, e nós vamos voltar e desfrutar de tudo isso em breve. Eu te prometo. Esta é a nossa casa longe de casa. Podemos trazer todos os seus amigos para cá para passarmos as férias juntos. Assim que isso acabar. E vai acabar logo. — Coloco a mão em seu ombro enquanto ela olha fixamente para o desenho intrincado. Com um soluço, ela se vira e se encolhe em meu peito, seus ombros tensos com a dor.

— Eu não estava lá. Se eu estivesse lá, talvez ele tivesse vindo atrás de mim e não delas — ela grita, como se estivesse com uma dor física. Às vezes a tensão emocional é muito mais dolorosa que a física. Eu sei disso bem demais, depois de ter passado anos vendo a minha mãe ser espancada até o meu pai passar a bater em mim.

Meneio a cabeça e acaricio seu cabelo.

— Baby, não. Esse homem é doente. Não importa. Ele vai atacar quando quiser atacar. Não há meios de saber o que ele vai fazer em seguida, mas estamos trabalhando com o FBI e a polícia de San Francisco. Tenho certeza que, quando terminarem a investigação sobre o incêndio, eles vão ter algo mais concreto. Uma pista. Nesse meio-tempo, estamos trabalhando em um plano. Está bem? Vamos só nos concentrar em chegar em casa e ver como as meninas estão.

Gillian assente, fungando alto, as lágrimas correndo tão rápido pelo seu rosto que parecem cachoeiras. Eu lhe dou o lenço que estava em meu bolso e ela limpa o nariz, fazendo barulho. Depois respira fundo e lentamente, reassumindo o controle e empurrando as emoções para o lado. Com esforço, endireita as costas, respira de novo, limpa a garganta e move a cabeça.

— Ok, vamos.

Juntamos uma troca de roupas e nossos telefones, que haviam sido deixados desligados no criado-mudo e agora estão fervilhando de notificações. É como se cada *ping* fosse mais uma lança no coração sangrando de Gillian. Vai ser um esforço imenso mantê-la sob controle.

Logo, damos adeus a Colin e Rebecca, nos desculpando e prometendo voltar em breve.

✦

O avião aterrissa no Aeroporto Internacional de San Francisco depois de um voo de onze horas. Isso sem contar o trajeto até o aeroporto, o tempo lá dentro e do avião taxiando. No total, a viagem durou umas boas dezesseis horas, e eu estou exausto. Gillian finalmente adormeceu, depois de tomar alguns remédios. Fiquei acordado a maior parte do voo, trabalhando com Jack e os outros seguranças em um plano. Vamos ter que consultar o agente Brennen e Thomas Redding, mas achamos que é um bom plano. Nenhum de nós pode continuar vivendo assim — sempre em alerta, esperando pela próxima pessoa que vai ser machucada. McBride é inteligente demais. Parece estar sempre um passo à frente da equipe. Nosso plano, porém, pretende tirá-lo das sombras. Nós quatro concordamos que é infalível. Tem que funcionar. Sem mais espera. A esta altura na semana que vem, McBride será nosso.

Jack nos deixa em frente ao Hospital Geral de San Francisco, um prédio que conheço bem demais. É revoltante que eu tenha estado mais neste hospital no último ano do que em um mercado ou uma biblioteca. Conheço muitos funcionários pelo primeiro nome, e isso me enche com uma semente amarga que está criando raízes em minhas entranhas.

Gillian corre para a UTI, sem nem precisar olhar para o mapa ou as placas. Ela também conhece bem este lugar.

Quando as portas do elevador se abrem, vemos pessoas no fim do corredor. A mais fácil de reconhecer é uma grávida de seis meses andando de um lado para o outro, com as mãos na lombar. Carson, Phillip e Thomas estão sentados nas cadeiras na frente dela. É como se o tempo parasse quando ela olha para cima. Seu rosto bonito, com grandes olhos azuis e traços suaves, parece se desintegrar em uma bola gigantesca de devastação. Gillian corre até ela e a abraça forte.

— Desculpe por não estar aqui — ela chora no pescoço de Bree.

As ondas loiras longas de Bree a cobrem como uma mortalha. Ela fala baixinho com minha esposa, suas testas encostadas. Ambas choram e se abraçam.

— Quando podemos vê-las?

Bree balança a cabeça.

— Eles ainda não nos deixaram ver nenhuma das duas, mas parece que vamos poder visitar a Maria logo.

— Como é que é? — falo, minha voz assumindo um timbre pesado em um lugar silencioso.

Bree funga e empurra o cabelo.

— Eles ainda não deram notícias sobre a Kat, mas eu conversei com uma das enfermeiras, que é minha aluna. Ela disse que não podemos vê-la por causa da gravidade do quadro e da possibilidade de contaminação. Tudo o que sei é que ela está estável por enquanto, mas está passando por um tratamento pesado para as queimaduras. — As lágrimas correm pelo rosto de Bree e ela soluça. — Eles disseram... eles disseram... que ela vai precisar de muitas cirurgias para reparar o dano no braço, e que ela pode não... — Ela perde o ar e Phillip fica ao seu lado, segurando-a nos braços, passando a mão em suas costas para consolá-la. Ele a acalma o suficiente para terminar. Gillian prende os braços em torno de mim. — Eles disseram que ela pode nunca mais mexer o braço. Ela vai ficar com danos severos nos nervos, e as cicatrizes... — Ela balança a cabeça. — Por favor, meu Deus, faça ela ficar bem. — Bree desmonta em soluços enquanto Phillip a segura, a leva até uma cadeira e a coloca em seu colo.

Com o máximo de paciência que tenho, seguro Gillian e a manobro até uma cadeira, coloco o braço em torno de seus ombros e a mantenho apertada contra mim, onde ela pertence. Ela se apoia pesadamente em meu corpo e deixa as lágrimas caírem em silêncio.

Do outro lado da sala, travo o olhar no de Carson. Ele parece acabado e, pelo que eu saiba, ainda não pôde ver sua namorada. O furacão emergindo dele é denso e cheio de fúria. Sua postura e os olhos azuis vazios falam por ele. Carson poderia muito bem ter uma placa pendurada no pescoço dizendo "Cai fora". Eu não vou me aproximar, não agora. Agora nós vamos aguardar.

Depois de uma hora sentados, o dr. Dutera entra na sala de espera. Cara, esse médico já passou tempo demais com o nosso grupo de amigos. Seus olhos se arregalam quando nos vê.

— Achei mesmo que este grupo era familiar — ele murmura.

— Precisamos de notícias. Como estão Maria De La Torre e Kathleen Bennett? — pergunto.

O doutor franze a testa.

— Sr. Davis, você não é parente de nenhuma dessas mulheres.

— Não, mas eu estou listada como o contato médico direto de ambas. Os pais da Kathleen são separados e vivem em outros estados, e obviamente — Gillian faz questão de olhar ao redor da sala com as mãos abertas antes de continuar — não foram contatados. A Maria não tem família, exceto eu.

Os olhos do médico avaliam a afirmação e ele deve acreditar, porque finalmente nos dá um resumo da situação.

— A srta. De La Torre já foi para o quarto. Ela foi tratada de um leve envenenamento por monóxido de carbono e vários ferimentos superficiais no abdome e nos pés.

— Nos pés?

— Parece que ela chutou algumas vigas de madeira e vidro com os pés descalços para resgatar a amiga — ele confirma.

Nisso eu acredito. Aquela espoleta ítalo-espanhola faria qualquer coisa para salvar as amigas.

Então o dr. Dutera fica sério e eu sei que ele está prestes a nos dar más notícias.

— A srta. Bennett não evolui tão bem. Ela está sendo tratada de inalação severa de fumaça, um pulmão lesionado e queimaduras de terceiro grau no braço direito, na lateral do pescoço e na caixa torácica, também do lado direito. Todas as camadas de pele nessas áreas foram atingidas. O dano se estende a tecidos subcutâneos, e ela vai precisar de um enxerto. Neste momento, conseguimos cuidar do pulmão, já a estabilizamos e estamos tratando o envenenamento. Ela está sedada, respirando por aparelhos e vai passar por diversas sessões de terapia de oxigênio hiperbárico, até os níveis voltarem para algo parecido com o normal. Ela não está fora de perigo. Vamos fazer o prognóstico dia a dia.

— Podemos vê-la? — Gillian olha para Carson e faz um gesto para ele vir, então segura sua mão. — Este é o namorado dela, e nós somos suas melhores amigas. — Ela coloca um braço em torno da cintura de Bree. — Precisamos vê-la com nossos próprios olhos. Ter certeza de que ela está bem.

O dr. Dutera solta um som dolorido e uma respiração ruidosa.

— Entrem um por vez.

Por mais que eu saiba que Gillian quer ser a primeira, ela cede o lugar a Carson.

Eu a puxo para perto de mim.

— Tenho certeza que foi difícil para você deixar o Carson ir primeiro, baby. Mas saiba que ele ficou agradecido.

Ela assente e se segura. As lágrimas se foram, mas estão tão próximas da superfície que qualquer coisa, até mesmo o vento batendo do lado errado, pode trazê-las de volta.

DANIEL

Vivas. É claro que as putinhas idiotas iriam sobreviver. A sorte é uma megera de coração frio, e eu a fodi vezes demais para ganhar uma oportunidade. Mas não importa. A dançarina e a hippie inconscientes no hospital trazem a única coisa de que eu preciso.

Gillian.

Observo com prazer extremo enquanto ela entra no hospital. Pareceu ter durado anos. Ela devia estar bem longe para levar quase um dia para chegar. Imagino aonde o filho da puta a levou. Pelo que pude inferir dos dados da segurança, eles ficaram fora três dias.

Usando o mesmo caminho que tomei na última vez em que estive aqui, dou voltas entre os funcionários do hospital, minha roupa de cirurgião bem arrumada, touca, óculos falsos e um estetoscópio que encontrei em uma loja de penhores em torno do pescoço. O disfarce funciona tão bem que eu poderia ser invisível.

Entrando na unidade de terapia intensiva, tomo precauções para me movimentar até ver o grupo. Uma estrela reluzente de cabelo vermelho está presente entre eles. Caralho, ela está linda. Meu corpo gravita em sua direção. Preciso ficar mais perto.

Investiguei cada centímetro deste andar e sei que perto de onde eles estão há um depósito de limpeza. Vou direto para lá, abro a porta e entro sem que ninguém note. Mantendo o ambiente escuro, abro a porta só um centímetro para poder ouvir o que eles estão dizendo, mas principalmente para vê-la. Se eu pudesse segurar seu braço, sentir sua pele macia na palma da mão, a fúria interna ferveria em um nível tolerável. Neste momento, mal posso controlar a intensidade, a necessidade de pegá-la, tomá-la, afirmar que ela é minha.

Enquanto observo, mordo o lábio, enojado com o modo como ele está segurando a minha garota perto dele, esfregando seu ombro. Eu é que deveria estar ali para confortá-la. Apenas eu. Para sempre eu.

Aquela vadia grávida se senta perto da minha garota e Gillian coloca a mão na barriga dela. Seu anel de noivado com o filho da puta ainda está lá, brilhando tanto que eu juraria que a coisa está queimando um buraco na minha retina, porra. O bosta teve que comprar para ela um anel de diamantes escandaloso, um anel que, quando ela inchou por causa das drogas, não consegui arrancar do seu dedo. Mas eu peguei o colar. Tirei o pingente, passei numa corrente e o coloquei em volta do meu pescoço. Eu o esfrego entre os dedos agora. Ele estava *nela*, então eu me sinto próximo dela quando o uso, mas sei que foi ele quem lhe deu o colar. Só a expressão nos olhos dela foi suficiente quando toquei o colar naquele primeiro dia em que ela acordou no porão do abrigo.

Gillian faz uma expressão de surpresa e guincha de felicidade.

— Baby, sinta isso. — Ela pega a mão esquerda de Chase e coloca na barriga da vadia gorda. Ele move a mão para o local certo e é aí que eu percebo.

O lugar em que estou parece ficar mais escuro, minha visão focando um pequeno ponto na mão de Chase. O suor brota nos cabelos da minha nuca e escorre pelo centro das minhas costas. Quando olho, se torna mais claro.

Não! Porra, não! Eu quero gritar. Quero pegar uma arma e atirar em cada um deles. Ranjo os dentes e fecho as mãos em minhas laterais.

Sinta, Daniel. Deixe que esse sentimento te consuma, porque, quando você a tiver de volta, ela vai pagar caro. Ela cometeu a traição suprema.

Não consigo parar de olhar. Quando Chase move a mão, o minúsculo diamante brilha contra a luz como um cortador de gelo em meus olhos.

A mão de Gillian vai até o rosto dele e ela se inclina, apertando o nariz contra o dele, então o beija. Segura a boca na dele, a mão aberta em seu rosto, pintando o meu pior pesadelo com todas as cores. Uma aliança de casamento foi adicionada ao anel de noivado. A necessidade de vomitar é extrema, mas eu a empurro para baixo, bem para baixo, onde a fúria está sendo contida... por pouco.

Ela se casou com ele.

Me deixou apodrecendo aqui em San Francisco, viajou e se casou com o ricaço filho da puta. Como ela pôde fazer isso? Eu queria lhe dar tudo. Absolutamente tudo. Caralho.

Ele deve tê-la obrigado a fazer isso. Sim. Deve tê-la drogado, usado, prometido dinheiro e fama. Com todo o meu autocontrole, fico aqui observando-os. Mesmo nesta hora horrível, eles ainda encontram modos de se tocar, sorrir, beijar. Porco nojento.

Não é possível que ela esteja feliz com ele. Ele fez lavagem cerebral nela. Ele a fez acreditar que era com ele que ela deveria estar, quando o tempo todo era eu. Era comigo que aquela mulher perfeita deveria se casar. Comigo que ela deveria ficar até o fim dos tempos, não com um esnobe almofadinha sósia do Matt Bomer que usa dinheiro e poder para castrar e manipular as pessoas, fazendo-as acreditar que são importantes. Ele a manipulou para acreditar que ele é o escolhido.

Merda! Ela está tão perdida que agora está fazendo tudo por vontade própria, cegamente. Vai levar anos para eu fazê-la superar a influência doentia desse canalha. Mas eu vou fazer isso. Não importa quanto tempo leve para trazer sua mente de volta para quem ela ama verdadeiramente. Quem sempre estará lá por ela.

Eu amo a Gillian. E ela me ama. Ponto-final.

Agora eu só preciso encontrar um modo de fazê-la minha.

15

GILLIAN

$\mathcal{S}$*into algo mexer meu cabelo, acima das têmporas.* $\mathcal{A}$*lgum* material rugoso aperta a pele sensível do meu rosto enquanto pisco, olhando para o céu, o azul-acinzentado que conheço bem.

— *Cara bonita*, o que o Chase vai pensar quando descobrir que nós dormimos juntas? — ela pergunta, a voz um som rouco e granulado, que me lembra dos tempos em que acordávamos depois de uma noite inteira gritando no show de alguma banda.

Pisco e olho para ela. Só *olho* para ela. Mesmo tendo passado por uma experiência traumática, duas noites inteiras no hospital e envenenamento por monóxido de carbono, ela ainda é incrivelmente linda, seu rosto a imagem da serenidade.

Seus dedos alisam meu couro cabeludo, da mesma forma que ela fez um milhão de vezes antes, me acalmando mesmo sendo ela quem está na cama de hospital. Sorrio enquanto as lágrimas caem, me levanto de onde estava dormindo, debruçada sobre sua cama, e aponto com a cabeça para o homem que dorme aninhado em uma cadeira pequena demais para acomodá-lo. Finalmente, respondo:

— Ele vai dizer que foi uma experiência incrível dormir com duas mulheres.

Maria ri, mas os sons joviais não estão lá. Foram substituídos por uma tosse dolorosa, o peito chiando. Ela se senta e grunhe, segurando o abdome. Tento ajudá-la a se acomodar, arrumando seus travesseiros, enfiando o cobertor sob o colchão.

Quando parece confortável, ela segura minha mão e me puxa para me sentar na lateral da cama, ao lado dela.

— Eu tentei, Gigi. Eu tentei chegar a ela mais rápido. — Lágrimas enchem seu olhar gelado, dando a seus olhos um tom de azul mais escuro. — Me conte. Ela conseguiu?

Engulo em seco e trago sua mão para meu rosto, fazendo um sinal positivo com a cabeça.

— Conseguiu, mas está muito machucada. Só vamos saber a real condição da Kat daqui a alguns dias, segundo o médico.

O maxilar de Maria fica tenso e seus traços endurecem. Ela está construindo a fachada. Eu já a vi antes e odeio. Odeio que ela sinta que precisa encobrir suas emoções, seu coração.

— Não comigo. — Toco seu rosto e deslizo o polegar sobre sua sobrancelha. — Não se esconda de mim. — A máscara cai, seus lábios tremem e as lágrimas finalmente rolam.

— Eu devia ter tentado mais. Devia ter pensado em ir à sala dela antes. E aí tinha aquelas tábuas pregadas na janela, e eu chutei e chutei. — Sua rouquidão piora, então coloco os dedos sobre seus lábios.

Balançando a cabeça, impeço que ela se machuque.

— Não. Você salvou a Kat, Maria. Ela teria morrido se não fosse por você! — Digo as palavras com toda a sinceridade e força que posso reunir neste quarto pequeno, tentando falar baixo, tentando manter nossa conversa particular.

Maria traz sua mão para a minha, que está tocando seu rosto, e se esfrega nela como um gato.

— Nós vamos cuidar dela. Não importa o que aconteça... vamos cuidar da *nuestra familia*. — Seus olhos se fecham e logo ela volta a dormir, a medicação sendo bombeada regularmente através do tubo intravenoso.

Fico ao lado de sua cama, apoio ambos os braços na beirada e é aí que acontece. Meus ombros chacoalham, minha coluna se curva e eu caio de joelhos. É demais. Cada poro meu parece sentir a dor — uma dor de ossos quebrando, estômago revirando, uma dor na alma. E ela não para. Seguro os joelhos e deixo as lágrimas me dominarem. O quarto fica preto e eu volto para aquele lugar.

Estou curvada em posição fetal, e ele de pé sobre mim. Ele chuta minhas costelas de novo. A dor ricocheteia através do meu peito, saindo pelas terminações nervosas. Grito de dor, segurando meu abdome, tentando proteger nosso filho.

— A porra da sua menstruação não desceu? Você disse que está grávida? — Ele me chuta de novo. — De quem, sua vadia inútil?

— Justin... — imploro. — O filho é seu. Nosso... — Tento novamente enquanto ele me chuta com selvageria. O quebrar de uma, possivelmente duas costelas, soa insuportavelmente alto. Seguro o chão com as unhas, tentando me mover, me arrastar, mas ele não para.

— Nós usamos camisinha. Todas as vezes, caralho. Isso significa que você está trepando com o seu coleguinha de classe. Eu sabia o tempo todo. Você disse que me amava. E agora olhe só pra você! — ele rosna. — Grávida de um nerd idiota de pinto pequeno. — Ele me puxa da minha posição e me força a abrir os braços, que ele segura com o peso de seus joelhos. Tento chutar e me virar, mas a dor é tão intensa que estou perdendo a visão.

— Você sabe que eu vou matar aquele cara com minhas próprias mãos. Estrangulá-lo até ele ficar sem ar, depois vou cortar o saco dele e dar para ele comer, por mexer no que é meu! — Ele cospe no meu rosto e começa a me socar. Em dado momento, perco a consciência, rezando para que o bebê sobreviva aos golpes e com a mesma esperança de que não sobreviva, pois isto não é vida para uma criança inocente.

Frio. Tão frio. Meus dentes batem enquanto uma mão quente desliza para cima e para baixo em minhas costas, com movimentos suaves e constantes.

— Volte para mim, baby. Venha para casa.

Ouço a voz que me traz alívio instantâneo. Chase. Ele está aqui, não Justin. Pequenos beijos trilham minhas têmporas e minha testa. Quando meu corpo volta a funcionar, eu o abraço, seus ombros fortes, as pernas envolvendo sua cintura firme. Então estou de volta. Ele está sentado, me segurando firme. Abrindo lentamente os olhos, posso ver que ainda estou no hospital. O quarto tem um brilho suave, silencioso. Vejo Maria dormindo em sua cama. Ainda estou aqui.

— É isso aí, amor. Você está bem. Eu estou aqui, trazendo você de volta para mim — Chase diz docemente em meu ouvido.

Seguro seus ombros e me curvo para trás. Aperto a testa na dele e fecho os olhos.

— Desculpe — sussurro, sem saber o que mais dizer.

Chase me apoia pelas costas e balança a cabeça.

— Não há nada para se desculpar. Você teve uma crise, amor.

Assinto e inspiro seu aroma reconfortante, cítrico e de sândalo. Ele preenche o ar à minha volta e eu me aninho em seu pescoço, partes do flashback ainda presas à minha psique.

Minha menstruação estava atrasada. Contei a Justin que estava grávida e ele me espancou quase até a morte. Toda vez que me lembro daquela noite, me pergunto o que eu poderia ter feito diferente, como eu poderia ter mudado as coisas. Talvez matando-o antes que ele matasse meu bebê.

Então, percebo.

— Faz quanto tempo desde o nosso casamento? — pergunto, respirando rápido.

— Quatro dias — Chase diz.

Dou risada e passo a mão em seu peito, colocando-a sobre seu coração, sentindo sua batida constante, forte.

— Não, o do México.

Ele resmunga, mas responde:

— Umas cinco semanas. — Então passa a mão em torno do meu pescoço e levanta minha cabeça. — Por quê?

Quando miro seus olhos, eles estão cheios de amor e preocupação. Comigo. Eu conheço Chase, o homem que me ama, meu marido, que faria qualquer coisa por mim.

— Cinco semanas! — Solto a respiração, as duas palavras enviando uma tensão tão aguda que faz meus dentes baterem.

Chase assente, a testa franzida. Ele me posiciona de modo que estou montada nele e passa uma de suas mãos fortes no meu cabelo, segurando minha nuca. Ele vira minha cabeça para que eu olhe para ele.

— O que há de errado?

Na última vez em que contei isso a um homem, ele me espancou. Instantaneamente, sinto os tremores do pânico começando a crescer.

Chase consegue sentir, porque me segura mais forte, me trazendo para ainda mais perto, e balança a cabeça.

— Não, não, de jeito nenhum. Respire, baby, respire. Você está segura. Está aqui comigo, seu marido. Nada pode acontecer com você aqui nos meus braços. Eu te protejo.

Suas palavras são exatamente o que eu preciso ouvir, a confirmação necessária para continuar.

— Promete? — digo, engasgando, arrepios balançando meu corpo, pois tenho medo de lhe contar o que preciso dizer.

— Eu nunca vou te machucar, baby. Eu prometo. Você está segura.

— Chase — sussurro e encaro seus olhos. O amor e a preocupação ainda estão lá, mas agora com indícios de medo. Ele está com medo. Lambo os lábios e engulo.

— Fala. — Ele encosta a cabeça em minha testa. A conexão é tudo de que preciso. Seu calor me segurando bem perto, suas mãos me acalmando com longas e lentas carícias.

— Minha menstruação está atrasada — digo, tão baixo que não tenho certeza se ele ouviu. Seu corpo fica tenso e então o meu também.

Ele se afasta e olha nos meus olhos.

— O quê? Quanto tempo?

— Hum, devia ter descido na semana depois do nosso casamento. — Seus olhos se arregalam, mas não do modo assustador como os de Justin. Mais de surpresa, do tipo "puta merda".

Chase lambe os lábios e toca meu rosto.

— Eu não sou um especialista, mas isso não significa que você já deveria ter menstruado de novo? Ou seja, você está dois meses atrasada?

Assinto.

— Ok — ele diz suavemente. — Você tem tomado a pílula?

Dessa vez são os meus olhos que se arregalam. Muito. Provavelmente estão do tamanho de uma moeda, se eu tivesse que adivinhar.

— E-eu... hum... Não — admito, por fim.

Chase sorri suavemente, seu olhar se tornando tão azul que me faz perder o fôlego com tanta beleza.

— Qual é a última vez que você se lembra de ter tomado? — Não há nenhum indício de raiva em seu tom, apenas uma pergunta.

Em retrospectiva, o turbilhão de lembranças das últimas semanas varre minha mente com velocidade.

A tatuagem, o sentimento incrível quando Chase se ajoelhou para checá-la.

Fazendo amor pela primeira vez depois de casados, na tenda com vista para o mar.

Dizendo nossos votos em uma igrejinha na Irlanda.

Encontrando o vestido de noiva e a tapeçaria.
Nossa consulta muito emotiva com o dr. Madison.
A internação no hospital.
Ser trancada naquele porão nojento.
O ódio nos olhos de Danny quando ele rasgou a frente do meu vestido de noiva e me tocou.
A garganta da mãe de Chase sendo cortada, o sangue jorrando em seu peito.

Fecho os olhos com força, as lembranças me inundando com tanta velocidade que minha temperatura aumenta, mas Chase está lá, com uma mão calma em meu rosto.

O iate, onde ele me deu o colar do infinito.

O iate.

— Foi no iate. A pílula. É a última vez que me lembro de ter tomado. Depois teve o casamento, a sua mãe, o sequestro, o hospital...

Ele aperta os lábios nos meus, interrompendo minhas desculpas. Sua boca é macia sobre a minha, seu beijo de adoração em sua doçura. Ele se afasta e põe ambas as mãos em meu rosto.

— Está tudo bem. Vamos enfrentar isso juntos. Pode não ser nada. Pode ser o estresse depois de tudo o que aconteceu, certo?

Faço um gesto afirmativo e o espero terminar seus pensamentos.

— Então não vamos nos preocupar. Vamos lidar com isso juntos. Marido e mulher. Certo? — Assinto de novo, lágrimas enchendo meus olhos. — Sem choro. Eu e você.

CHASE

Puta merda. Puta. Merda. Isso não é nem de longe algo que eu planejei. Que *nós* planejamos. Estou segurando a mão dela e a levando para fora do quarto de Maria. Temos uma missão. Bem, eu tenho. Comprar o maior número possível de testes de gravidez e confirmar os resultados. Porra!

— Aonde estamos indo? — ela diz, sua voz tão baixa que paro de andar. Viro no corredor, as luzes fortes do hospital pesando sobre o rosto torturado de minha esposa. O buraco em meu estômago, surgido quando ela disse as palavras "minha menstruação está atrasada", aumenta ainda mais.

Toco seu rosto.

— Vamos comprar os testes e confirmar a suspeita, seja o que for. Tudo bem?

— Você não está com raiva? — Sua voz treme e o som enterra facas em meu peito. Eu quero torturar, mutilar e matar todo homem que a fez ter medo de ser honesta comigo.

Eu a coloco em meus braços.

— Meu Deus, Gillian, é claro que não. Nós passamos por tanta coisa nos últimos meses. Seja o que for, essa pode ser uma das coisas boas.

Ela se afasta de mim.

— É mesmo? — Sua respiração muda e seus olhos leem os meus. Sorrio, embora minhas entranhas estejam gritando para correr para a farmácia mais próxima e descobrir se minha esposa está carregando um filho meu. Nosso bebê. Tenho que ser forte. Não mostrar quanto essa notícia me afeta. Não estou certo de como me sinto. Só sei que o desejo de ter certeza está guiando todas as ações a partir de agora.

Jack vem até nós. Ele estava esperando do lado de fora do quarto de Maria. Tenho guardas tanto no quarto dela quanto no de Kathleen, embora Kat ainda esteja na UTI.

— Senhor? Para a mansão? — Jack pergunta com seu tom direto de sempre.

Balanço a cabeça.

— Vamos parar em uma farmácia e depois vamos para a cobertura.

O maxilar de Jack fica tenso e eu olho para ele com tanta severidade que ele não responde, apenas assente. Graças a Deus. A última coisa de que preciso agora é insubordinação. Não que eu o trate como qualquer um dos meus funcionários, mas neste momento tenho certeza de que ele pode sentir a tensão em torno de mim. Seguro Gillian ao meu lado, mantendo-a perto. Merda. Não posso ficar perto o bastante. Se ela me deixasse carregá-la pelo hospital, eu faria isso. Meu bebê pode estar crescendo na barriga dela neste exato segundo. Essa ideia fala profundamente ao homem das cavernas dentro de mim. Enquanto ando, quero rosnar e latir para qualquer pessoa que encoste nela.

Cerro os dentes e saímos rapidamente do hospital. Jack nos acompanha até o SUV de vidros escuros e partimos.

Deixo Gillian esperando no carro enquanto vou até a farmácia sozinho, para o desconforto extremo de Jack. Neste momento, não dou a mínima. Não é da conta dele o que estou fazendo, e não quero que Gillian se preocupe com nada. Ela passou por muita merda recentemente. Quando encontro o corredor certo, fico chocado com quantas opções existem. Não deveria haver só uma? Leve esse teste e descubra se está grávida ou não. Sem tempo para ler as embalagens, pego um de cada e vou ao caixa.

— Poxa, cara. Mal aí. — O rapaz olha para mim enquanto escaneia cada teste. — Eu também já tive alguns sustos — ele diz, e quero socar sua cara espinhenta com o boné ao contrário, só para ele calar a boca. Olho feio para ele e lhe dou duas notas de cem, quando o total indicado é de cento e oitenta ou algo assim. Agarro as sacolas e saio sem pegar recibo ou troco. — Cara, seu troco — o garoto grita.

— Fique com ele — rosno, olhando para trás.

Jack estacionou bem em frente à farmácia, bloqueando a entrada. Ele já está abrindo a porta quando saio. Passa os olhos nos testes, claramente visíveis através das sacolas translúcidas. Sacolas baratas do caralho. Seus olhos se arregalam e um sorrisinho surge.

— Sem um comentário. — As palavras saem como se mergulhadas em ácido.

Jack não liga para meu comportamento arrogante e emocional. Ele me conhece há tempo demais para se importar com nervosismos de merda.

— Nunca, senhor — ele diz de qualquer forma, com um sorrisinho nos lábios. Mais uma vez, a necessidade de socar alguém ruge dentro de mim.

Atravessamos a cidade até a cobertura. Estou segurando a mão de Gillian com tanta força que ela está fazendo carinho em minha mão, tentando me acalmar. Quando foi que as coisas mudaram e é ela quem está me confortando? Ela não disse nada desde o hospital. Estou preocupado — o flashback, o estresse de ver Maria e Kathleen no hospital, e agora isso.

Não é que eu não queira ter filhos. Eu quero. Desde que ela colocou a ideia na minha cabeça, há alguns meses, eu quis vê-la florescer com nosso filho crescendo dentro dela, mas preferiria que fosse durante uma época em que nós dois pudéssemos nos concentrar na nossa família e nada mais. Uma época assim deveria ter a ver conosco e o nosso desejo de ter um filho. Não com o louco psicótico que está atrás dela e das pessoas que ela ama enquanto lidamos com uma possível gravidez.

Quando chegamos ao último andar do Grupo Davis, Jack faz uma revista e então entramos. Eu a levo direto para o banheiro e despejo o conteúdo das duas sacolas.

— Ok, eu comprei um de cada.

— Sério, Chase? Um seria suficiente.
Faço um sinal negativo com a cabeça.
— Falso positivo. Temos que ter certeza.
Ela pisca e depois anui. Não posso dizer onde suas emoções estão agora. Ela certamente está séria, mas sem deixar transparecer como se sente. Isso deve ser um baque para sua psique. Eu me pergunto se devo ligar para o dr. Madison. Pedir que venha aqui conversar conosco quando soubermos. De qualquer forma, ela vai ter que trabalhar isso tudo. Só espero que possa fazer a maior parte disso comigo. Eu quero ser aquele que a acalma, que a traz de volta ao ser alegre e belo que conheço, escondido debaixo de toda essa dor. A mulher despreocupada da Irlanda. Neste instante, prometo levá-la de novo para lá, colocar aquele sorriso em seu rosto mais uma vez.

Tiro os três primeiros testes da sacola, rasgo a embalagem e jogo no balcão.
— Você precisa de água?

Ela faz um gesto afirmativo, então encho um copo e dou a ela, que vira tudo num gole só. Depois lhe passo os testes.
— Você acha que consegue fazer xixi nos três de uma vez?

Essa pergunta vale um sorriso. Um sorriso grande e bonito.
— Você gosta de sexo?
— Que pergunta é essa? É claro que eu gosto. — Tropeço na resposta e ela abre um sorriso largo, abandonando todos os indícios de medo e ansiedade.
— Então não faça perguntas idiotas, e eu também não faço.

Dou risada.
— Ela faz piada. — Seguro seu braço esticado, puxo-a para perto e a beijo com tudo o que tenho em mim. O medo, a ansiedade e todo o amor que tenho por ela. Eu os derramo em um beijo para que ela saiba, para que *sinta* o que sou incapaz de falar. Que, não importa o que aconteça, estamos juntos e podemos lidar com o que vier. Que eu a amo e vou amar nosso filho, se for isso que estiver destinado a nós.

Ela se afasta e seus olhos estão vidrados, cheios de amor e desejo, mesmo agora, neste momento tenso.
— Meu Deus, como eu te amo — digo contra sua boca suculenta, e então tomo seus lábios de novo.

Sem ar, ela se afasta.
— Que bom, porque eu te amo também — diz, piscando um olho, então pega os três testes e entra na área do vaso sanitário.

Enquanto ela está lá, pego uma caixa de sapatos do nosso closet e tiro o novo par de Louis Vuittons que Dana deve ter comprado para Gillian. Minha mulher raramente faz compras, e, quando faz, é sempre em algum porão de barganhas. A lembrança de como éramos coloca um sorriso em meu rosto enquanto levo a caixa vazia para ela. Ela abre a porta com os três testes na mão.

— Coloque na caixa — peço.

Ela obedece e eu deixo a caixa sobre o balcão, pego sua mão e levo minha esposa para a nossa cama. Enquanto ela está lá de pé, desabotoo e tiro sua blusa.

Uma de suas sobrancelhas sobe em direção à linha do cabelo.

— O que você está fazendo? — ela pergunta.

— Preciso sentir a sua pele — digo e ela assente, de calça e blusinha de lingerie. Com uma mão, tiro minha camisa. Então removo sua calça, depois tiro minha roupa para ficar só de cueca. Segurando sua mão na minha e puxando o edredom com a outra, deito com ela na nossa cama.

Ficamos de frente um para o outro, nossos corpos se tocando por toda parte... e esperamos.

— Você está com medo? — Sua voz treme um pouco, e ela solta uma respiração lenta.

— Estou — respondo instantaneamente. — Mas não pelas razões que você pensa.

Ela lambe os lábios e tira o cabelo de minha testa. Já fez isso um milhão de vezes antes, mas de alguma forma, agora, tem um significado maior. Fecho os olhos e sinto seu toque. É como um bálsamo nas bordas rasgadas da minha psique.

— Me conte — ela insiste.

— Tenho medo de que ele pegue você e o nosso bebê. — Admito o pavor que perfura meu peito, fazendo meu coração bater forte. Coloco a mão em sua barriga. — Se o meu filho estiver aí, é minha missão proteger ele e a mãe dele. Eu não fiz um bom trabalho protegendo você, e a ideia de não ser capaz de proteger o meu filho acaba comigo.

Lágrimas enchem seus olhos e ela me beija.

— Chase — ela sussurra em meus lábios. — Você é o único que pode me proteger. Manter o nosso bebê seguro. Você não sabe disso?

Solto um grunhido, rolo em cima dela e me acomodo entre suas coxas. Ela me abraça forte, os braços envolvendo minhas costas. Ficamos assim por alguns minutos, até o alarme do celular disparar no banheiro.

— O alarme dos testes. — Ela engasga e me abraça mais forte. Por um momento não fazemos nada, enquanto o bipe irritante soa repetidamente.
— Ok, vou pegar — digo e ela anui.

Entrar no banheiro é como caminhar sobre chamas. Este momento pode mudar a nossa vida para sempre. Pego a caixa e os papéis que vieram com os testes, sem olhar para baixo. Quero fazer isso juntos. Tudo juntos.

Coloco a caixa entre nós enquanto nos sentamos na cama.

— Ok. Quer olhar primeiro ou juntos?

Seus olhos estão tão verdes e cheios de medo. Eu me inclino e a beijo. Ela segura meu queixo e retribui o beijo com um senso de propriedade tão forte que não sinto desde a nossa noite de núpcias na Irlanda.

Finalmente, ela se afasta.

— Leia para mim. — Então se reclina e junta as mãos no colo.

Anuo e olho dentro da caixa para o primeiro teste.

— Duas linhas. — Olho para ela e sua testa se franze, confusa, enquanto agarra os papéis. — Que porra isso significa? Duas linhas para sim, duas linhas para não?

— Leia outro — ela pede.

— De um lado há uma linha, do outro um símbolo de mais. — Olho para ela, esperando que saiba o que significa, e ela balança a cabeça, lendo as instruções. — Meu Deus! — Como isso pode ser tão difícil?

— O que o último diz? — Ela solta o ar, os cabelos vermelhos se movendo com o esforço enquanto tenta ler três papéis diferentes.

Olho para baixo e fico paralisado. O último teste é digital e definitivo. Não há necessidade de adivinhar, procurar nos papéis para entender o simbolismo de uma linha contra duas, o símbolo de mais ou menos.

— Hum, Gillian, baby. — Levanto o teste.

Seus olhos focam as palavras para onde estou olhando fixamente. Suas mãos vão até a boca, perdendo o ar.

A pequena haste tem uma tela cinza com letras maiúsculas em negrito. O texto é claro como o dia, e a tela mostra a palavra exata de que precisávamos para ter certeza.

"GRÁVIDA."

16

GILLIAN

É como se a pequena tela começasse a piscar. Grávida! Grávida! Grávida!

Abro a boca para dizer algo, mas estou sem palavras. Chase se levanta e começa a andar de um lado para o outro. Suas mãos passam por aquelas mechas escuras e puxam as raízes. Ele realmente precisa parar de fazer isso. Vai acabar careca se não parar. Por ora, porém, a situação pede uma reação extrema, e, enquanto não consigo pensar em nada para dizer, vou permitir que ele tenha seu próprio ataque de nervos. Observo enquanto ele anda de um lado para o outro do quarto, indo e vindo. Na décima marca sobre o carpete felpudo, ele para e olha para cima com um suspiro.

Não posso deixar de gostar daquela visão. O corpo do meu marido é magnífico — pele dourada, cintura enxuta, músculos em todos os lugares certos para um homem de vinte e nove anos. Um homem que está prestes a se tornar pai.

E eu vou ser mãe. Coloco a mão sobre a barriga enquanto olho para baixo. Acaricio a pele na região, esperando que o meu bebê sinta o amor incondicional que estou enviando.

Enquanto me acostumo com a ideia de ter um bebê dentro de mim, sinto a cama se mover. Chase se arrasta até mim e deita de bruços. Sua cabeça está muito perto da minha barriga quando ele olha para cima.

— Você consegue sentir? O nosso bebê? — A pergunta é tão inocente, tão diferente do megaempresário exigente que conheci há quase um ano. Tudo o que aconteceu conosco, o assediador, o sequestro, a morte da mãe dele, nossa escapada e agora isso... e ele ainda está aqui, preocupado comigo.

— Não. — Sorrio suavemente e lambo os lábios. — Mas posso imaginá-lo crescendo, como um testemunho do nosso amor. É isso que ele é.

— Ele? — Os olhos de Chase se viram para os meus, a pergunta envolta em esperança.

Encolho os ombros. Em minha mente, Chase é tão poderoso que seus espermatozoides devem ser também. Então, sim, eu acho que o nosso bebê é um menino. Mais um exemplar perfeito de homens feitos para deixar as mulheres totalmente malucas.

— Chase... — Engulo em seco, sem saber como fazer a pergunta, sem querer fazer, mas sabendo que preciso descobrir qual é a posição dele. Não posso passar mais um único minuto sabendo que vou ser mãe com a ideia de que posso ter que fazê-lo sozinha. Aborto não é uma opção, nunca teria sido, nem quando Justin tirou a maternidade de mim há tantos anos.

Meu marido tira minha mão da minha barriga, segura meus quadris e empurra minhas pernas, de forma que fiquem cercando seu corpo. Permito o movimento, sem saber o que ele está fazendo, mas apreciando a proximidade, de qualquer forma. Quando ele está deitado em cima de mim, puxa meu corpo para baixo, minha cabeça caindo no travesseiro. Ele está com o rosto acima da minha barriga, tão perto que sinto o calor de sua respiração. Ele se inclina para a frente, levanta minha blusa e beija longamente cada centímetro da minha barriga. É como se estivesse se assegurando de que, a cada contato, esteja dando o seu amor.

— Meu — ele ruge, enquanto cobre minha barriga inteira e a pelve com suas mãos grandes.

Lágrimas caem antes de eu perceber que estou chorando. Não preciso perguntar como Chase se sente. É óbvio, eu sei instintivamente qual é sua reação. É Chase. Quando se refere a mim, nosso futuro, nosso filho, ele é possessivo. Perigosamente possessivo. Ele olha para mim, seus olhos azuis acinzentados — do tipo que normalmente causaria medo na pessoa que estão mirando. Mas não em mim. Eu o conheço bem. Ele só está sentindo coisas demais rápido demais e, quando isso acontece, especialmente quando estou envolvida, ele perde o controle.

Fico quieta enquanto ele assimila a ideia de ser pai e eu o deixo terminar o que quer que queira dizer ou fazer para permitir que essa realidade crie raízes. Chase encosta a cabeça na minha barriga e escuta. O que, eu não sei. O feto não deve ser maior que um grão de feijão. Posso sentir seu corpo tenso perto do meu, suas mãos tocando minha barriga, onde o bebê está seguro, aninhado em meu útero.

— *Meu* filho. Nenhum homem, nenhuma mulher, ninguém vai maltratar o nosso bebê. Eu vou proteger você e o nosso filho com a minha vida. Fique sabendo disso, Gillian.

— Chase, eu sei disso. Eu sei que você jamais me machucaria ou machucaria o bebê. Viu, papai? — digo, para aliviar a pressão densa de seu estado de espírito. Seus lábios se mexem e ele sorri.

— Puta merda. Eu vou ser papai. E você vai ser mamãe! — ele responde, e eu rio e assinto.

— Parece que sim.

— Precisamos ir ao médico. Vou ligar para a Dana depois.

Franzo a testa e aperto os lábios.

— Depois do quê?

— Depois de foder a minha mulher grávida — ele diz, na lata.

— É mesmo? — pergunto, da forma mais sexy que posso.

— Ah, eu vou te mostrar. Vou chegar fundo na sua boceta perfeita — ele ruge.

Meu Deus. Há tantas facetas nesse homem que mal posso acompanhar. Em um momento ele parece bravo, no próximo possessivo e agora excitado. Suas palavras parecem alisar minha pele como seda e estimular minha libido, me deixando insanamente necessitada dele.

— A ideia de possuir uma mulher grávida te excita? — digo, esticando as pernas bem alto, deixando meus pés em ponta e gemendo com o jeito como os músculos dobram e esticam, aliviando dois dias de tensão.

Estou tão feliz por estar de volta à nossa cama depois da viagem, do pesadelo de lidar com duas das minhas amigas machucadas, adormecendo ao lado da cama de Maria e com Kathleen ainda em risco. Eu sei que não há nada que possamos fazer por elas esta noite. Amanhã é mais um dia para ficar no hospital, espalhando amor e rezando para Kat ficar bem.

Os lábios de Chase descem para minha clavícula, onde ele lambe uma linha escorregadia. Em vez de levantar a blusa por cima da minha cabeça, ele derruba as alças pelos meus ombros, ávido por mais pele.

— Tudo em você me excita — diz. — Sua pele perolada. — Ele traça com a língua uma linha entre meus seios, empurrando a blusa. Não estou usando sutiã porque ele poderia machucar minha tatuagem, então, quando a empurra, meus seios ficam livres. De imediato, ele toma um deles em sua boca quente. Gira a língua em torno do nó firme de carne, mordendo sedutoramente o bico ereto, enviando ondas de prazer pelo meu corpo e me deixando molhada.

Gemo enquanto ele chupa com força.

— Eu amo como seus mamilos rosados ficam escuros, se transformando em duas amoras maduras quando eu chupo. — Chase prova o que diz, apertando os bicos, colocando o máximo possível do meu seio na boca e mordendo. Minhas costas se arqueiam e eu enfio as mãos em seus cabelos, segurando-o com força, me oferecendo. Ele pega meus seios, puxando e beliscando cada mamilo até se tornarem pontos quentes de necessidade. Agarra minha blusa e a puxa lentamente sobre minha tatuagem, meus ombros e minha cabeça, jogando-a para o lado.

O olhar de Chase se concentra na tatuagem. Com um toque levíssimo, ele traça a área e a beija. Ainda está cicatrizando, mas não dói mais.

— Eu adoro ver isso na sua pele, baby. Saber que é para mim. — Ele meneia a cabeça. — Eu não sei se um dia vou te merecer, mas vou passar a vida tentando.

Toco seu rosto com as duas mãos.

— Você é mais que merecedor, Chase. Você é o meu mundo. Você, eu e agora o nosso bebê. Nós somos uma família. Uma família de *verdade*. Você me deu algo que ninguém mais poderia me dar. Você não vê isso?

Depois disso, todas as palavras são desnecessárias, porque Chase assim as torna, mantendo minha boca ocupada com a dele. Ele me beija com todo o seu ser e eu o sinto nos dedos dos pés, que se curvam a cada passada de sua língua. Seu gosto mentolado me chama. Fala com um local profundo dentro de mim, onde uma mulher conhece o seu parceiro instintivamente.

Beijo após beijo inebriante, Chase e eu nos reconectamos, encontramos aquela unidade que tivemos na Irlanda e a trazemos para a cama da nossa casa. Os lábios de Chase se separam dos meus enquanto suas mãos deslizam sobre minhas coxas.

— Preciso estar dentro da minha esposa.

Ele nem se dá o trabalho de tirar a minha calcinha, apenas rasgas as laterais. Então segura minhas pernas bem abertas, olhando para o meu sexo coberto de excitação como se estivesse faminto, sem saber se quer colocar a boca em mim ou me penetrar. É uma decisão difícil, eu sei, mas estou pronta para qualquer uma das opções, desejando ambas igualmente.

No fim, ele acaba com os olhos no prêmio. Iluminando-se rápido, seu rosto está entre minhas coxas, flutuando sobre meu centro. Ele puxa o ar completamente.

— Caramba, esse cheiro. Não há nada como o aroma do seu desejo, baby. Me dá água na boca. — Ele prova isso abrindo mais minhas coxas e me lambendo de cima a baixo, grunhindo de prazer. Depois, coloca os lábios sobre meu calor sensível e me chupa com força, os polegares me mantendo aberta, os indicadores fazendo círculos em torno do clitóris com tanta perfeição que eu decolo para o orgasmo. Meu corpo convulsiona em sua boca, sua língua mergulhando para dentro e para fora de mim. Os sons que ele está fazendo são primais, perdidos no momento, e eu amo cada segundo em que sou o centro de sua atenção.

Depois de lamber cada milímetro, seus olhos vêm para os meus. Seu rosto está coberto com a minha essência enquanto ele arrasta a língua sobre os lábios molhados, como se quisesse sorver cada gota do meu prazer. Seus olhos lindos estão quentes.

— Vai machucar o bebê se eu te foder forte? — ele pergunta, segurando minhas coxas abertas.

Balanço a cabeça.

— Não. O bebê está bem protegido e é muito, muito pequeno.

As narinas de Chase se abrem e ele abaixa a cueca. Seu pau é enorme, grosso e tenso. A cabeça larga pinga e eu gemo, querendo mais que tudo lambê-la, sentir o gosto de seu desejo por mim.

— Me deixe experimentar — imploro, prendendo os olhos nele.

— Você quer sentir o gosto do meu pau?

Abro um sorriso malicioso.

— Não, quero sentir o gosto do *meu* pau. — Mordo o lábio inferior e levanto o queixo.

O sorriso de Chase é predatório e seus olhos estão reluzindo. Sua mão desce e toca todo o meu centro.

— Esta boceta é minha?

— Sempre foi.

— E sempre vai ser — ele dispara, colocando a palma da mão em meu clitóris, ao mesmo tempo em que mergulha dois dedos profundamente.

Minha cabeça cai de novo no travesseiro com um gemido. Movo a cabeça de lado a lado enquanto contorço os quadris, querendo mais. Eu não aguento. Quando ele está me tocando, eu pertenço a ele, e o filho da puta convencido sabe disso.

Ele tira a mão e vai até o topo da cama, sobre meu peito.

— Coloque a boca no meu pau, esposa. — Chase vai usar essa palavra até eu detestar ouvi-la, sei disso. Mas dessa vez ela me deixa quente pra caralho, e uma nova leva de umidade mela minhas pernas.

Lambo a ponta de sua ereção e lhe dou um beijo de boas-vindas. Ele apoia a mão na cabeceira, se equilibrando acima de mim. Sua cabeça cai no peito e ele fecha os olhos. Apesar de ele estar ajoelhado sobre mim, sei que neste momento sou eu quem o controla. Seu pau flutua sobre meus lábios, então eu os esfrego por todos os lugares, deixando uma trilha molhada pelo seu comprimento e de volta ao topo.

— Você está me provocando — ele alerta, a voz tensa do jeito que eu gosto.

Coloco os lábios na coroa e lambo um círculo no topo antes de enfiar só a cabeça na boca e lhe dar uma boa chupada. Chase treme e balança os quadris, querendo que eu tome mais, mas eu me afasto, preferindo provocar. Ele grunhe e segura meu queixo com a mão, seu polegar empurrando meu lábio inferior para baixo, abrindo bem minha boca.

— Você vai enfiar na garganta, baby, e depois eu vou mergulhar tão fundo na sua boceta que você vai esquecer onde você termina e eu começo.

Isso parece muito bom. Anuo com a cabeça e ele penetra fundo na minha garganta.

CHASE

Apertado. Apertado pra caralho.
Molhado. Molhado pra caralho.

Seus lábios perfeitos se esticam sobre meu membro enquanto eu o enfio em sua boca até alcançar aquele músculo e ultrapassá-lo. Ela engole tudo, como a deusa que é, e eu cerro os dentes, desfrutando da sensação de estar completamente em sua garganta, sentindo o ar sair de seu nariz em minha virilha. Seus olhos se arregalam e posso ver que ela precisa de ar, então me afasto rapidamente. Ela não hesita um segundo, respirando fundo e me puxando de volta, fazendo garganta profunda como uma profissional. Minha mulher, minha esposa, ama meu pau e tem muito pouco reflexo de engasgo. É oficial: eu me casei com a mulher perfeita.

E agora ela vai ter um filho meu.

Senhor! A ideia me deixa loucamente excitado. Saber que ela tem meu filho dentro dela, algo que eu plantei ali, um pedaço de mim. Meu membro está duro como uma pedra. Eu poderia talhar mármore com ele.

Eu o tiro de sua boca suculenta, mas só porque sei que sua boceta vai estar tão quente e molhada quanto. Ela mia em protesto.

— Faminta pelo meu pau, baby?

Ela geme, abrindo as pernas, me oferecendo a entrada para a terra prometida.

Manobrando suas pernas no alto e bem abertas, eu me centralizo em sua entrada encharcada. Viro os quadris, esfregando meu membro por todo o seu sexo molhado, prestando atenção extra para estimular o pequeno clitóris que está apontando de seu esconderijo. Eu gostaria de correr minha língua por todo o botão endurecido, mas neste momento nós dois temos que ser um. Unidos.

Mergulho em seu calor e ela trava o meu pau, tornando sua caverna ainda mais deliciosamente apertada com o esforço de seus músculos.

— Puta merda! Bom demais. — Tiro para fora e enfio de volta. Ela geme, as mãos vindo para meus bíceps, onde suas unhas afundam. Reposicionando-nos, abro bem suas pernas e as empurro para as axilas. — Tudo bem? — pergunto, grunhindo, a ponta do meu membro apertando aquele local dentro dela que a deixa boba.

— Ah, ah, ah — ela diz, sem fazer nenhum sentido. Eu me apoio nos joelhos, puxo seu corpo sexy para o meu e meto sem parar. Os sons sem sentido começam de novo e sinto um orgulho intenso, sabendo que reduzi esta mulher inteligente a uma entidade que balbucia, levada apenas pelo prazer.

Com o polegar, acaricio o ponto em que estamos unidos. Seus olhos se abrem em um disparo.

— Olhe para baixo — falo, e, como uma boa menina, ela obedece. Seguindo seu olhar, observo enquanto enfio meu pau para dentro e para fora de sua boceta apertada. Faço questão de esfregar o clitóris vermelho com o polegar e depois o lugar onde a estou tomando. — Sinta nós dois — insisto. Ela traz a mão trêmula ao espaço entre nossos corpos. Pego sua mão, aperto seus dedos em seu clitóris doce, ela geme e então empurra mais para baixo, em nosso ponto de união. Seus olhos se arregalam e sua boca se abre quando ela me sente entrando e saindo. — Somos nós, Gillian. Nós estamos conectados. — Seus dedos brincam no lugar molhado entre nossos corpos, enviando raios de prazer através do meu pau e subindo até a virilha para espiralar em minha coluna. — Você sente? Sou eu amando você.

Ela solta o ar. Sua cabeça cai para trás e seus dedos escorregam para o clitóris, onde ela se manipula com dois dedos em círculos furiosamente rápidos. Que tesão.

— É isso aí — encorajo, os músculos de sua boceta me apertando, seus quadris subindo para encontrar os meus. Ela é incrível. Seu corpo inteiro está estirado como um tambor. O suor brilha em sua pele, se misturando ao meu. Seus mamilos apontam para o céu, como um convite. Se estivesse em uma posição diferente, eu estaria chupando aqueles bicos de morango como um homem faminto.

— Mais forte — ela implora. Eu havia planejado tomá-la com força, mas saber que o meu filho está ali me faz hesitar.

— Tem certeza?

Ela respira fundo.

— Mais forte, Chase. Me faça gozar.

Isso é tudo o que preciso ouvir. Eu me inclino sobre seu corpo, sua mão ainda trabalhando no clitóris enquanto meto nela. Ela grita de prazer.

— Isso, isso, mais!

Então eu dou para ela. Mergulhando para dentro e para fora, rosnando com a necessidade de marcar meu território, enchendo-a completamente.

Quando me inclino para a frente, tomo um mamilo na boca e chupo com força. Isso basta. Seu corpo tremula e seu sexo se trava ao redor do meu pau, agarrando-se em mim com tanta força que é quase doloroso. Eu a fodo sem parar e, quando ela tem espasmos diante de mim, suas unhas afundando em minha bunda, eu gozo e gozo e gozo em seu corpo trêmulo. Ela se gruda em mim o tempo todo, até eu despencar em cima dela, completamente destruído, da melhor maneira possível.

Envolvo meus braços em torno dela, trazendo-a para a caverna dos meus braços. Quando olho, vejo que ela apagou. Eu a fodi até ela dormir. Um sorriso lento desliza em meu rosto e eu coloco sua perna sobre a minha, me assegurando de que ainda estou totalmente dentro da minha mulher. Abraçando-a forte, protegendo-a e ao meu filho. Pequenos sopros de ar coçam os pelos em meu peito.

Sentindo-a em meus braços, meu membro ainda dentro dela, sua respiração em meu peito, os braços em torno de mim, posso finalmente descansar.

※

Acordo com Gillian tentando sair dos meus braços. Não é uma opção. Sem dizer nada, eu rolo sobre ela, meu pau ainda enganchado, mas agora duro. Ela perde o ar e eu roubo sua respiração, cubro sua boca com a minha e me movimento dentro dela. Mergulho lentamente para dentro e para fora. Sem pressa, mas ainda a querendo desesperadamente.

Mãos acariciando um ao outro, músculos amolecendo, lábios grudados, fazendo amor de forma excepcionalmente lenta. Eu a levo às alturas da paixão, trago-a para baixo e a levo até lá novamente. Sem parar, faço amor com ela, sussurrando em seu ouvido tudo o que eu não pude dizer antes.

— Estou feliz com o nosso bebê — digo, penetrando fundo.

— Eu também — ela sussurra na linha do meu cabelo.

— Eu quero ser um bom pai. Eu *vou ser* um bom pai — prometo, chupando seu pescoço, mergulhando nela.

— Você vai ser. Eu sei disso. O nosso bebê vai ser tão amado — ela diz, levantando os quadris, acariciando minhas costas.

— Vou amar vocês dois, dar tudo a vocês... — murmuro entre seus seios, tomando um mamilo e chupando-o. Sua mão acaricia meu couro cabeludo enquanto adoro seus seios.

— Nós só precisamos de você. Você é tudo — ela diz, rouca, jogando a cabeça para trás, oferecendo seus seios para minha boca gulosa.

Balanço a cabeça para que ela a sinta nas mãos.

— Vocês nunca vão precisar de nada. — Meto nela e a chupo com força ao mesmo tempo.

— Eu só quero você, só você. — E é aí que gozamos, nós dois despencando do ápice juntos, abraçados, meus lábios sobre os dela, tomando sua boca da mesma forma que estou tomando seu corpo. E ela o oferece livremente, voluntariamente, lindamente. Minha esposa. A mãe do meu filho.

Quando acabamos, ficamos deitados ali, abraçados no quarto escuro. Um milhão de pensamentos correm pela minha cabeça, sobre como vou protegê-los, mantê-los seguros de um homem que machucou tanta gente, seus sentimentos deturpados por Gillian.

Minha cabeça está em seu peito, minha mão acariciando sua barriga.

— Você acha que ele nos sente? Sabe, quando fazemos amor? — pergunto, sem saber nada sobre o corpo de uma mulher grávida. Uma situação que vou retificar imediatamente. Vou baixar no meu iPad todos os livros sobre gravidez que encontrar. Preciso saber tudo sobre o nosso filho, sobre o que está acontecendo com o corpo dela e o que eu preciso fazer e oferecer para garantir que o bebê venha ao mundo feliz e saudável.

Gillian corre os dedos em meu couro cabeludo, acalmando a ansiedade crescente com a percepção de que eu sei tão pouco sobre ser pai.

— Eu acho que o nosso bebê sente o amor. A Bree disse que está fazendo sexo selvagem regularmente com o Phil. — Seu rosto se contorce e eu me pergunto se ela ainda sente alguma coisa pelo primeiro cara com quem transou. Ela olha para baixo com a testa franzida. — É como se eu estivesse falando do meu irmão e da minha irmã transando. Me dá um certo nojo.

Dou risada e beijo sua barriga, correndo o dedo sobre a superfície plana, imaginando-a ficando maior. Vai ser incrível.

Ela solta o ar.

— De qualquer forma, o médico dela disse que sexo está absolutamente liberado, desde que ela se sinta bem.

— Sem restrições? — pergunto, interessado nessa parte.

Ela encolhe os ombros.

— Não sei.

— Temos que ir ao médico o mais rápido possível. — Eu me movo para me levantar, mas ela me segura.

— Aonde você vai? Chase, nós precisamos dormir. Temos um dia longo no hospital amanhã. — Seus olhos verdes mostram preocupação e eu me derreto, lhe dando um beijo.

— Vou pegar o meu iPad. Quero baixar uns livros sobre gravidez.

Ela olha para o relógio.

— Às duas da manhã? — Posso ver por que ela acha estranho, mas a necessidade de saber o que está acontecendo dentro dela perturba meu subconsciente. — Chase, nós nem sabemos de quanto tempo eu estou. E não podemos contar para ninguém — ela avisa.

Eu me sento e olho para ela. Minha temperatura sobe. Os sentimentos relaxados que tinha há pouco me deixam rapidamente. Prendo seu olhar ao meu, provavelmente duro e intransigente.

— Eu vou contar pra todo mundo. Minha esposa está grávida e eu quero que a porra do mundo inteiro saiba.

Ela sorri e meneia a cabeça.

— Baby, não podemos contar para ninguém até saber de quanto tempo eu estou e que o bebê está bem. Além disso, nem contamos que nos casamos ainda. Eu prefiro anunciar quando tudo estiver mais calmo e nós pudermos comemorar. Talvez quando a Kat não correr mais risco, ou já tiver saído do hospital.

Eu entendo o que ela quer dizer, mas não gosto.

— Vou pensar.

— Faça isso. Por ora, você pode deitar e me abraçar, por favor? Estou tão cansada — ela reclama e eu desisto, puxando-a para meus braços, deslizando meu corpo nu contra o dela. Quando estamos entrelaçados de lado, ela solta um suspiro satisfeito. — Você realmente está de boa com isso? — pergunta, em tom nervoso.

Coloco a mão sobre a barriga dela, onde meu filho está aninhado e seguro.

— Estou muito de boa. Só estamos começando a nossa família um pouco antes do planejado, e acho até melhor que tenha simplesmente acontecido. Agora temos algo bom para esperar.

Ela coloca a mão sobre a minha.

— Sim, algo bom para esperar. Gostei, Chase. Não, *amei*.

Logo seu corpo fica pesado e sua respiração se acalma com o sono. Fico deitado ali, acariciando sua barriga em nosso quarto escuro.

— Eu vou proteger você, pequenino. Vou fazer o que for necessário. Você nunca vai conhecer a dor como a sua mãe e eu conhecemos. Eu juro.

Adormeço imaginando um menininho de cabelos escuros com a pele clara e os olhos verdes e brilhantes, iguais aos da mãe.

17

DANIEL

O alarme do meu celular toca e eu olho para a tela. Parece que a vadia loira está recebendo uma ligação do ricaço cretino. Sento na minha cama, na casa do meu irmão adotivo, e clico no telefone. A idiota não sabe que eu instalei um aplicativo no celular dela. É um dispositivo que eu mesmo inventei, que permite que eu ouça qualquer ligação no momento em que ela está ocorrendo. Então, quando o seu telefone toca, recebo uma notificação e posso ver o que ela vê em sua tela. Nesse caso, "Chase Davis".

Não que eu queira ouvir a voz do filho da puta, mas quero descobrir o que está acontecendo com a minha garota e coletar qualquer informação sobre como tirá-la mais uma vez daquele cretino e levá-la rapidamente para o Canadá, onde ninguém vai encontrá-la.

— Chase, sinto muito pela Kathleen e a Maria — ela diz assim que atende. Ouvir sobre as minhas últimas vítimas e a minha garota em uma única ligação... Caralho, eu sou um homem de sorte.

— Obrigado, Dana. A Maria está bem. Ela vai sair do hospital esta semana ainda. Já a Kathleen é um caso mais incerto. — Sua voz soa autoritária, e eu quero alcançá-lo pelo telefone e estrangulá-lo onde ele estiver. Provavelmente ao lado da minha princesa perfeita. Filho da puta.

— É bom saber que a Maria está se recuperando. Não posso nem imaginar como a sua noiva recebeu a notícia.

— Esposa. — Seu tom é casual, e eu cerro os dentes e fecho o punho. Ainda não consigo acreditar que ela se casou com ele. Como ela pôde? Respiro fundo várias vezes, lembrando que ele deve tê-la obrigado. É a única explicação razoável.

— Como é? — ela diz, chocada.

— Nós fugimos para casar. Eu a levei para a casa que comprei na Irlanda. Nos casamos em uma igrejinha há alguns dias. Só nós dois.

Dana não fala nada por um momento, então finalmente sussurra:

— Fico feliz por você, Chase. Eu soube, no dia em que conheci a Gillian, que ela mudaria a sua vida. E sinto muito que o meu ex-namorado tenha machucado tanto vocês... — Sua voz fica aguda, mas ela tanta disfarçar. Se eu percebo que ela está chorando, ele também percebe, e isso me deixa exultante. Chase, por sua vez, é um babaca molenga que se sensibiliza com os sentimentos dela. Eu devia ter matado a vadia quando tive chance. Tecnicamente, ainda posso. "Meu ex-namorado" uma ova. Ela era um pedaço de carne. Uma biscate maldita com quem eu trepava para conseguir o que queria. Ex-namorado. Quase rio alto.

— Chega, Dana. Eu não te liguei para isso. Desculpe por não ter entrado em contato antes, mas a Gillian e eu não queríamos que ninguém ficasse sabendo dos planos de nos casarmos. As amigas dela ainda não sabem e, agora que mais uma tragédia aconteceu, vão continuar sem saber por um tempo.

A voz dela treme de novo e eu reviro os olhos. Puta estúpida, fecha a boca. Ele não dá a mínima para suas lágrimas.

— Bem, parabéns. — Ela funga alto, provavelmente limpando a merda na manga. Vadia nojenta. Era por isso que eu sempre a fodia por trás. Não aguentava olhar para seus olhos chorões.

— Obrigado — ele diz abruptamente, como se não tivesse muito tempo. Provavelmente não. Ele tem a mulher mais bonita do mundo em sua cama. Eu não a deixaria nem para dar um telefonema, nem pensaria em ligar para essa vagabunda burra. — Bom, estou ligando por duas razões. Em primeiro lugar, a Gillian precisa ir a um ginecologista obstetra imediatamente. Eu quero uma consulta o mais rápido possível. Qualquer horário nesta semana está bom. Quanto antes melhor.

— Está tudo bem? — A voz dela mostra preocupação, e eu estou feliz, porque minha própria ansiedade está retorcendo minhas tripas. É melhor que ele não lhe tenha passado uma DST. Eu o mataria. Quer dizer, planejo matá-lo de qualquer forma, mas, se ele a prejudicar de modo irreparável, vou cuidar para que sua morte seja lenta e imensamente dolorosa.

— Está tudo ótimo, na verdade. — O tom de Chase é jovial, praticamente rindo. — A minha esposa está grávida e precisa de uma consulta para começar o pré-natal. — Grávida. Gillian está grávida do ricaço cretino? Eu posso não ter ouvido direito. Chase continua: — Nós calculamos que ela esteja terminando a sexta semana agora, mas precisamos ter certeza, garantir que o bebê está bem depois de tudo o que ela passou nas mãos daquele psicopata.

Grávida.

Psicopata.

Ele roubou a minha mulher, enfiou a piroca imunda nela e plantou ali sua semente bastarda. A fúria que normalmente consigo controlar começa a emergir do fundo da minha alma. A escuridão começa a engolir toda a luz, enquanto minha visão se transforma em minúsculos pontos vermelhos. Meu corpo começa a suar, gotas enormes brotando na testa, couro cabeludo, axilas, escorrendo pelas costas enquanto assimilo as palavras. Grávida. Psicopata.

Posso ouvir vagamente que ele ainda está falando.

— Quero planejar um jantar, só eu e ela. E essa é a segunda razão pela qual preciso de você. Eu gostaria que você fizesse uma reserva na Coit Tower. Não importa o custo. Mesa, serviço de jantar, tudo. E quero que seja completamente particular. A comida favorita da Gillian é a italiana. Ligue para algum lugar e peça para entregarem.

— E o Bentley? — ela pergunta, mas estou tendo dificuldade para acompanhar. Ainda estou paralisado no fato de ele ter engravidado a minha mulher.

— Ele estará cozinhando para a família na mansão. A Gillian e eu precisamos de um tempo sozinhos.

— Isso é recomendável? — ela pergunta e eu concordo. Sozinhos. Ele é mais burro do que eu pensava. Nem um pouco recomendável, filho da puta burro que engravidou a minha garota.

— O McBride não sabe onde estamos, e vai ser só por algumas horas. Na próxima sexta vou liberar o Jack para ir ver a família dele, e a Gillian e eu vamos ficar sozinhos. Quero levá-la para conhecer um dos prédios com a arquitetura mais bonita de San Francisco. Quando voltarmos do hospital, quero que tudo esteja pronto. Vou dar a ela um jantar sob as estrelas, com uma vista de trezentos e sessenta graus da cidade e, acima de tudo, uma noite que ela jamais vai esquecer.

— Uau, que romântico, Chase. Mas o Jack concorda com isso?

Sua voz é um alerta, e tenho vontade de espancar a puta do caralho. Mandá-la calar a boca e deixar o cretino ignorante se tornar um alvo fácil.

— Ele não sabe e eu não quero que saiba. Ele acha que a Gillian e eu vamos estar na mansão.

Então eles vão estar completamente sozinhos em um prédio velho com muitos lugares para se esconder. O ódio que sinto começa a ceder conforme um plano se forma em minha mente. É perfeito demais. Eu vou entrar lá antes de o lugar fechar e me esconder. Quando vir a empresa responsável pelo jantar indo embora, seremos só nós três — Gillian, Chase e eu. Então vou matá-lo e injetar drogas suficientes nela para forçar um aborto. Se isso não funcionar, eu arranco aquele ovo do diabo da barriga dela com um cabide de arame.

Daqui a alguns dias, todos os problemas terão acabado. Chase Davis vai estar morto e Gillian vai ser minha, de uma vez por todas.

CHASE

Somos levados para uma saleta branca. A mesa de exames está coberta de papel e Gillian está tirando a roupa. Toda. Eu me encolho, me perguntando por que ela precisa estar nua para isso.

— Você tem que fazer isso toda vez que vai ao ginecologista? — pergunto. Seus lábios se curvam em um sorriso enquanto ela fecha a parte da frente da bata de papel. É completamente aberta na frente. Cem por cento de seu corpo está nu e facilmente acessível. Que. Merda. É. Essa.

Gillian coloca a bunda em formato de coração na mesa e suspira.

— Sim, toda vez é assim. Eu não conheço uma única mulher que goste de ir ao ginecologista. Prefiro muito mais o dentista.

Meneio a cabeça e olho para seus pés balançando. Dois braços de metal saem da beira da cama. Eu os toco e inclino a cabeça para examiná-los.

— O que é isso?

— Apoios. A gente coloca os pés aí e empurra o bumbum até a ponta da mesa.

— Você só pode estar brincando. — Meu olhar paira sobre o dela, esperando que esteja tirando um sarro da minha cara. Gillian gosta de fazer piada, só que dessa vez seu rosto não demonstra nenhum indício de humor.

Seus lábios formam uma linha dura.

— Eu queria estar. É degradante, mas pelo menos a Dana solicitou uma médica mulher.

A ideia de Gillian nua, mesmo no contexto médico, de pernas abertas, com a bunda na beira da mesa e o rosto de outro homem entre suas coxas, me faz cerrar os dentes com tanta força que o som ecoa em meus tímpanos.

Ela segura minha mão e se curva para um beijo. Eu lhe dou o que ela quer enquanto a porta do consultório se abre.

— Sra. Davis, sr. Davis, imagino.

Anuo enquanto a pequena oriental aperta a mão de Gillian e depois a minha, se apresentando como dra. Wong enquanto enfia o nariz em um arquivo.

— Então vocês tiveram um teste de gravidez positivo. — Ela olha por cima da armação dos óculos.

— Seis — eu digo.

Uma sobrancelha escura sobe.

— Vocês fizeram seis testes?

Ambos assentimos, nenhum de nós comentando que, quando descobrimos que os três testes que fizemos primeiro deram positivo, pensamos ser prudente fazer mais três. Tudo bem, eu pensei que era prudente. Gillian só pensou que era divertido.

— Está certo — diz a médica. — Deite-se, traga o bumbum para a ponta da mesa e coloque os pés nos apoios. — Gillian segue as instruções enquanto a mulher pega uma máquina que tem um teclado e um bastão preso a ela. — Quando foi a sua última menstruação? — ela pergunta enquanto ajeita o aparelho, que parece um computador em um suporte de televisão. Quando o aproxima, ela dá a volta em Gillian, abre a bata e manipula seus seios, esfregando-os por toda parte.

Limpo a garganta e os olhos de Gillian se voltam para mim.

— Exame de mamas, baby — diz, como se fosse perfeitamente normal uma mulher mexer desse jeito em seus seios.

Isso obviamente me incomoda mais do que a ela. Gillian então responde à pergunta da médica.

— Eu estou dois meses atrasada, mas houve circunstâncias atenuantes. Deveria ter menstruado novamente na semana passada.

Os olhos da médica se viram para os da minha esposa.

— Circunstâncias atenuantes? — ela questiona e então apalpa sua barriga de um jeito que parece meio bruto. Gillian segura minha mão com força. Ela não quer dividir essa informação com a médica, ou não gosta do que a mulher está fazendo. Além disso, eu sei que este momento é importante para ela. Ela quer que seja uma ocasião feliz, e nós dois já estamos cheios de ansiedade pelo fato de ela provavelmente já estar grávida quando foi drogada e raptada.

— Olha, dra. Wong, a minha esposa foi raptada há quase seis semanas, no dia do nosso casamento. Ela foi drogada, espancada e presa em um abrigo subterrâneo. Acabamos de descobrir que ela está grávida e precisamos desesperadamente dos seus conhecimentos médicos para nos dizer se o nosso filho está saudável e crescendo normalmente. Ela foi drogada com o tranquilizante etorfina, depois recebeu doses altíssimas de antibióticos e analgésicos no hospital. O prontuário da Gillian deve ter sido enviado pela minha assistente.

O olhar frio da médica se torna quente e preocupado. Não tenho certeza se é um bom ou um mau sinal.

— Foi sim, e agora eu entendo por que havia drogas no sistema dela. — Então ela dá a volta e para entre as pernas de Gillian. Coloca um monte do que parece ser lubrificante nos dedos e os move entre as coxas da minha esposa. O corpo inteiro de Gillian fica tenso, e eu tenho certeza de que os meus olhos se arregalam.

— Que merda você está fazendo? — rujo, mas Gillian me detém com uma mão no meu estômago.

— Exame de toque, Chase — ela diz, sem ar. Obviamente, porque tem uma mulher com os dedos na porra da boceta da minha esposa!

— Sr. Davis, estou checando o colo do útero, o útero e os ovários, procurando cistos ou anormalidades texturais. — Ela tira a mão. — Tudo parece em ordem.

Tenho vontade de gritar que eu já sabia que tudo estava "em ordem", pois sou muito íntimo desse local.

— Bem, vamos dar uma olhada no feto e eu vou saber melhor com que estamos lidando. — Ela dá um sorrisinho e levanta a ferramenta parecida com um bastão, coberta com algo dolorosamente parecido com um preservativo. Meus olhos se arregalam enquanto a médica se coloca entre as pernas de Gillian de novo. — Você vai sentir um pouco de pressão — ela avisa. A mão de Gillian aperta a minha e seus olhos se fecham.

Então, de repente, o aparelho parecido com uma TV mostra algumas imagens aparentemente estáticas. Em seguida, há um círculo preto com bolhas no centro.

Pelo que parece uma eternidade, a médica aperta um monte de botões, escreve notas no arquivo de Gillian, mas ainda não nos dá um feedback sobre a sua condição.

Olho para a minha esposa. Lágrimas estão escapando de seus olhos fechados.

— Baby, não chore. Está doendo? — Não posso imaginar como seria ter um objeto parecido com um vibrador enfiado dentro do meu corpo por uma estranha. Fecho os punhos nas laterais e respiro fundo, depois levanto o braço para acariciar o topo de sua mão, tentando acalmá-la.

Ela balança a cabeça.

— Não é isso. Estou... estou com tanto medo — ela sussurra, e a médica, concentrada na tela, finalmente percebe que há seres humanos ali, esperando para ouvir sobre o bem-estar de seu filho, enquanto ela toma notas de maneira eficiente.

— Desculpe, sra. Davis. — Ela vira a tela e aponta. — Estão vendo esta bolha? — Nós dois fazemos um sinal afirmativo com a cabeça. — Esse é o seu bebê. Estão vendo esta luzinha piscando? — Focamos o pequeno ponto de luz.

— Sim — respondemos juntos.

— É a batida do coração. — Ela escreve mais alguma coisa na folha de Gillian.

Olho para a tela enquanto Gillian estrangula minha mão. Lanço um olhar em sua direção e vejo seu rosto lindo cheio de alegria. Ela está brilhando tanto que é como se seu rosto inteiro estivesse iluminado, aceso por dentro. Como se sua alma tivesse vindo à superfície, dividindo seu calor. É difícil não olhar, mas percebo algo que preciso que seja esclarecido.

— Dra. Wong, o que é essa bolha e essa luzinha piscando? — Uso a unha para mostrar o ponto fora da primeira bolha.

— Muito observador, sr. Davis. — Sorrio, mas o sorriso murcha instantaneamente quando ela responde: — Esse é o seu outro bebê.

Agora minha mão com certeza está prestes a se quebrar ao meio. Tento arrancá-la inutilmente da mão de Gillian, que parece uma garra. Sua outra mão vai até a boca e abafa uma combinação de soluço e engasgo.

A médica olha de um para o outro.

— Parabéns, sr. e sra. Davis. Em aproximadamente sete meses e meio, vocês vão ser pais de gêmeos fraternos.

Gêmeos. Com isso, dou alguns passos para trás, Gillian solta minha mão e, quando meus joelhos batem na cadeira, eu afundo nela.

— Gêmeos.

— Gêmeos — ela repete, os olhos verdes cheios até o topo de medo. Encaro seus olhos, o rosto branco adorável, aquele com o qual eu durmo, sonho e tenho o privilégio abençoado de acordar todas as manhãs. Minha esposa. Minha esposa, grávida de gêmeos. Meus gêmeos. Meu Deus.

Dois filhos. Nossa família de três acabou de crescer para nossa família de quatro.

— Chase... — Gillian sussurra, a voz trêmula. Com dois passos, estou ao seu lado. Eu a envolvo nos braços enquanto ela chora em meu peito. Soluça, na verdade. Alto.

— Baby, vai ficar tudo bem. Nós estamos bem. Os bebês estão... puta que pariu, os bebês estão... — Olho para a dra. Wong, que empurra a máquina de volta para o canto e lava as mãos.

Olhando para trás, ela responde.

— Os bebês estão ótimos. As batidas do coração estão fortes e o tamanho é normal para dois fetos de seis semanas. Vamos fazer um exame de sangue na mãe para garantir, mas eu não acredito que as drogas possam ter causado danos aos embriões. Provavelmente eles não haviam sido implantados no útero quando o ataque ocorreu.

A médica para diante de nós, Gillian ainda em lágrimas, se aninhando em meu peito.

— Aqui. — Ela nos dá uma foto dos dois bebês, um com um pequeno A ao lado e outro com um B. Nossos filhos, A e B. Abafo uma risada. Na verdade não é engraçado, mas eu tenho que cuidar da minha esposa e tirá-la daqui para que nós dois possamos digerir tudo isso.

— Obrigada — diz Gillian, o deslumbramento claro em suas emoções enquanto ela passa um dedo sobre cada bolha.

— As enfermeiras vão marcar um horário regular para você comigo. Quero te ver uma vez por mês durante os próximos cinco meses, e depois vamos determinar como vai ser o parto. Nesse meio-tempo, sugiro que você leia sobre gêmeos, o que está acontecendo com o seu corpo e tome as vitaminas que vou prescrever. As enfermeiras vão lhe dar um pacote de informações para levar para casa, detalhando os próximos passos. E lembre-se... — Ela coloca a mão no joelho de Gillian. — As mulheres têm bebês há séculos, e gêmeos não são incomuns na minha profissão. Eu vou cuidar muito bem de vocês.

Ambos assentimos.

— Obrigado, dra. Wong. Agradecemos por nos receber tão rápido — digo.

A médica sorri gentilmente e deixa a sala.

Gillian planta o rosto em meu peito de novo.

— O que vamos fazer? — pergunta, embora suas palavras estejam abafadas pela minha camisa.

— Vamos viver um dia de cada vez, baby.

— Mas gêmeos... Eu vou ficar imensa! — Ela fecha a cara.

— Mais de você para amar... e para foder.

A última parte arranca uma risada dela. Meu Deus, ela poderia resolver os problemas do mundo com essa risada.

— Seu pervertido.

— Com você... sempre. — Pisco um olho e a ajudo a se levantar. Ela se veste, pegamos nosso pacote na recepção e marcamos uma série de consultas, de que eu solicito uma cópia adicional.

— Por que você precisa de uma cópia? — Seus lábios assumem uma expressão pensativa.

Eu a puxo para perto quando Jack nos vê na sala de espera. Ele abre a porta e nos leva ao SUV.

— Para dar à Dana. Assim ela não marca nenhum outro compromisso no mesmo horário.

Os olhos de Gillian se arregalam e sua boca se abre.

— Você vai vir sempre comigo?

Franzo a testa.

— Claro. Você é minha mulher. São os meus filhos. Isso não me envolve? — Não tenho certeza de aonde ela quer chegar com essa pergunta e, francamente, acho irritante. Que espécie de homem engravida a esposa e depois a deixa sozinha para passar por isso?

Ela junta as mãos no colo.

— Eu só pensei que os homens não participassem desse tipo de coisa. O Phillip não foi a todas as consultas com a Bree.

— Eu não sou o Phillip. — Ela franze a testa, mas a menção do nome dele me faz cerrar os dentes. Ela toca o músculo que treme, e uma de suas sobrancelhas sobe com o sorriso afetado em seus lábios. — Gillian, eu planejo fazer parte de cada momento dessa gravidez, mesmo que seja só para ver a dra. Wong enfiar uma câmera em formato de pinto na sua xoxota. Minha esposa, *minha* xoxota, eu quero estar lá. Tudo bem pra você? — pergunto, meu tom deixando claro que qualquer resposta diferente de "sim" *não* vai servir.

— Baby, você já quer matar a nossa médica? — Ela ri. — Eu vou ter que lidar com um futuro pai louco, pouco razoável e superprotetor, não vou? — Ela suspira e eu fico extremamente irritado.

— Eu acho bem razoável garantir que a minha esposa e os meus bebês recebam o melhor cuidado possível.

— São muitos pronomes possessivos desde que deixamos o consultório, Chase. Será que dá para amenizar um pouco? — Seu tom é sarcástico, e eu não gosto nem um pouco.

Balanço a cabeça.

— Certamente não. — Eu a puxo para perto com um braço atrás de suas costas, e com o outro consigo checar que o cinto de segurança está bem fechado. Ela revira os olhos e faz questão que eu veja.

— Vão ser sete meses e meio divertidos — ela resmunga.

Eu a imagino ficando arredondada, seus quadris se tornando insanamente macios, os seios, espero, crescendo junto. Sorrio e imagino que ela vai ficar incrivelmente linda.

— Mal posso esperar — digo em voz alta, sem querer.

— Mal pode esperar o quê? Nossos filhos?

Olho para seus traços suaves, aquela luz que brilha tão intensamente atrás de seus olhos.

— Sim. Você vai ser a melhor mãe do mundo, e, com você ao meu lado, eu tenho uma chance enorme de me sair bem também.

Ela levanta a mão e pousa sobre sua barriga lisa.

— Desde que estejamos juntos, vamos enfrentar qualquer coisa. Vamos dar a eles um pai e uma mãe, uma casa maravilhosa e, acima de tudo, muito amor.

Levanto seu queixo com a ponta dos dedos.

— Em uma semana, nossa família passou de dois para três e agora quatro. Obrigado por isso. — Curvando-me, grudo meus lábios nos dela e a beijo profundamente. Ela aceita isso e mais, depois retribui dez vezes.

— Eu te amo — ela sussurra em minha boca antes de selar seus lábios nos meus. Passamos os próximos trinta minutos no tráfico intenso do centro de San Francisco dando uns amassos, como um casal de adolescentes no banco de trás do SUV da família.

18

GILLIAN

Seu rosto está terrivelmente pálido, mas os monitores bipando a seu lado provam que ela está estável. O ritmo cardíaco está como deveria, e o mesmo se aplica à pressão. Ela tem flutuado entre a consciência e a inconsciência desde que foi transferida para o Centro de Queimados Bothin, no Hospital Memorial St. Francis, há mais de uma semana. Finalmente consegui que Carson fosse para casa tomar um banho e dormir um pouco. Prometi a ele que não sairia desta cadeira até a volta dele, e falei sério. Não há nenhum lugar onde eu quisesse estar a não ser aqui, com a minha Kat.

Tiro uma mecha dourada de cabelo de seu rosto. Seus olhos piscam e se abrem. Estão vidrados e fora de foco, mas ela sorri de qualquer forma.

— Ei, Kat, você acordou — digo suavemente, bem perto dela. Estou segurando sua mão boa. Ela tem ataduras cobrindo a pele do braço, a pior das áreas queimadas, que recebeu o primeiro enxerto. O pescoço é o segundo pior, depois a lateral das costelas. Fomos informados de que ela passará por uma série de enxertos e cirurgias durante o próximo ano. Chase, é claro, está cuidando para que ela receba o melhor tratamento possível e informou o conselho de diretores sobre doações consideráveis que planeja fazer ao hospital. Mais uma vez, eu não me importo que Chase saia gastando dinheiro a rodo, desde que Kat receba o que é preciso para se curar. Phillip sarou e está quase cem por cento recuperado. Eu quero o mesmo para Kat.

Olho para o rosto dela, as ataduras cobrindo a metade superior do lado direito do corpo, e as lágrimas que estou segurando caem. Foi minha culpa.

— Sinto muito — digo entre soluços e seguro sua mão em meu rosto, beijando-a repetidamente.

— Foi você que me machucou? — ela pergunta em um tom baixo, a voz áspera, como se não falasse há um mês.

Balanço a cabeça enquanto lágrimas caem em sua mão.

— Então pare de agir como se tivesse sido você — ela alerta. — Agora me conte. O que os médicos disseram? — Seus olhos se tornam duros. — Eles não param de amenizar as informações e de me dopar, então ou eu estou dormindo, ou não consigo pensar direito. Preciso saber a verdade.

Limpando a garganta, eu me inclino para perto dela.

— Acho que seria melhor se o Carson... — começo e ela balança a cabeça e então geme de dor. Eu me levanto. — Vou chamar o médico! — Mais uma vez ela me detém com um aperto na mão.

— Você é minha irmã. Me conte. Eu quero ouvir de você.

Fecho os olhos, expiro e, sem olhar para ela, digo o que sei de uma vez só:

— Seu estado é estável. Eles controlaram o envenenamento por monóxido de carbono. Estão checando seus pulmões para ver se há sinais de pneumonia.

— Gigi...

As lágrimas escorrem pelo meu rosto, mas dessa vez abro os olhos e tento ser forte. Por ela.

— Eles disseram que você vai conseguir mexer muito pouco o braço direito e praticamente nada a mão. O dano nos nervos foi grande demais.

— Continue. — Lágrimas enchem seus olhos caramelo e correm pelo rosto. Quase caio em prantos, mas posso fazer isso mais tarde. Agora tenho que me recompor e ser forte pela minha amiga.

— Certo... hum... eles extraíram enxertos do seu bumbum e da parte interna das coxas, mas provavelmente vão ficar poucas cicatrizes. Os enxertos estão fazendo o seu trabalho agora. Você provavelmente vai passar por muitas cirurgias ainda, mas a esperança é que a maior parte disso tenha acabado daqui a um ano, mais ou menos.

Ela anui, lágrimas caindo, e eu as enxugo.

— Então a minha carreira acabou.

— Não, Kat. Não é verdade. Existem maneiras...

Ela balança a cabeça.

— Não poder costurar ou usar as mãos, especialmente a direita. Eu vou ter que aprender a ser canhota. O sonho acabou, e, quanto antes eu aceitar, melhor vai ser.

— Kat, você não sabe. Você não tem ideia do uso que o seu braço e a sua mão vão ter no futuro. Com fisioterapia. Nervos podem se regenerar. Músculos podem ser treinados novamente. Não desista. Faça tudo o que os médicos disserem. Todos nós vamos te ajudar. O Carson vai te ajudar...

Suas palavras são frias como gelo:

— O Carson? Você se refere ao homem que nunca disse que me ama, nem uma única vez?

Puta que pariu. Pensei que eles já tivessem superado isso. Infelizmente, estive tão ocupada nos últimos três meses, concentrada na minha situação, que nem me dei o trabalho de perguntar. Sou uma amiga de merda.

— Ele ama você, Kat — digo, com toda a convicção que consigo, porque realmente acredito nisso.

Ela abaixa o queixo, seus olhos ficam escuros e duros.

— É mesmo? Pense em tudo isso, em tudo o que passamos. Ele poderia ter dito... pelo menos uma vez.

— Mas ele esteve com você aqui o tempo todo.

Kat assente.

— Sim, esteve. Mas pode ter sido só para evitar ser criticado. Agora que o meu braço, o meu pescoço e as minhas costelas estão deformados pelas queimaduras, e minha bunda e minhas coxas foram escavadas, você acha que ele vai mesmo querer alguém com essa aparência? — Ela meneia a cabeça, e eu não gosto do caminho que está tomando. Eu sei aonde ela quer chegar e odeio isso.

— Escute aqui, Kat. O Carson te ama. Ele vai ficar do seu lado.

Com uma tosse e um espasmo, ela se deita novamente no travesseiro.

— Será que eu quero alguém que não me ama do meu lado? — Lágrimas enchem seus olhos mais uma vez, ela tenta levantar o braço ruim para enxugá-las e grita. A dor deve ser inominável, mesmo com analgésicos. Neste momento, o cheiro do ferimento, das ataduras, de seja qual for a medicação que passaram nela está fazendo minha boca se encher do gosto azedo característico da ânsia de vômito. Faço o que posso para afastar a náusea, mas seu estado de espírito não está ajudando. A tensão em meu estômago faz parecer que o ácido está girando e girando, pronto para subir à garganta.

— Olha, Kat, eu sei que o Carson tem sentimentos profundos por você. — Ela solta o ar entre seus lábios secos. — Ele te ama, senão não ficaria aqui o tempo todo. No momento, a única razão para ele não estar aqui é porque eu o forcei a ir embora, tomar um banho e dormir um pouco, para ele estar refeito e pronto para ficar com você. Ele não saiu do seu lado desde que você foi internada. Se isso não é amor, eu não sei o que é.

Kat aperta os lábios e fecha os olhos.

— Talvez. Acho que só o tempo vai dizer. — Sua resposta é vaga e produzida sem nenhum sentimento. Eu a coloco na conta de seu estado extremamente vulnerável e deixo passar. Minha missão é estar aqui para ela. Isso é tudo o que eu posso fazer. É tudo que qualquer um de nós pode fazer.

CHASE

Tudo pronto. Dana ligou e disse que o bufê está preparado na Coit Tower para o meu jantar com Gillian. Formigamentos de expectativa se misturam à tensão enquanto espio o quarto onde minha esposa está de mãos dadas com Kathleen. As duas estão falando tão baixo que não consigo ouvir, mas com certeza é uma conversa séria. Lentamente me afasto, pego o celular e mando uma mensagem para minha mulher.

> Vou chegar mais tarde do que esperava. Peça para o Jack te levar até a mansão depois que sair do hospital. Te amo. Um beijo nos nossos bebês.

Isso deve funcionar. Se qualquer coisa acontecer comigo e essa merda acabar mal, a Gillian e os nossos filhos vão ter essa mensagem. Ela sempre vai saber que eu a amo e amo os nossos filhos. Se ela soubesse o que estou prestes a fazer, ficaria louca. E, no momento, estou louco de preocupação com ela e as duas crianças dentro dela.

Situações extremas exigem medidas extremas. Estamos no último segundo de jogo. Se isso não funcionar, temo que nunca vai ter fim. Eu não vou poder proteger a minha esposa e os nossos filhos. Vamos ser constantemente vigiados, esperando o próximo ataque. Nenhum de nós pode viver assim. Está desgastando muito a Gillian, e, depois de tudo que ela passou — Justin, a morte de sua mãe, seus amigos sendo machucados, ver minha mãe ser assassinada, ela mesma sendo raptada e espancada... Não, não mais. Não posso ficar parado, esperando que ele coloque as mãos nela de novo. Eu morro para protegê-la, e meu único arrependimento vai ser nunca ter visto o rosto dos meus filhos. É um risco que preciso assumir.

A policial à paisana já está no SUV de vidros escuros quando chego. O sol está se pondo no horizonte, escurecendo o céu. O agente Brennen deve estar com a equipe preparada desde a manhã. Não queremos criar nenhum risco que possa ser aproveitado por McBride quando ele chegar. Uma dupla está nos dutos de ventilação e aquecimento, outra postada em prédios bem longe, mas o FBI garantiu que são os melhores. E, é claro, o agente Brennen está próximo — onde, eu não sei. O detetive Redding está no topo da Coit Tower, escondido em um recorte em uma das colunas de pedra, com a arma carregada e pronta.

Quando entro no carro, tiro a camisa e coloco o colete à prova de balas.

— Você acha que ele vai cair nessa? — a ruiva bonita pergunta. Ela não se parece com Gillian normalmente, mas tem a pele muito branca e a mesma altura e corpo, exceto pelas curvas exuberantes da minha mulher. Quando conheci a detetive White, olhei para seus seios pequenos e pensei que a primeira coisa que McBride perceberia seria a falta dos atributos de Gillian. Agora, porém, analisando-a da cabeça aos pés, ela pode facilmente passar por Gillian a distância. A moça deve estar usando um sutiã com enchimento. A peruca tem uma similaridade quase assustadora com os cachos de Gillian, cobrindo os cabelos escuros da detetive.

Assinto enquanto abotoo a camisa por cima do colete. Seus olhos azuis estão com lentes verdes que não escondem que ela está me secando. Bem, pelo menos a parte de enganá-lo vai ser fácil.

— Você gosta do que está vendo? — Sorrio, assumindo meus hábitos pré-Gillian, antes de me repreender mentalmente pelo mau comportamento. Se minha esposa soubesse que estou aqui com essa mulher, prestes a tocá-la e beijá-la, arrancaria os pelos do meu saco um a um com uma pinça.

— Desculpe, sr. Davis. Isso não foi nada profissional.

Balanço a cabeça e coloco o paletó.

— Não importa. Estamos aqui para fazer um trabalho. O fato de você me achar atraente só ajuda. Para isso funcionar, para fazer o McBride sair das sombras, ele não pode pensar que é armação. Temos que agir como se você fosse a minha mulher e estivéssemos em um jantar romântico. — Sorrio e ela respira fundo. Pego sua mão e ela se assusta. — Viu, você não pode se afastar de mim. Ele vai estar observando. Assim esperamos.

Seu maxilar está tenso quando ela assente, mas depois de um momento de mãos dadas se acalma e relaxa. Olho para o celular e checo pela última vez se Gillian enviou alguma mensagem. Não enviou. E também não viu a minha. Melhor assim. Significa que tenho mais tempo até ela suspeitar de alguma coisa. Para me assegurar de que eu não seja distraído, desligo o telefone, depois de olhar uma última vez para seu rosto sorridente no fundo de tela. Então tiro a foto do bolso do paletó e olho as duas figuras brancas embaçadas.

— O que é isso? — a detetive xereta pergunta, se inclinando para perto de mim. Quero esconder a foto, mas não posso. Esta pode ser a última vez que os vejo.

Rangendo os dentes, eu lhe mostro a imagem. Ela abre um sorriso largo.
— Gêmeos? — pergunta.

Como é que as mulheres sabem logo de cara? São duas bolhas embaçadas, pelo amor de Deus. Essas coisas devem aparecer em algum tipo de aula de saúde quando as meninas estão crescendo. Uma aula proibida para meninos. Ela olha novamente para a foto.

— Sua mulher?

Faço um sinal afirmativo e a guardo de volta no bolso, bem em cima do coração.

— Eu sou gêmea. — Ela encolhe os ombros. — Fraterna, como os seus.
— Mais uma vez, ela sabe que são gêmeos fraternos só de olhar para a foto.
— Eu e a minha irmã somos muito próximas. Não somos parecidas, mas dividimos um quarto na infância e adolescência, depois na faculdade, e agora moramos uma do lado da outra. Ela está casada e tem um filho. Não teve gêmeos. Dizem que pode pular uma geração. Algum caso de gêmeos na sua família? — ela pergunta.

A última coisa sobre a qual quero conversar são meus filhos, mas não quero afetá-la negativamente. Preciso que ela siga no jogo. O futuro dos meus gêmeos e da minha esposa depende desse equilíbrio.

— Não que eu saiba.
— Hum, talvez do lado da sua mulher.

Encolho os ombros.

— Eu não saberia dizer, mas você é uma ótima fonte de informação. Obrigado — digo.

A detetive sorri largamente e depois fica quieta, graças a Deus, pelo resto da viagem até a Coit Tower.

— Sr. Davis, pode me ouvir? — a voz do agente Brennen vem do microfone minúsculo, absolutamente clara.

— Posso. Você me ouve? — pergunto.

— Sim. Não vimos o suspeito, mas isso não significa que ele não venha ou que já não esteja aqui. Fique atento. É esperado que o seu guarda-costas te leve pelo prédio e depois te deixe sozinho. Ele vai estar esperando por isso. Detetive White, tudo certo?

— Tudo ótimo — ela diz.

— Está com seu colete à prova de balas e sua arma?

— Sim, senhor. — Ela levanta a saia e me mostra a arma enfiada em um coldre na coxa. O que me alivia, exceto pelo fato de ela ter mostrado a calcinha de renda também. Isso eu *não* precisava ver.

— Ótimo — ele resmunga no microfone e ela abaixa a saia. — O detetive Redding já está posicionado. Atirador um, pronto?

— Na mira — o primeiro homem diz.

— Atirador dois?

— Pronto. — A voz do segundo homem é grave, muito mais que a do primeiro.

— Atirador três?

— Afirmativo. — A voz do cara soa totalmente assustadora. Um estrondo que lembra um trovão.

O tom do agente Brennen muda, fica mais baixo.

— Olhos abertos, tenham cuidado e ajam exatamente como planejado. Vamos ter esse filho da puta algemado até o fim da noite. — Isso se ele ainda estiver grampeando o telefone da Dana, onde plantamos a isca. — Tudo bem. Vamos em frente.

Essa última palavra coloca tanto a detetive White quanto eu em ação. Nosso guarda-costas abre a porta do carro. Eu saio e seguro a mão dela. Puxo-a para perto e ela se aninha ao meu lado, virando o rosto para o meu peito. Perfeito. Caso o filho da puta esteja observando, não vai conseguir ver as feições dela.

Chegamos ao prédio sem problemas. Como se eu realmente estivesse saindo para jantar com a minha esposa, levo a detetive White pelo labirinto dos andares da torre. Ela tira os óculos e faz questão de que seu cabelo esteja armado na frente do rosto, cobrindo-o o máximo possível. Cristo, eu espero que isso funcione.

As paredes por toda a Coit Tower são pintadas em murais. Alguns retratam atividades esportivas, como remo e golfe. Outros mostram fazendeiros antigos colhendo laranjas.

— Então, baby, o que você sabe sobre a torre? — pergunto, segurando-a perto de mim. Ela balança a cabeça. Garota esperta. — Bem, a Coit Tower, também conhecida como Lillian Coit Memorial Tower, tem aproximadamente sessenta e quatro metros de altura. Foi construída em 1933 com a herança de Lillie Hitchcock Coit para embelezar a cidade de San Francisco. Quando ela morreu, deixou um terço de suas posses para a cidade. A torre foi desenhada pelos arquitetos Arthur Brown Jr. e Henry Howard, com murais de afresco criados por vinte e sete artistas diferentes.

— Interessante — ela diz, baixo e atenta, enquanto a levo para outro mural. Seus olhos não estão nas pinturas, mas nos arredores. Ela parece notar cada nuance sutil no ar enquanto nos movemos. Quando tudo estiver acabado, vou trazer Gillian aqui. Ela vai ficar deslumbrada com a arte e o design magníficos.

— Além disso, a história conta que a torre foi desenhada para lembrar a boca de uma mangueira de incêndio, devido à afinidade de Lillie com os bombeiros de San Francisco. — Mexo as sobrancelhas e ela revira os olhos. Se eu tivesse feito essa piada para Gillian, sua risada teria preenchido o ambiente e ecoado nas paredes. Já sinto falta dela, e só foram algumas horas.

Mais uma vez, enquanto levo a falsa Gillian pelas salas, apontando para cada pintura, tentando fazer parecer que estamos apaixonados, eu me aninho em seu pescoço, seguro-a próximo de mim e ela sorri. Em dado momento, ela se gruda em meu pescoço e posso senti-la beijando minha pele. Embora seja isso que eu queira, não parece certo, e absolutamente nada está acontecendo lá embaixo. Parece que até o meu pau sabe a diferença entre o toque da Gillian e o de outra pessoa.

Depois de passar uma boa hora andando pelas salas e subindo uma infinidade de escadarias, chegamos ao último andar. A torre é circular. Grandes paredes de concreto, semelhantes a colunas com arcos em forma de meia-lua, levam ao fim do espaço. Recortes na altura da cintura dão uma vista aberta da cidade de San Francisco e da baía. Todas as formas semelhantes a janelas são acessíveis e permitem que se veja o horizonte sem telas ou vidros. Quando você coloca a cabeça para fora, é como se o horizonte se encontrasse do outro lado, como peças conectadas de um quebra-cabeça.

A vista daqui supera a que tenho na cobertura, que também é deslumbrante. Levo a falsa Gillian para a mesa, onde o champanhe está gelando, e encho sua taça. Quando ela a pega, levanto a minha em um brinde.

— Espero que o nosso futuro seja tão lindo quanto você está hoje.

Ela sorri, bate a taça na minha e se inclina para um beijo. Eu a puxo para meus braços e olho para um rosto que não conheço. Fecho os olhos e encosto os lábios nos dela. São quentes e hesitantes, nada como o fogo e a paixão que sinto quando beijo a minha esposa. Enquanto a beijo, coloco as mãos em seu rosto e me afasto, vasculhando a área com os olhos. É quando vejo, de canto de olho, uma figura escura espiando.

— Ele está aqui — sussurro em seus lábios e então tomo sua boca em um beijo esmagador.

GILLIAN

> Vou chegar mais tarde do que esperava. Peça para o Jack te levar até a mansão depois que sair do hospital. Te amo. Um beijo nos nossos bebês.

Olho para o nome sobre o texto — "Marido" — e dou risada. Kat sorri e, pela primeira vez, sinto que tudo vai ficar bem.

— O que foi? — ela pergunta, sua voz ainda mais rouca depois de ter passado as últimas horas conversando comigo.

Meneio a cabeça. Tenho vontade de mostrar que Chase mudou seu nome em meu celular para "marido", mas assim ela saberia que estamos casados, e quero contar a todas elas juntas sobre o casamento e o bebê — ou melhor, bebês, caramba. Esse é o segredo mais difícil de guardar. Quero sair gritando que estou grávida de Chase. Gêmeos. Ainda não consigo acreditar.

— Nada, amiga — digo e levo um susto quando Carson entra no quarto. — Oi. A nossa garota está muito melhor hoje. — Eu me levanto e lhe dou um abraço. Ele retribui sem entusiasmo e então corre para Kat. A expressão dela se fecha instantaneamente. Encosto na parede, observando o que ela está fazendo.

— Bochecha doce, ela tem razão. Você está mais corada.

— Eu não sou mais "bochecha doce", já que eles cortaram uma camada da minha bunda para colocar no braço. — Ela suspira e olha para o outro lado.

Eu sei o que ela está fazendo e por que, mas é o jeito totalmente errado de lidar com isso. Vejo o brilho nos olhos de Carson se apagar, seus ombros caírem. Derrota é algo difícil de enfrentar, especialmente quando você está jogando contra alguém que acha que não tem mais nada a perder. Ela está muito errada, mas vai levar tempo para perceber. A única coisa que eu ou qualquer uma das meninas podemos fazer é estar aqui sempre que ela precisar de nós. Qualquer decisão só cabe a ela tomar. Não há nada que possamos fazer se ela decidir afastar Carson. Só posso esperar que eles superem esse período difícil, porque sei que ele a ama e que ela está completamente apaixonada.

Solto lentamente o ar e tento ligar para Chase enquanto saio. A ligação cai direto na caixa postal. Hum. Ele disse que trabalharia até tarde e que eu deveria pedir para Jack me levar à mansão, mas essa é a última coisa que quero fazer. Eu poderia fazer uma surpresa para ele no trabalho.

Recostada na cadeira da sala de espera, vejo Jack falando com um dos outros seguranças. Ele me olha e abaixa o queixo, indicando que sabe que estou aqui e logo vai se juntar a mim. Não vejo a hora de poder andar sem uma sombra o tempo todo. Se bem que, agora que estou grávida e estamos lidando não só com um psicopata, mas também com paparazzi, as chances de eu andar sozinha por aí são quase nulas.

Apertando alguns botões, aguardo o toque.

— Grupo Davis, Dana Shephard falando — ela atende a linha particular de Chase no escritório. Franzo a testa e olho para o relógio. São mais de seis horas.

— Oi, Dana, é a Gigi. Eu sei que o Chase está trabalhando até tarde... — começo, mas ela me interrompe.

— Gillian, por que você não está na torre?

Torre?

— Não tenho ideia do que você está falando.

19

DANIEL

É como observar ratos em um labirinto, seguindo-os enquanto eles olham para os murais da torre. É fácil ficar fora de vista. A cada minuto que passa, cresce a vontade de ir até lá, arrebentar o cérebro dele em cima daquela merda que eles chamam de arte, jogar Gillian sobre o ombro e levá-la embora.

Vê-lo tocá-la, abraçá-la, faz a fúria dentro de mim ferver, zumbir sob a superfície da pele. Eu nem tento me acalmar. Não. Eu preciso que o monstro dentro de mim saia, para mostrar a Chase Filho da Puta Davis exatamente quem é que manda e quem é que vai sair daqui com a garota. Minha princesa. Ela sempre foi assim, desde o momento em que a vi na academia pela primeira vez. Sua pele clara estava cintilando como uma estrela, seu cabelo lustroso um halo em torno do rosto bonito. Eu soube naquele dia, quase dois anos atrás, que ela era a mulher da minha vida. Então soube da sua história, descobri que um homem batia nela, e foi o que bastou. Ela tinha que ser protegida, adorada como a princesa que é.

Só que agora ela perdeu esse status. No segundo em que se deitou com o ricaço cretino, se maculando como uma puta suja, ela perdeu um pouco de si. Mas eu vou trazer isso de volta. Mesmo que tenha de quebrá-la primeiro, no fim ela vai voltar a ser a mulher perfeita que eu sei que é.

Durante a hora seguinte, eles ficam de mãos dadas, se acariciam e sobem para o topo da torre, onde tudo vai terminar. Posso sentir o gosto da vingança quando colocar o meu revólver bem no meio dos olhos do homem que sujou a minha garota e plantou suas sementes nela. Uma espécie de torpor calmante desliza por todo o meu corpo, da cabeça aos pés, diminuindo a tensão, a expectativa. Em todos os lugares, exceto no meu pau, que endurece. Pensar em matá-lo, em aniquilar aquele filho da puta da face da Terra, me deixa duro como granito. Talvez, quando eu tiver matado Chase, eu a tome contra a parede. Sim, seria memorável. Assim que conseguir minha princesa de volta, vou marcar minha propriedade. Vou despejar a minha porra por toda sua boceta imunda.

Deixando-os no último andar, passo como uma cobra pela estrutura interna da torre, até o meu lugar no topo. Antes de encontrar minha posição, ouço o som de pés pesados subindo as escadas. Olho pelas janelas, mas não vejo nenhum policial. Vejo, porém, um SUV de vidros escuros. O bosta do Jack Porter. Eu me pergunto onde ele está. Seguro um grunhido, fico firme em minha posição, na beirada de uma das voltas das escadas, e espero o cretino aparecer. No segundo em que vejo o bloco gigantesco de homem que é Jack Porter, bato meu revólver diretamente em seu rosto. Ele cai alguns degraus para trás, segurando a parede. Uso a oportunidade para levantar a perna e chutar o imbecil com força. Seus braços balançam e o corpo forte cai pelas escadas, rolando, rolando, rolando, até finalmente parar em um dos patamares planos.

Aguardo várias respirações para ver se ele se move. Nada. Espero que ele tenha quebrado a porra do pescoço. Lazarento. Caminhando de volta para o meu lugar, deixo Jack, o atleta gigante, e fico em posição. Tentando não fazer nenhum barulho, removo a trava do revólver no momento em que os vejo subindo as escadas, de mãos dadas, como dois adolescentes apaixonados. Chase leva Gillian para uma das laterais. A torre toda é cercada por janelas abertas cavadas na pedra. O cabelo dela esvoaça quando o vento bate. Caralho, ela é linda. Eu poderia cortar um maldito diamante com meu pau olhando para ela assim. Minha garota está perfeitamente à vontade, olhando pela janela, sem se importar com nada no mundo.

Tudo muda no momento em que o cretino coloca a boca por todo o pescoço dela. Ela retorna o gesto, se esfregando nele como uma prostituta no cio. Minha mão aperta a arma, que pesa em meu braço. A queimadura que tive quando matei meus pais deixou uma cicatriz, e a merda ainda coça. Ela sempre coça quando é hora de retificar uma injustiça. Tipo explodir a academia, aniquilar a vadia da ioga, matar a mãe do Chase. Aquele foi o melhor dia da minha vida. Ver Gillian com seu vestido de noiva, parada lá, a boca aberta em um grito silencioso enquanto o sangue jorrava no peito da velhota.

Eu soube naquele instante que ela teve orgulho do que eu fiz. Mais uma vez, provei que posso protegê-la. Até de uma velha mesquinha que não conseguia parar de falar merda e calar a boca. Ela se achava no direito de dar alfinetadas e punhaladas na minha garota. Bem, eu cuidei para que ela nunca mais fale uma porra de palavra. E sei que, lá no fundo, Gillian ficou aliviada, feliz por eu ter agido em nome da sua honra, algo que eu sempre vou fazer. Como esta noite, quando livrar o mundo do cretino ricaço e esnobe que pensa que pode roubar a minha garota com dinheiro, casas luxuosas, limusines e aviões. Ele não pode, porque eu e o meu revólver vamos ter a última palavra.

Sem pressa, observo por mais alguns segundos enquanto ele a leva para a mesa, enche duas taças de champanhe e diz alguma idiotice sobre o futuro dos dois. Então ela se inclina para a frente — caralho, minha garota se inclina na direção dele! Apertando forte a arma, saio das sombras enquanto Chase puxa Gillian contra seu peito e beija a minha mulher. Porra! A hora é agora.

GILLIAN

— Eu achei que você e o Chase chegariam juntos, mas você está muito atrasada! — Dana sopra o ar lentamente no telefone, frustrada.

— Dana, espere. Eu não sei do que você está falando. Passei o dia no hospital com a Kat.

— Entendo. O que eu não entendo é por que você não está na Coit Tower com o Chase. Ele planejou um jantar incrivelmente romântico para vocês dois. — Sua voz parece em pânico, mas eu não consigo entender a razão.

Nada disso faz sentido.

— Certo. E quando foi que ele planejou isso?

— Faz alguns dias. Era para ser uma comemoração. Parabéns, aliás, pelo casamento e pelo bebê! — ela diz com entusiasmo.

Desgraçado! Ele contou para a assistente, mas eu não posso contar para as minhas melhores amigas. Ele vai se ver comigo.

— Obrigada, Dana. Estamos muito entusiasmados com os gêmeos.

— Gêmeos! — ela grita ao telefone, e eu tenho que esperar até ela se acalmar.

— Dana, onde o Chase está agora?

Como se tivesse perdido o ar, ela diz:

— Na Coit Tower. Eu mandei um carro com um dos outros guarda-costas. A programação é para o jantar, então é melhor você correr.

— Eu não entendo. Ele me mandou uma mensagem dizendo que ia trabalhar até tarde hoje e que me encontraria na mansão da família dele.

Dana fica muda.

— Por que ele mentiria?

Então, percebo. Todas as conversas sussurradas antes de se deitar, no corredor do hospital, logo que ele acorda. Eu sei que Chase tem trabalhado com Thomas, o agente Brennen e Jack, mas, honestamente, ele se colocaria em risco?

Nem preciso pensar muito para saber a resposta. Ele faria qualquer coisa, se colocaria sob fogo cruzado para garantir que eu e os bebês estejamos seguros.

— Merda! — rujo ao telefone. — Jack! — grito no corredor. Ele para o que quer que esteja fazendo e literalmente corre até mim. Se você nunca viu um homem gigantesco correr de terno, não sabe o que está perdendo. É extremo, letal e algo que vou lembrar pelo resto dos meus dias. — Tenho que ir, Dana.

— Sra. Davis. — Jack segura meus ombros, seus olhos escuros perfurando os meus.

— O Chase está indo atrás do Danny sozinho. Provavelmente trabalhando com o Tommy e aquele agente. Ele está na Coit Tower agora. E vai fazer alguma bobagem.

— Vamos. — Sua voz sai como um latido grave.

Jack e eu corremos para o estacionamento e entramos no carro. Ele está voando pelo tráfego minutos depois de eu ter lhe jogado a bola. São vinte dos minutos mais intensos da minha vida para chegar à torre, e Jack estaciona na zona de carga e descarga da entrada principal como se estivesse em um filme de perseguição policial. No momento em que seguro a maçaneta para sair, ele trava as portas.

— Fique no carro — ordena.

— Mas...

— Fique na merda do carro! — Ele usa um tom que nunca usou antes comigo. É assustador, agressivo e de fato me intimida. — Esse cara está atrás de *você*. Se você entrar lá, ele te leva. Eu vou trazer o Chase para fora. Entendeu?

Encarando os olhos furiosos de Jack Porter, sussurro:

— Entendi.

E então ele se vai. Sobe as escadas e desaparece de vista. Por cinco minutos de tensão, eu espero. Depois mais dois. Nada. Não aguento. Meu couro cabeludo está formigando, o arrepio sobe pelos meus braços e desce pela coluna. O medo substitui o formigamento. Medo por Chase. O amor da minha vida. A vida não vale a pena se eu não tiver Chase para dividi-la comigo.

Aperto o botão de destravar e em segundos estou correndo, subindo a escada para a torre. Quando chego ao topo, não consigo ver ninguém através das portas de vidro, mas fico imensamente feliz por ver que ainda estão destrancadas.

Se eu fosse Chase ou Daniel, ou até Jack nessa situação, subiria as escadas escondida, encontraria cada canto escuro possível e me disfarçaria ali. Mas eu não sou um deles. Então, vou tomar o caminho mais percorrido. E, se eu conheço meu marido — e tenho certeza de que conheço —, se ele fosse fazer um gesto romântico, mesmo um falso para atrair Daniel, escolheria algo de grandes proporções. Assim, sigo para o topo da torre. Aperto o botão do elevador e ele abre com um sino. As portas duplas azuis se fecham e então vejo uma porta de metal parecida com um portão de ferro trabalhado. Fecho-a, esperando estar fazendo a coisa certa, e travo. Lá dentro, procuro um painel de botões para ir para o topo e descubro que não há nenhum. Entretanto, na parede dos fundos há uma alavanca antiga com uma bola na ponta. Fazendo uma suposição, viro a alavanca do lado esquerdo para o direito. Instantaneamente o mecanismo começa a subir; presumo que vá me levar para o alto da torre.

O elevador range e ronca enquanto sobe os vinte e um andares. Finalmente para, e o barulho é tão alto que temo que o prédio inteiro tenha ouvido minha chegada. De qualquer forma, sei que o meu homem está aqui em cima se sacrificando por mim e não vou deixar que ele se coloque em risco sozinho. As portas azuis se abrem. Depois de lutar com a porta de metal, finalmente consigo destravá-la e abrir. Uma placa na parede oposta diz: "Para o topo da torre, use as escadas".

Agora estou com medo. O corredor é escuro, fracamente iluminado por focos de luz no chão a cada meio metro. Luzes de emergência, provavelmente. Chego às escadas e subo devagar. Ouço o vento uivando através de um espaço aberto e me preparo para o frio.

Não espero o que vejo quando chego ao topo da escada. Chase, meu marido, beijando outra mulher.

Instintivamente, grito:

— Chase! — A palavra sai da minha boca como um uivo primal, com o coração partido que ele traz. Chase se afasta da ruiva, assustadoramente parecida comigo. Ele olha para trás e então eu capto seu olhar. Tristeza, medo e amor me atingem como uma parede de fogo quando nossos olhares se encontram.

— Não! — ele berra, seu rosto ficando duro. E é aí que vejo uma figura escura atrás da ruiva. Uma figura segurando uma arma. Apontada para as costas de Chase.

Eu grito, mas não é o suficiente. O homem atira duas vezes. O corpo de Chase se retorce no ar, voando, as costas arqueando enquanto um rugido deixa seus lábios e ele cai como uma pilha no chão. Meu Deus! Meus pés estão se movendo e eu corro para o combate, sem me importar com a arma.

É como se tudo acontecesse em câmera lenta. A ruiva mexe debaixo da saia, tira um revólver, aponta para o outro lado e atira. O atirador entra sob a luz da lua e eu vejo que é Daniel, o cabelo agora escuro, o rosto barbado. Ele devolve dois tiros, acertando a mulher bem no peito.

— Não! — berro, inutilmente, enquanto ela cai feito uma peça de dominó.

Eu quase alcanço Chase, mas Danny me agarra pela cintura. Meus pés saem do chão enquanto luto para chegar ao meu homem.

— Deixe ele aí — Daniel vocifera, a voz cheia de ódio.

— Danny, eu preciso chamar ajuda para ele — grito, chutando, meus olhos concentrados nos corpos sem vida diante de mim.

— Para onde eles estão indo, não vão precisar de ajuda. — Sua voz é uma faca rasgando o meu coração.

Danny me leva para perto o bastante dos corpos para eu ver que Chase não está se mexendo. Seu rosto está virado para o outro lado. O rosto da ruiva também, então não consigo ver quem ela é. Mas ela tinha uma arma, por isso imagino que seja uma policial à paisana. Daniel congela, me segurando pelo peito e encostando o cano frio de sua arma na minha têmpora. Ele me empurra para longe de Chase, contra a parede da torre, ao lado de uma janela. De repente, vejo um ponto vermelho na parede, perto da minha cabeça. Danny também o vê e reage como um raio, me empurrando para um local mais escondido atrás de uma coluna.

O vento entra cruelmente pelos espaços abertos. Daniel traz o revólver para o meu rosto e o aperta debaixo do meu queixo.

— Atiradores de merda. — Olha em volta e se assegura de não estar vulnerável. Um lado da torre faz frente para a baía, o que significa que os atiradores devem estar do outro lado. Isso não parece amedrontá-lo nem um pouco, porque, quando miro seus olhos, estão absolutamente pretos, mais frios do que nunca.

— Danny — sussurro, tentando apelar para o lado humano do homem com quem passei meses da minha vida. O lado de que eu gostei por quase um ano.

— Como você ousa se casar com ele? Deixar ele te foder? Enfiar um filho bastardo dentro de você? — Ele aperta com força a ponta do revólver em meu queixo. Choramingo, sem saber o que fazer ou dizer que possa ajudar. Neste momento, tudo em que posso pensar é Chase caído, imóvel, a três metros de mim, e eu não posso ir até ele.

— Daniel, eu sei que você não quer matar essas pessoas. Por favor, peça ajuda. Eu vou para onde você quiser. Faço qualquer coisa. Só não deixe os dois morrerem. — As lágrimas caem como um rio em minhas bochechas.

Ele balança a cabeça. Seus olhos claros estão gigantes, pretos como a noite.

— Não vou fazer porra nenhuma. Eles podem morrer bem aqui, e você pode assistir. Talvez eu vire você, te coloque de joelhos e te foda como a vadia que você é, do jeito que você queria que eu te fodesse quando as coisas viraram merda. Você sabe. — Ele me agarra dolorosamente pelo cabelo, puxando as raízes.

Olho por toda parte, me perguntando onde está Jack, por que ele não interveio, depois imagino se Daniel o pegou.

— Está procurando o seu guarda-costas de merda?

Meus olhos voam para os dele mais uma vez.

— É, eu coloquei aquele filho da puta para dormir, assim ele não interrompe as festividades. Ele despencou de um lance de escadas. Agora que eu sei que isso aqui era uma armação, melhor ainda. Vou voltar para dar um tiro na cara dele, aí eu e você vamos sumir. Claro que vai ser depois que eu te levar pra casa para livrar o seu corpo do parasita repugnante.

— Os meus bebês não. — Coloco a mão protetoramente sobre a barriga. Meu corpo fica gelado e eu rezo. Rezo para Deus me tirar dessa, salvar os meus filhos, não levar Chase deste mundo.

— Bebês? Você quer dizer que tem duas dessas coisinhas nojentas dentro de você? Filho da puta! — ele rosna. Olha para meu rosto, me aperta com mais força na parede e examina meu corpo, seus lábios fazendo uma careta cruel. — Você está infestada. E é o meu trabalho te limpar. Te fazer pura de novo. Colocar um filho meu em você.

É aí que percebo que preciso agir. Ele vai me sequestrar, me usar como um brinquedinho sexual e matar os meus filhos. Não vai acontecer. Olho para sua cara, rangendo os dentes, e disparo:

— Nem por cima do meu cadáver. — Puxo um joelho para trás e bato o mais forte que consigo em seu saco.

Ele solta um grito doloroso e se agacha enquanto o empurro e começo a correr. Se eu conseguir chegar lá fora, posso gritar por ajuda. Ele me pega um pouco antes de eu alcançar a escada, me gira e me dá um soco com tanta força que vejo estrelas. Sangue escorre do meu lábio, e ele aperta a mão em torno do meu pescoço, cortando qualquer passagem de ar e batendo minha cabeça contra uma das colunas.

Quando estou prestes a desmaiar, ouço o barulho de um revólver sendo destravado.

— Largue ela. — Ouvir a voz de Tommy me traz alívio instantâneo.

Danny alivia a pressão em meu pescoço, permitindo que eu respire. Sugo grandes quantidades de ar antes de ele apertar meu pescoço de novo. Luto e tento chutá-lo, mas erro o alvo.

— Solte a Gillian, McBride! — Thomas grita.

— Tudo bem, cara, vou soltar. — Mas, antes que eu possa alertar Thomas, Danny se abaixa lhe dá uma rasteira, fazendo-o cair. Escorrego pela parede até o chão. A arma de Thomas cai ruidosamente, mas suas mãos são rápidas e ele puxa Danny para baixo. Eles lutam pela arma de Danny, e um tiro é disparado.

O sangue começa a se espalhar do ferimento no corpo de Danny. Thomas se levanta, vira e quase chega até mim quando seu corpo voa para a frente e bate na parede onde fica a grande janela aberta. A força da pancada o faz tombar por cima da beira da janela e lá para fora, no céu noturno. Enquanto está caindo, Thomas vira o braço. Dou um grito e um tiro ecoa, mas não vejo onde ele acerta. Tudo o que posso ver é Thomas, seu corpo flutuando no ar, os braços se agitando enquanto ele despenca por vinte e um andares. Eu me arrasto até a janela e vejo seu corpo destroçado, sem vida, no chão. Atrás de mim, ouço um gorgolejo. Viro e me agacho, protegendo minha barriga.

Danny está de pé, balançando, um rio de sangue escorrendo de seu pescoço, onde o tiro rasgou o tecido, fazendo sua cabeça ficar pendurada em um ângulo estranho. Seus olhos se reviram e ele cai de cara no chão de concreto diante de mim.

O mundo ao redor fica totalmente escuro. Só consigo sentir tudo dentro de mim e ao meu redor tremendo, meus dentes batendo tão forte que ouço o som como se fosse um pica-pau bicando uma árvore — só que a árvore é a minha cabeça. Então, um calor familiar me cerca. Meu corpo está sendo movido, arrumado, flutuando, e então nada além de amor me rodeia. Sou subitamente engolfada em um casulo de luz e amor. Sinto braços ao meu redor, um peito largo grudado em mim, até eu estar sentada no colo de alguém.

O aroma cítrico e de sândalo enche minhas narinas e eu abro os olhos. A escuridão encolhe, os traços embaçados se tornam precisos até eu ver seu rosto. O rosto mais amado de todos. Aquele que eu vi gritar de dor quando duas balas perfuraram suas costas.

— Eu estou sonhando. Você está morto. — Deixo as palavras escaparem para o vento.

Meu amor nega e segura meu rosto.

— Eu estou aqui, baby.

Meneio a cabeça, lágrimas escorrendo em meu rosto, secando à medida que caem, grudando em minha pele.

— Eu vi você morrer.

Chase se inclina para trás, abre a camisa e põe minha mão sobre o material duro.

— Colete à prova de balas.

— Mas... mas ele atirou nas suas costas. Eu vi você cair. — Soluço, sem acreditar.

— Os tiros me derrubaram. Doeu muito, mas não o suficiente para me manter longe de você.

— Ah, meu Deus, ah, meu Deus, ah, meu Deus — canto em seu pescoço repetidamente. Ele me segura forte, me enchendo de vida novamente.

É aí que as coisas ficam loucamente barulhentas. Sirenes tocam, vozes gritam, o som de pés batendo no concreto vem até mim. Seguro Chase e me encolho nele. Estou nos braços dele. Vai passar.

— Acabou, baby. Ele está morto — Chase diz.

Assinto em seu pescoço, mas então lembro por que ele está morto. Thomas.

— Ele empurrou o Tommy pela janela.

O corpo inteiro de Chase fica tenso e ele me segura próximo a ele.

— Merda.

— Ele está morto — digo secamente, sem saber como isso vai mudar os caminhos do nosso mundo.

— Baby... — ele sussurra em meu cabelo. — E-Ele morreu como um herói — diz com a voz rouca, a emoção obstruindo as palavras.

Mais uma vez, inspiro seu aroma, tentando que ele me traga de volta para o aqui e agora. Saber que mais uma pessoa que eu amo está prestes a ser destruída me quebra ao meio. Danny levou mais alguém com ele na saída. O Tommy de Maria. Nosso amigo.

— É, mas agora eu preciso contar para a minha melhor amiga que o homem que ela ama está morto. — Minhas lágrimas vêm com tamanha velocidade que nem tenho tempo de enxugá-las. Ao contrário, elas encharcam a camisa de Chase. Ele não se importa, simplesmente me envolve em seu abraço e me dá tudo o que ele é, tudo de que preciso.

O pesadelo acabou, mas não sem grandes perdas.

Os homens e as mulheres que morreram na academia. Charity, a aprendiz de professora de ioga de vinte anos que se parecia com Bree. Phillip, que ficou um tempão hospitalizado, em coma, e depois teve que fazer meses de fisioterapia. Dana, usada como um peão a ponto de ser improvável que consiga voltar a confiar em algum homem. Austin, meu guarda-costas do sul, que ainda sofre os efeitos do envenenamento por etorfina. Colleen, a mãe de Chase, que era uma megera maldosa, mas amava o filho e não queria nada além de protegê-lo, brutalmente assassinada no dia do nosso casamento. Kat, que está sendo tratada em um centro especial de queimados e jamais vai voltar a costurar, e cuja bela luz dos olhos se foi por ora. Jack, que está no hospital tratando o quadril estilhaçado, a clavícula quebrada e um ferimento grave na cabeça. E, finalmente, o nosso herói Thomas Redding, o jovem e promissor detetive, que tinha uma mulher que o amava e uma vida inteira pela frente, morto depois de cair por vinte e um andares enquanto me protegia. E agora Maria, a minha irmã de alma, precisa recolher os cacos da sua vida depois de perder o único homem a quem entregou o seu coração.

Não, eu diria que o pesadelo ainda não acabou, mas nós somos fortes. Juntos vamos encontrar um jeito de lidar com o passado, o presente e o futuro.

EPÍLOGO

CHASE

Três anos depois...

— Tome, baby, tome o meu pau. — Meto com toda a força dentro dela repetidamente. — Isso. — Segurando seus quadris, ela mia e se aperta contra mim.

— Chase... — O som vem suave, doce, do jeito que eu gosto. Sua cabeça cai para a frente enquanto meto em sua boceta suculenta. Os cachos vermelhos se espalham nos lençóis brancos a cada investida. Inclinado para a frente sobre suas costas, enrolo seu cabelo em volta do pulso, agarro as raízes e a levanto, seus joelhos plantados no colchão.

— Gillian, baby, você gosta quando eu te como com força? — pergunto, então puxo meu membro e enfio com toda a força. Ela grita.

— Ah, meu Deus, eu vou gozar de novo — diz, ofegante, em nosso quarto.

— Sim, você vai. Sempre. Eu não prometi? — Girando os quadris, posso sentir o momento em que seu sexo trava ao redor da minha ereção. Preciso fazer muito esforço para não gozar na sua boceta doce. Ela está tão molhada, a pele avermelhada por causa de dois orgasmos seguidos. Quando seu corpo se torna uma pilha amolecida, tiro meu pau, giro seu corpo e beijo sua boca, deitando-a de costas. Ela abre as pernas por vontade própria, permitindo que eu entre no meio. Ela acha que vou penetrá-la de novo, e eu vou, depois que sentir o seu sabor.

Deslizo as mãos para baixo e toco seu sexo. Ela está tão molhada que eu rosno em sua boca.

— Você está escorrendo pelas coxas, baby — digo, enquanto giro dois dedos em seu clitóris sensível.

— Eu não aguento — escapa de seus lábios, mas eu não caio nessa. Minha mulher pode gozar sem parar. Eu já contei seis vezes em uma noite.

Dou um beijo nela, longo e profundo, e continuo brincando com o botãozinho duro até ela se contorcer debaixo de mim. Aqui está. Minha mulher está de volta ao jogo, pronta para o terceiro orgasmo. É preciso algum esforço, mas deixo sua boca suculenta e desço pelo seu corpo, beijando-a, parando em seus seios perfeitos do caralho. Chupo, lambo e mordisco o tecido carnudo até seus quadris se contorcerem. Ah, sim, minha mulher está pronta.

Lambo quando passo pela barriga reta. Acariciando a área só com a ponta dos dedos, posso imaginá-la esticada com meus filhos. Ela era uma deusa, grande e grávida. Mordiscando em torno do umbigo, me estendo pela área com as mãos e coloco o rosto entre suas coxas. Seu aroma sozinho poderia me fazer jorrar meu leite. Respirando fundo, eu me acomodo e chupo sua carne. No segundo em que a toco, ela ergue o corpo, querendo mais.

— Gulosa — rosno em sua boceta, lambendo seu sexo encharcado.

Seu gosto é incomparável. Ela é doce, porém salgada, encorpada, almiscarada, tudo ao mesmo tempo. Basicamente, a mais deliciosa das sobremesas, que só eu posso provar, e, meu Deus, eu me deleito. Eu a devoro como um homem que não come há uma década, até ela me dar o que eu quero, que é ela gritando em êxtase. Eu a sorvo e bebo até a última gota. Até eu estar cheio dela por todos os lugares — seu gosto, seu toque, sua excitação, seu corpo aberto para mim. Ela me dá tudo e eu tomo sempre que posso.

Logo ela se acalma, e eu me deito sobre ela e mergulho meu pau o mais fundo que consigo. Ela grunhe e joga a cabeça para trás, me oferecendo o pescoço. É aí que eu vou devagar. Ela já teve três orgasmos, sua boceta está quase em carne viva, mas eu gosto de fodê-la até a submissão. É a única hora em que posso obrigar a minha ruiva fogosa a fazer o que eu quero.

Ela geme e inspira fundo enquanto a penetro de forma particularmente profunda, apertando forte o ponto dentro dela que a faz jorrar. Seus olhos verdes se arregalam. É isso, o momento que eu esperava. Aquele momento em que ela se perde e se encontra ao mesmo tempo. Ela acabou de gozar. Está tão saciada que eu poderia perguntar seu nome e ela não saberia. Então, em um momento de surpresa, posso ver o segundo em que ela percebe que seu prazer era o caminho para um grande final.

Aperto meu pau fundo e travo. Sua boceta tem espasmos em volta de mim, me apertando com tanta força que eu poderia perder a cabeça. É quase como quando estou comendo-a por trás, só que assim eu posso ver o rosto dela, e é disso que eu preciso. O que me deixa faminto. Eu já me deliciei com sua bunda, seus seios, sua boceta, sua essência na minha língua, em torno de mim e por toda parte, mas nada é melhor do que isso. Aquela fração de segundo em que seu prazer e uma quantidade ínfima de dor se unem e derrubam suas defesas, deixando para mim a versão mais crua dela. Gillian se desfaz e eu a refaço novamente, com meus olhos, minhas palavras, meu amor. Lindo demais.

Gozamos juntos, seu corpo inteiro se agarrando ao meu, sua boca aberta em um grito silencioso que a abala desde o centro. Finalmente, ela desmaia ou apaga. Não é a primeira vez, e eu prometo silenciosamente que não será a última. Enquanto ela está apagada, eu me levanto, vou ao banheiro, trago uma toalha morna e limpo no meio de suas pernas. O fluido combinado já começou a escorrer. Me ver pingando de dentro dela me dá o maior orgulho. Eu sei que é louco e doentio, mas eu amo ver um pedaço de mim sendo derramado dela. Saber que eu estava lá, que a deixei cheia de mim. Nunca me senti assim com outra mulher, mas minha esposa traz à tona o animal dentro de mim. Especialmente depois do que ela passou. Do que nós passamos.

Puxando o edredom, eu a cubro na cama. Ainda é cedo, mas tenho certeza de que Colin e Rebecca estão divertindo as crianças.

Coloco a calça do pijama e uma camiseta e atravesso a casa. Olho pelas janelas que pontuam o corredor e vejo a paisagem ondulante da nossa casa em Bantry, na Irlanda. O mar tem uma névoa leve, bloqueando a vista perfeita, mas vai desaparecer quando o sol estiver alto.

Conforme me aproximo da cozinha, posso ouvir as risadinhas e os barulhos de batidas. Meus filhos estão brincando no chão com tigelas de plástico, colheres de madeira e xícaras.

O cabelo vermelho-fogo de Claire é uma confusão de cachos, seus olhos azul-oceano brilhando de felicidade quando me veem. Ela levanta a mão gorducha de uma criança de dois anos e meio e balança a colher em cumprimento.

— Papai! — diz claramente. Claire sempre foi sociável, começou a falar muito cedo e nunca para. Vou até ela e pego minha menina nos braços, jogando-a no ar e depois esfregando o nariz em seu doce pescocinho, o que lhe faz cócegas. Ela uiva de alegria e eu a coloco de volta no chão para brincar com seus utensílios.

Carter é mais pensativo, reflexivo, exatamente como eu. Ele avalia cada situação, considera seu plano de ação e então reage. Nunca faz algo por impulso, e eu entendo. A única coisa que já fiz por impulso foi me aproximar de uma ruiva para quem eu não tinha tempo em um dia em que não estava preparado para conhecer a mulher dos meus sonhos. Levanto meu menino. Seu cabelo escuro é denso, da cor de um grão de café, mas seus olhos... são como olhar diretamente para os globos esmeralda da minha esposa. Ele vai ser um moço muito bonito.

— Como está o meu garotão hoje?

Carter espreme os lábios, tomba a cabeça e pensa.

— Bom. — Sua resposta é banal, até ele acrescentar: — Melhor se a gente comer panqueca.

Rio e o abraço. Ele não é do tipo que uiva de alegria, como sua irmã energética e manhosa. Não, ele só aceita a atenção, em silêncio e com um sorriso.

Colocando-o no chão, percebo que há uma xícara de café quente ao lado de dois grandes cookies caseiros de chocolate.

— Obrigado, Rebecca — falo para a cozinheira enquanto dou a primeira mordida na delícia crocante. Colin e Rebecca se tornaram parte da família, mais que simplesmente funcionários da casa. Rebecca nos alimenta, ajuda com as crianças e faz os serviços domésticos. Colin cuida dos jardins e garante que tudo esteja em ordem. Eles têm sido fantásticos, e as crianças adoram os dois.

— Becca, panqueca? — Carter pede com um sorrisinho.

Ah, eu conheço esse sorrisinho. É o mesmo que uso com a mãe dele. É um sucesso, funciona toda vez. É claro que Rebecca se derrete e vai pegar a farinha.

Claire deixa seus utensílios domésticos, preferindo vir até mim e levantar as mãozinhas.

— Pra cima, papai — ela exige, sem nenhuma preocupação se eu quero ou não segurá-la. Ela sabe que eu sempre a quero em meus braços. Se não estou abraçado a minha esposa, estou abraçado a um dos meus filhos. Eu a pego no colo e ela envolve os braços em torno do meu pescoço. Vamos juntos para o pátio e eu sento em uma cadeira com ela no colo, mas não antes de ela dar uma mordida monstro em meu cookie. Eu não me importo. Dividimos cookies todas as manhãs. Pelo menos quando a mãe não está acordada para ver.

Nossos convidados devem chegar logo. Os quartos foram arrumados, e eu sei que Gillian está mais do que entusiasmada para vê-los. Faz meses, e nós passamos o verão inteiro em Bantry. Agora que está terminando, queremos passar as últimas semanas com nossos amigos e familiares.

Uma mãozinha bate em meu rosto.

— Papai?

— O que, docinho?

Ela segura meu queixo com uma mão, seu rostinho muito sério.

— Eu quero uma irmãzinha — ela diz, finalmente. Estou convencido de que essas crianças são precoces. Gillian acredita que são os exercícios de leitura que ela faz com eles. Que seja. Está funcionando.

Franzo o nariz e beijo sua bochecha.

— Por que você quer uma irmãzinha?

Seus doces olhos azuis se concentram e os cachos vermelhos brilham ao sol.

— O Car-Car não gosta de boneca.

— Tem razão, meu amor. Que tal eu conversar com a mamãe sobre isso?

Ela dá um de seus sorrisos do tipo eu-sou-dona-do-universo, sai do meu colo e corre pela casa, gritando:

— Irmã, irmã, irmã!

— Colocando ideias na cabeça da sua filha de novo? — A dona de todos os meus sonhos mais doces coloca a mão em meu ombro. Gillian se inclina para a frente e sou dominado pelo aroma de baunilha e sexo. Ela ainda não tomou banho. Humm, eu adoro sentir o meu cheiro nela. Eu me viro rápido, puxo-a pela cintura, coloco-a no colo e a beijo sem parar, seus braços enrolados em meu pescoço.

Gillian se entrega em cada beijo, e este não é diferente. Quando se afasta, ela está sorrindo tão efusivamente quanto a filha.

— A Claire decidiu que quer uma irmã — anuncio. Sou recepcionado por uma sobrancelha levantada.

— E o que você disse para ela?

Passo meu nariz no dela, beijo-a de novo e respondo:

— Eu disse que ia conversar com você.

— Você quer mais filhos? — Seu olhar é cauteloso.

Deslizo a mão para seu rosto, sem gostar de perceber que ela está escondendo algo naqueles poços esmeralda.

— Ei, eu não prometi nada para a menina.

— Mas você quer mais filhos? — ela repete a pergunta, mordendo o lábio. Olhando profundamente em seus olhos, respondo, sem hesitação:

— Casar com você, ter a Claire e o Carter, preencheu a minha vida com razão e propósito. Ter outro bebê com você só tornaria a nossa vida mais completa.

Ela me dá um beijo forte, molhado e profundo, então se afasta, sem ar. Arruma a postura, tira a mão que está escondendo em minhas costas e mostra três hastes que já conheço.

— Que bom que você pensa assim, porque é hora de fazer xixi em três palitos.

Seus olhos estão sorrindo, o sol brilha sobre nós, e o som de nossos filhos brincando na cozinha não impede que eu a levante, suas pernas em torno da minha cintura, enquanto a carrego para o quarto.

As crianças gritam de alegria ao ver o papai carregando a mamãe pela cozinha. Rebecca só balança a cabeça e continua a fazer panquecas.

— O que você está fazendo? — Minha esposa ri em meu pescoço, mas não paro até levá-la através da casa para o nosso banheiro, onde a deixo em sua penteadeira.

— Você precisa de água?

— Eu te amo — ela diz, me beijando.

— Eu te amo mais. Agora, mulher, faça xixi nesses três palitos. Você consegue fazer nos três de uma vez? — pergunto, com uma enorme dose de déjà vu.

Seus olhos se fixam em um ponto.

— Você gosta de sexo? — Olho para ela e dou risada. — Eu já te falei antes para não fazer perguntas idiotas. — Ela balança a cabeça. — Homens...

— Tem algum teste que diga se você vai ter gêmeos de novo? — pergunto enquanto ela começa o processo de fazer xixi nos testes. Então seus olhos se levantam, parecendo dolorosos.

— Você acha que a gente pode ter dois de novo?

Encolho os ombros.

— Tudo é possível.

— Fodeu — ela xinga.

— Fodi mesmo. É por isso que estamos aqui de novo.

Nós dois rimos até não poder mais. Ela coloca os palitos sobre o balcão e pula de volta em meus braços. Em vez de esperar cinco torturantes minutos, decido despi-la e fodê-la contra a parede do boxe.

Quando saímos, felizes, cheirosos e saciados de novo, os três testes estão lá, nossa resposta outro momento gritante de déjà vu.

Duas linhas.

Um símbolo de mais.

Uma pequena tela dizendo claramente: "GRÁVIDA".

GILLIAN

As meninas chegam de limusine. Bree sai primeiro, o corpo mignon de volta à forma perfeita. Ela dá um passo para o lado e a miniBree, que eles batizaram de Dannica, sai. Com três anos, ela já tem o cabelo na altura dos ombros, os mesmos fios de ouro da mãe. Os olhos azuis são expressivos e alegres. Suas perninhas a trazem até mim rapidamente. Eu a levanto nos braços e lhe dou um abraço apertado.

— Como está a minha menininha querida?

— A Irlanda é muito longe. O avião não parava nunca mais. — Bem, com certeza é, mas, em sua mente de três anos, deve ter levado muito mais tempo.

— Eu sei, meu amor, mas a Rebecca tem umas surpresinhas esperando por você.

Ela sai correndo para dentro da casa. Não é sua primeira vez aqui. Nossa família vem três ou quatro vezes por ano desde que tivemos as crianças. Tem sido uma maravilhosa casa longe de casa para todos nós.

Bree me abraça, se afasta e olha para mim.

— Você está brilhando. — Ela espreme os olhos, e seus lábios fazem um biquinho bonito. — Merda, de novo? — Balança a cabeça. — Justo quando você conseguiu esse corpão de volta. — E estala a língua. — Quanto tempo?

— Só tive certeza hoje. — Vejo Phillip descer da limusine.

— Garota doida. Eu nunca mais tenho outro. Meu corpo é o meu templo, e, depois de parir a criança mais perfeita do mundo, não vou arriscar ter um filhote do demo. Além disso, nós temos a Anabelle, então, tecnicamente, eu tenho duas filhas.

— Tá bom então. A Rebecca já serviu a mesa no pátio. Ela incluiu todas aquelas porcarias orgânicas para você também.

— Ótimo! — Ela sorri e vai em direção à casa.

Phillip me dá um abraço de urso.

— Eu preciso de uma cerveja. — Seu rosto parece cansado. Eu conheço essa expressão: é a mesma que exibo depois de um voo de doze horas com os meus filhos.

— Cadê a Anabelle? — Olho em volta e a encontro se escondendo atrás do pai.

— Buuu! — ela grita, e eu finjo me assustar. Depois me abaixo e abraço seu corpinho. Seus cabelos loiros têm exatamente o mesmo cheiro que os de Bree. É refrescante e me faz lembrar o estúdio de ioga.

Depois dos abraços na família Parks, eu me viro para ver Maria colocar suas pernas longas de dançarina para fora da limusine. Caramba, que par de pernas fantástico.

— *Cara bonita*, esse voo é longo demais. — Ela sempre diz isso. — Mas obrigada por trazer a gente em um dos aviões do Chase. Eles nos tratam como a realeza, *mi amiga* — ela diz, alegre, me puxando para os seus braços. Atrás dela há um homem enorme, com olhos tão familiares que eu perco o ar. Toda vez que o vejo, sou levada de volta para lá. Faz três anos que perdemos Tommy. É difícil olhar para o rosto dele sem lembrar.

Chase coloca a mão em meu ombro e me traz para os seus braços enquanto Maria faz o mesmo com seu namorado. Eu não a julgo, nunca julguei. Ela finalmente está mais feliz do que nunca. Foram necessários três longos anos para chegar a esse ponto.

— Entrem. A sopa está servida — Chase diz, e os dois entram na nossa casa, abraçados de lado. Estremeço contra o meu marido. — Está tudo bem. Eu sei que você tem saudade do Thomas. É difícil para mim também ver os dois juntos. Vai ficar mais fácil, só leva um tempo.

— Três anos é bastante tempo — lembro.

— Mas não faz tanto tempo que vemos os dois como um casal.

— É verdade... Falando em casal, eu queria que o Carson estivesse aqui.

— Eu também, baby, mas não podemos interferir. É a vida dela. Ela precisa de todo o amor e o apoio que só você e as meninas podem dar. E eu estou aqui como um reforço — Chase sussurra em meu ouvido enquanto Kat sai do carro sozinha.

Ela está usando uma camisa de manga comprida no auge do verão, e ver isso me parte o coração. Tenho certeza de que está morrendo de calor, mas se recusa a mostrar as cicatrizes. Diz que as pessoas fazem perguntas demais ou lançam olhares indiscretos. Na maioria das vezes, ela mantém a mão junto ao corpo para que não comentem sobre a pele destruída. Quando somos apenas nós, garotas, ele tira a blusa e permite que a pele fique visível. Não é bonito, mas a última reconstrução deixou seu pescoço liso, assim como as costelas. O braço ainda parece embrulhado em uma superfície rugosa, então é irregular, manchado, a pele repuxada em alguns lugares e solta em outros. Os cirurgiões fizeram o que foi possível, mas ela vai viver a maior parte da vida com um braço de aparência deformada. Agora ela consegue pegar coisas com a mão afetada, mas nada muito pesado.

Finalmente Kat chega até mim, e eu coloco os braços em torno dela. Ela é como um raio de sol e amor, mas a tristeza a preenche. Uma tristeza profunda, que tentamos curar nos últimos três anos, mas o sentimento não a deixou. Eu conheço apenas uma pessoa que poderia curá-la, e ele tentou repetidas vezes. Ela ainda se recusa a deixá-lo voltar. Temo que ele desista. Nenhum homem é forte o suficiente para ser recusado por três anos e continuar tentando. A última vez que eu soube, ele finalmente estava saindo com outra pessoa. Isso quase a destruiu.

Agora ela parece bem. Toda vez que estamos em Bantry, é como se a turma toda pudesse respirar de novo.

Coloco o braço em torno de sua cintura e a levo para o pátio. Todos nos sentamos e as bebidas são passadas, a comida é servida e as quatro crianças correm pelo patamar sob o primeiro deque. Chase pediu para Colin colocar uma pequena cerca para que as crianças não corressem na direção dos penhascos. Acrescentamos também um balanço e brinquedos para mantê-las ocupadas.

Quando todos estão acomodados, Chase traz duas garrafas de champanhe rosé. O mesmo que bebemos na nossa noite de núpcias, aqui em Bantry, há exatos três anos. Quando todas as taças estão cheias, ele pega minha mão e me leva para a ponta da mesa, onde todos os olhos estão sobre nós.

— Há exatamente três anos, minha mulher e eu fugimos para nos casar. Na época, era o que precisávamos fazer para ficar juntos. Embora quiséssemos muito que vocês estivessem presentes, vocês definitivamente estavam, em espírito. Eu gostaria de começar as próximas duas semanas de celebração lembrando a minha esposa da promessa que lhe fiz há três anos. — Chase pega minhas mãos e se vira para me olhar nos olhos. — Gillian Grace Davis, eu prometo te amar, apreciar e adorar o chão que você pisa por todos os dias da minha vida. Eu vou lutar todos os dias para ser bom o bastante para uma mulher como você. — Assim como quando ele me disse essas mesmas palavras há três anos, meus olhos se enchem de lágrimas. — Quando você chorar — ele me beija em cada bochecha —, vou secar suas lágrimas com beijos. Quando você amar, eu vou te amar em resposta. Eu nunca vou te abandonar, e você e os nossos filhos... — Ele olha para trás, para Claire e Carter, que estão correndo com Anabelle e Dannica, e então coloca a mão na minha barriga. Metade da mesa perde o fôlego, nosso segredo revelado. Ele sorri. — Você e os nossos filhos — ele repete — sempre vão ser a minha prioridade. Hoje é o primeiro dia do resto da nossa vida como uma família. Três anos atrás, eu encontrei a minha outra metade. Até o infinito.

Olho profundamente em seus olhos azul-caribe e vejo quanto ele significa para mim, quão importante é que este momento seja cercado pelas pessoas que amamos, a família que escolhemos, nossos filhos e mais um bebê a caminho.

— Até o infinito — repito e então o beijo. Quando ele se afasta, sussurro as palavras que disse para ele com todo o meu coração há três anos: — Chase William Davis...

Ele prende o meu olhar e eu vejo umidade lá, da mesma forma que vi em nosso casamento. Então, digo exatamente as palavras que ele quer ouvir.

— Eu me dou a você. Corpo. Mente. Alma.

PARA O LEITOR

Agradeço a você por trilhar esta jornada comigo. Às vezes angustiante, outras vezes cheia de risadas, calor e, principalmente, muitos picos de amor.

Minha mãe foi vítima de violência doméstica por dez anos. Na série Trinity, eu quis chamar a atenção para um assunto muito difícil e também mostrar que, com apoio, mulheres que estiverem em um relacionamento abusivo podem superar essa fase e emergir com força para viver uma vida saudável, bela e enriquecedora. É claro que eu tomei a liberdade de dar vida a um bilionário lindo, mas essa parte é ficção. <piscadela>

Se você é uma mulher que está sendo abusada emocional ou fisicamente, eu a encorajo a procurar ajuda. Conte a uma amiga, ligue para um serviço de apoio a vítimas de violência doméstica ou denuncie na delegacia da mulher. Se você escrever as palavras "serviço de apoio a vítimas de violência doméstica" no seu navegador de internet, vai ter acesso a uma variedade de órgãos para ligar e ter ajuda em sua região. *O primeiro passo é o mais difícil.* Mulheres em toda parte estão saudando você silenciosamente por dar o primeiro passo. Se você fechar os olhos e fizer um esforço... vai sentir a solidariedade.

Para os leitores que ficaram tristes com a morte de Thomas Redding e com o fato de Maria ter perdido o seu amor, saibam que a série continua e haverá um livro contando a história dela em breve. O mesmo acontecerá com Kathleen e suas experiências com Carson enquanto se recupera das queimaduras. Eu prometo que todos eles vão conseguir seu felizes para sempre.

Obrigada mais uma vez por estar comigo.

Namastê.

AGRADECIMENTOS

Para este volume, eu não preciso cavar fundo. É importante dar o devido crédito às minhas irmãs de alma da vida real, sem as quais eu não teria Maria, Kathleen e Bree. Dyani Gingerich, Nikki Chiverrell e Carolyn Beasley, eu amo vocês. Aquele tipo de amor profundo, intenso, tanto que, se um dia eu perdesse vocês, meu coração se partiria e minha alma se despedaçaria. Esta série é tão divertida porque vocês permitiram que eu baseasse ligeiramente essas personagens em vocês, e acho que os leitores se conectaram mais com a história por causa delas. Obrigada por serem vocês para que eu possa ser eu. *Besos.*

À minha assistente, Heather White, por fazer os mais incríveis anúncios para esta série... Eu lhe dou um baita Namastê, minha amiga. Sua arte chamou atenção para a série, e não há agradecimentos suficientes por tanta beleza. Eu acho você extremamente talentosa e sou muito agradecida por tê-la comigo, em meu time, apoiando meu trabalho, mas, acima de tudo, acreditando em mim e sendo minha amiga. Eu te amo demais. Um dia vamos estar na Europa. Você não perde por esperar!

À minha parceira de crítica, Sarah Saunders, pelas conversas intermináveis sobre em que direção os personagens iriam, por deixar que eu trabalhasse o enredo com você, por amá-lo talvez ainda mais do que eu... Só posso dizer que eu a aprecio mais do que consigo descrever nestas páginas. Se todo autor tivesse uma parceira de crítica como você, todos nós seríamos best-sellers!

À minha editora, Ekatarina Sayanova, da Red Quill Editing. Eu gosto de brincar que você é mais inteligente que um dicionário, e acredito mesmo nisso. Você é assustadoramente inteligente. E eu gosto de coisas assustadoras. <piscadela> Piadas à parte, eu levei este livro até você implorando para sua equipe fazê-lo em uma semana, um prazo três a quatro vezes menor que o normal. E aplaudo você por completar esse desafio e fazer um trabalho excelente. Obrigada também a Tracy Roelle, por ajudar no processo de edição.

Qualquer autor sabe que não é nada sem leitores beta fodões. E eu tenho os melhores!

Ginelle Blanch, eu sempre digo isso, mas repito com todo o meu coração: você me salva de parecer uma idiota. Só isso já faz de você uma estrela do rock! Suas leituras beta são incríveis, cuidadosas e precisas. Sempre. Passei a acreditar que você é essencial para o meu processo de revisão. Espero que seja sempre dessa forma, porque eu amo você, menina!

Jeananna Goodall, minha fã número um, leitora beta e amiga. Tantos títulos para uma mulher adorável. Deve ser cansativo ser uma supermulher. Você sempre chora com os meus personagens, porque os vive do mesmo modo que eu, e isso é difícil. Obrigada pelo comprometimento inabalável com o meu trabalho. Eu te amo mais do que você imagina.

Anita Shofner, eu me curvo à rainha dos tempos verbais e passo a coroa. Você me impressiona, Anita. Não sei como tive a sorte de conseguir uma garota com essa habilidade assombrosa de encontrar erros tão únicos, mas tive, e você é essa pessoa. Eu amo você.

Lindsay Bzoza, minha beta super-rápida. Aposto que, se houvesse uma corrida entre você e o Ligeirinho, você venceria. Obrigada por pegar este livro na última hora.

À minha equipe de campo, as Audrey's Angels. Mal posso escrever estas palavras, de tão cheia de amor e emoção por vocês. Cada uma de vocês me dá esperança de que os meus livros um dia sejam lidos e apreciados pelas massas. Vocês me fazem acreditar que um dia o meu sonho de entrar para a lista de mais vendidos do *New York Times* pode se tornar realidade. Obrigada, Angels, por dedicarem tempo, energia e esforços para me ajudar a ter sucesso. *Besos!*

Se você tiver interesse em fazer parte do grupo de garotas mais adoráveis e malucas do mundo dos romances, entre em contato comigo pelo Facebook para ganhar suas asas e se tornar uma Angel.

Agradecimentos especiais:

Ao Give Me Books e a Kylie McDermott, por espalhar este livro pela estratosfera virtual através da blitz de lançamento. Devo uma a vocês! Obrigada a todas as garotas do blog, especialmente ao meu time dos sonhos: Beth Cranford, Missy Borucki e Devlynn Ihlenfeld. Vocês leem meus livros, compartilham suas opiniões honestas e sempre encontram beleza neles. *Besos*, meninas!

Impresso no Brasil pelo Sistema Cameron da Divisão Gráfica da
DISTRIBUIDORA RECORD DE SERVIÇOS DE IMPRENSA S.A.